以述代作

清代诗法类诗话汇编研究

郭星明 著

上海书店出版社
SHANGHAI BOOKSTORE PUBLISHING HOUSE

川北医学院马克思主义优势学科群建设基金资助项目

川北医学院博士科研启动基金资助项目

序

　　郭星明博士的专著《以述代作——清代诗法类诗话汇编研究》，专门论述清代的诗法汇编之作。这个题目，是从我正在编纂的《清诗话全编·外编·诗法类》而来的。《全编》分内外编，分别安置清人的自撰诗话与汇编诗话，内编按时序编排，外编则再分"断代""地域"与"诗法"三大类。"诗法类"的点校由严明教授承担。星明则欣然接受我的提议，拟对此类诗话的性质从头作一番探究，盖其好思，有逻辑思维之长也。

　　然此题实不易作。"诗法类诗话汇编"，"诗法"乎？"诗话"乎？两者本是不同的体例。诗法、诗话，加上"诗评"，构成吾国传统诗学三种基本的体例。诗评首出（南北朝锺嵘《诗品（评）》），诗法继之（唐人诗式诗格），诗话最晚出（宋欧阳修《诗话》）。后人有"诗话昉于《诗品》"的说法，全无史识，实不足取。陈衍《石遗室诗话》大贬锺嵘《诗品》评诗不当，而赞其中的几则记事，此是就其价值言，非关性质，此老自然不会主从易位，误《诗品》为诗话的。而诗法之作的旨趣与诗话相距甚远，则一般不易相淆。至于后世虽有题"诗话"而内容夹杂诗评、诗法成分的著述情形,也不必视为诗话一体的变异或发展,以致混淆了三种基本体例的判定。故许彦周与锺廷瑛关于诗话的定义,今人多称誉其"全面",实不过是现象的罗列而已,反不如司马温公《续诗话》"记事一也"的洞见直揭性质,也不如《四库全书总目》集部诗文评类小序辨析体制,得出"为例各殊"的眼识。现象、性质与价值,这是判定事物的三要素。从现象导出性质,以合客观为主;而价值虽亦附丽于事物客观,则更属于主观判断。星明此作,即大致在上述几种体例的界定之下,完成了对于清人"诗法类诗话汇编"的认识与论述。

汇编之作在诗话大盛之后应运而生。宋代的三部名作胡仔《苕溪渔隐丛话》、魏庆之《诗人玉屑》与阮阅《诗话总龟》,《丛话》是以诗人为单位的诗评汇编,《玉屑》是诗法汇编之作,《总龟》则是综合性的诗话汇编,其书题固已明示矣。可见汇编之作亦大致对应于三种基本体例。明清人的诗法汇编之作,大都承《玉屑》之体例而来。

汇编之作外又有丛书。诗法类的丛书出现在先,如宋《吟窗杂录》、元《诗法源流》等。明代汇刻前人诗法之作而成丛书的风气尤盛,其中如杨成所辑《诗法》五卷、《诗话》十卷,分别体例的意识都十分明确。直至清乾隆年间何文焕《历代诗话》出,则将诗评、诗法、诗话之作无分区别,一概收入,而以诗话为总名。由于所收书目得当,遂大行于世。后又得丁福保辑《历代诗话续编》《清诗话》继之;《清诗话》又得《续编》《三编》乃至《民国诗话丛编》继之,"诗话"一词竟渐失其本义，而转成诗学丛书的代名了。《清诗话全编》作为一代诗学特大型的丛书，兼收并蓄，遂也从众，列诗法汇编一类于外编，而有"诗法汇编类诗话"的便宜之称了。其原委曲折，大抵如此。

与此同时，清人著述泛用"诗话"一辞也渐成风气，即连持论谨严如翁方纲者，也会陷入一边著《石洲诗话》，一边自辩"本非诗话"的尴尬之境地。而诗法汇编之作中最称精当的张燮承《小沧浪诗话》，却也赫然冠一"诗话"之名，惟背后的实情则是其服膺严羽、编书时正居吴下小沧浪馆，遂联翩而及，顾此失彼，并不对应于内容的。凡此种种，皆须明辨，以防止三种基本体例的混淆也。星明此著中，对此都有详尽的分析，其不尽合之处，或有他的发想新见在，开放出进一步深究的空间。

星明此著下大力追踪汇编之作中普遍存在的所谓"暗中转录"现象，即大量不标出处、层层相因的材料，辨明了清人此类著作中因"首误"而一误再误的真相，以致现代学者的辑佚之作也受到牵累。他着重分析了康熙间伍涵芬所辑的《说诗乐趣》一书的材料来源，考定其书半数以上转录自《诗话总龟》，非如各则所标之出处直接得自原作，而乾隆年间的几种汇编之作又多照录《乐趣》，沿袭其误，从而认定伍辑乃为清人汇编诗话转录致误的嚆矢之作。这一发现颇具文献价值，为整理与使用这一大批芜杂的诗学资料提供了指南。他又分出"诗学概论""应试教材""就体说法""技法摘抄"等类别，将全部二十余种诗法汇编之作一一归类，勉力画出了此类著作的整体眉目。其中如"应试教材"乃是顺应乾隆后科考试诗的新需求，"就体说法""诗学概论"也各是此时诗体发展全备、诗学观念集大成的反映，可见他的归类大致是得当的。

　　总之，随着清诗阅读与清代诗学研究进一步推广普及，此一时期篇幅庞杂的汇编诗话之作也势将越来越受到关注。星明这部书稿，虽然在论述措辞方面容有不尽成熟之处，但已可解燃眉之急，或可稍改学术界当下对于清代此类文献资料尚无从措手的窘况，故乐观其早日出版。致于打磨臻至完善，则可待来日也。

张寅彭

壬寅秋日于滨沪之逃庵

目　录

第二章

清代诗法类诗话汇编分类考述

第三章
清代诗法类诗话汇编的转录现象

第四章

清代诗法类诗话汇编的体系意识

绪 论

一、诗话和诗话汇编

诗话,既是一种文学作品体裁,也是一种文学批评样式。其基本文献形态与之前较早之文体"笔记"相同,当源出于此。故在诗话之体成立之后,尚有专论诗歌、专记诗事而仍不直称"诗话"者。仅就郭绍虞《宋诗话考》所认定实为诗话而不以"诗话"冠名者,就有释惠洪《冷斋夜话》、强行父《唐子西文录》、葛立方《韵语阳秋》、范晞文《对床夜语》、方岳《深雪偶谈》等。此可看出,诗话产生和早期发展的过程就是其从笔记逐渐分离、蔚为大观的过程。简而言之,恰如前人所言:"诗话本来就是一种谈诗的笔记,所以笔记中谈诗的成分多了,便可以称为诗话。"[1]正因为此,在诗话一体诞生之前,部分笔记、小说、杂史(乃至正史)等著作实质上就已经包含

---

[1] 刘德重、张寅彭:《诗话概说》(修订版),安徽教育出版社,2009年版,第8页。

了大量论诗记诗之文段。所以不难理解,在诗话初起之时,便有诗话汇编出现。前诗话时期本来就已经有了数量丰富、可供汇编的相关诗学文献资料,如《唐宋分门名贤诗话》和《古今诗话》等,皆是早于北宋末期即以成编之《诗总》的诗话汇编类著作。其中如《古今诗话》的材料来源,除有少数当时已经成书、流传之诗话外,大半取资于正史、别集、地志、野史、小说、笔记、类书等多种著作[1]。大致可以这样说,诗话和诗话汇编有着相互取资、共同发展的关系。随着诗话著作的不断增多,诗话汇编也就有了更多可供收集、驱使的资源。比如今传北宋末期阮阅汇编的《诗话总龟》,从最初的《诗总》增补为后来的《诗话总龟》,再到明代的《百家诗话总龟》[2]。其书名的变更和刊刻内容的演变,突出展示了此部诗话汇编在数百年间不断增补、更新的成书历程。而究其原因,主要在于新的诗话及类似著作的不断涌现,促成了汇编的自我充实与丰富。而反过来,此类汇编又保存了单行本已经难得之诗话类著作,有助于今人诗话辑佚工作。比如郭绍虞《宋诗话辑佚》就多据《诗话总龟》和《苕溪渔隐丛话》等,才得以成编。

前人有称作"诗话总集"[3]者,就是今日之诗话汇编。此种称谓乃因将各则诗话以文学作品视之,故称作"总集",其实与"汇编"所指本同。历代诗话汇编以编著思路为标准,大致可分为摘抄、综

---

[1]　郭绍虞:《宋诗话考》,中华书局,1979年版,第166页。
[2]　同上,第28页。
[3]　钱仲联:《宋代诗话鸟瞰》,中国古代文学理论学会编《古代文学理论研究》(第三辑),上海古籍出版社,1981年版,第232页。

合、专辑和选本四类[1]。其中，摘抄性质的诗话汇编多随手抄录，漫无次序，可视作一种专门论诗之读书笔记。综合性质的诗话汇编本质上是将数量颇为广大的诗话加以分门别类地收集、整理，以期为诗歌爱好者或学习者提供一部可供赏读、借鉴的诗学资料汇编。其各自分门编排之标准，则因编者学术偏好而各异。与此类并行者，又有编者专注于某一特定专题而加以收括前人诗话，于是就有了各类专题性质的诗话汇编。此类专题汇编实可视作综合类汇编中一门一类之单列，如宋人论杜诗话之汇编者本有方深道《集诸家老杜诗评》和蔡梦弼《杜工部草堂诗话》，而胡仔《苕溪渔隐丛话》前后二集亦共有十三卷专辑前人论杜诗者。选本性质的汇编则为诗话汇编和诗歌选本的综合。历代诗歌总、别集多有汇辑前人议论以为相应作品之解读参考者，若将作品选集的意识弱化，而强调诗话的主体性，也就是将相应作品视作研读诗话的注脚，那么，此类汇编则理应属于诗话汇编的范畴，典型的如宋人何汶《竹庄诗话》。

二、清代诗话汇编及诗法类诗话汇编

清代诗话汇编在前人汇编基础上，不但就数量方面大大增加，而且在汇编手法方面亦多有发明。其主要是将专题性质诗话汇编的子类型加以充实和扩展。宋人专题诗话汇编只有专人和专代两

---

[1] 刘德重、张寅彭：《诗话概说》（修订版），安徽教育出版社，2009年版，第101—102、215—216页。

类,其中专人实际只有专论杜诗之汇编,此和宋人崇杜、注杜成风之习气相表里。可见当时的专人诗话汇编只是宋人崇杜学风在诗学资料汇辑上的自然延伸,并非有意创著。宋人所编专代诗话中,因《全唐诗话》本从计有功《唐诗纪事》"剽取影撰"[1]而来,故实质上仅有《唐诗纪事》一部而已。元人在宋人专辑论杜的基础上,又有专论苏轼诗歌之汇编——陈秀民辑《东坡诗话录》[2]。此举突破了宋人专辑论杜之藩篱,让专人诗话汇编成为了一种后人可供借鉴的汇编类型。明人汇编之有创见处,在于又增以地域类诗话汇编,此以曹学佺《蜀中诗话》为典型。其书按时间顺序,罗列记录蜀地或与蜀地相关诗人诗事之诗学资料,且多标注出处,为后人提供了很好的范式。清人沿此一路,编著了大量地域类诗话汇编,以致有学者以为其是"清代诗话最具有时代特征的专题类型"[3]。然考其实,若就此而论,清人在承接宋人《唐诗纪事》这样专代类诗话汇编的基础上,所成大量诸如《宋诗纪事》之类的汇编,情形与地域类亦极为相似。唯有清人之诗法类诗话汇编在继承前人的同时,于编著手法和材料撷取方面作出了较大的发展,并体现出了清代特有之学术特色。换言之,专辑诗歌作法以成诗话汇编者亦为专题诗话之一种。故本书正以此类著作为研究对象,在客观、详细阐释具体著作的同时,发掘其诗学价值和总结其学术史特征。

[1] 〔清〕永瑢等:《四库全书总目提要》(第四十册),商务印书馆,1931年版,第19页。
[2] 此书很可能为明人汇编。
[3] 李清华:《清代地域诗话研究》,上海大学博士学位论文,2015年,第2页。

　　将诗法类汇编视作历代各类专题性质诗话汇编中的一种，是基于诗话之广义性定义而言的。因为广义上的诗话除了录诗纪事的狭义诗话之外，还包括诗评和诗法。若就狭义诗话而言，历代诗法汇编多与各类诗话汇编并行而互不统属。比如唐代的《文镜秘府论》、宋代的《诗苑类格》和《唐宋千家联珠诗格》等，都是迥异于上文所述诗话汇编的诗法汇编。不过，历代仍有大量诗话汇编多收讲论诗歌创作方法者，成为了清代诗法类诗话汇编的前驱。比如宋末成书的魏庆之《诗人玉屑》就专注于诗歌作法的收集和整理，而其来源又远远超出了南朝以来的诗格、诗式类著作，绝大多数辑自唐宋以来之笔记、诗话。此种通达、全面的诗法观念为后代诗法类诗话汇编的编撰起到了巨大的示范作用，"可视作清代较为发达的总说各类诗学问题的综合性汇编之著的前身"[1]。其后如元人王构的《修辞鉴衡》和元明两代书商为普通市民、诗歌初学者编著的大量诗法入门类著作，都将诗话与诗法加以综合引用。这一方面淡化了上述诗法汇编和诗话汇编的界限，另一方面也是对前人诗法观念的更新和扩展。清人即沿着此条道路，汇编出了很多各具特色的诗法类诗话汇编著作。

　　就诗话此体产生之初，其性质本甚为单纯，可谓狭义之诗话。欧阳修所言"集以资闲谈"（《六一诗话·题引》）其实只是一种模糊的自觉和界定，乃"无意创格"（李桓《达观堂诗话序》）。六一后继

────────────

［1］　张寅彭：《清代诗学文献体例谈》，陈广宏、侯荣川主编《古典诗话新诠论：复旦大学"鉴必穷源"传统诗话·诗学工作坊论文集》，中华书局，2018年版，第54页。

者司马光在其《续诗话》题引中，才明确指出了"诗话"的基本性质乃"记事一也"——和《六一诗话》一样，为录诗记事之作。然而，随着诗话写作自身的发展、演化，无论从事实上还是编撰者的自觉意识上，都在逐渐拓宽"诗话"这一概念的范畴。典型的有两宋之交许顗在《彦周诗话》卷首所声明的那样："诗话者，辨句法、备古今、纪盛德、录异事、正讹误也。"显然，其中"辨句法"已经超出了欧阳修和司马光二人所开创的诗话主要是录诗纪事的传统。再者，如果将"正讹误"理解为辨正诗歌创作中用语、用事之讹误的话，也不能视作是上述原初狭义诗话之范畴。直至清人，诗话之概念已经泛化到无所不包的局面。比如林昌彝《射鹰楼诗话》所总结的："凡涉论诗，即诗话体也。"又如流行甚广、影响巨大的诗话丛书——何文焕的《历代诗话》，将钟嵘《诗品》、皎然《诗式》、司空图《诗品》、杨载《诗法家数》和范椁《木天禁语》《诗学禁脔》等在文献样式和诗学理论性质与常见诗话相比皆大相径庭者，尽归作"诗话"之范畴，亦是此例。所以今人在诗话"闲谈、纪事"此原初（狭义的）概念的基础上，针对后世诗话发展事实及历代学人理论之自觉，对诗话概念加以概括为：

　　诗话是我国古代诗学著作所特有的形态，它是一种以笔记体为基本形式，具有理论批评性质、记事杂录性质或讲说诗法性质的诗学著作。[1]

---

[1]　刘德重、张寅彭：《诗话概说》（修订版），安徽教育出版社，2009年版，第3页。

此种界定在相对广义上说明了诗话的基本性质和特点，但是又不流于过分的宽泛。正是本书将诗法视作广义诗话之一部分的理论基础。其中，所列第三类之"讲诗说法性质"的著作就是今天所理解的"诗法"。然而，此亦是今人站在总结过去诗学发展之实际和理论沿革的视角，对诗法的笼统性概括。具体而言，包含了自近体诗产生以来的各类诗格、诗式，宋人对唐人（尤其是杜诗）创作方法和经验的总结，元、明以来教人作诗的通俗诗学教材等。可见，后世所谓"诗法"从理论特征到文献形态都有着丰富多样的类型。正是此种诗法观念的丰富性和广义诗话对诗法的涵盖，才促成了清代所特有的专题汇编型（且往往兼备综合型汇编性质）诗学著作——诗法类诗话汇编的发展与成熟。使历代各类诗话汇编在资料汇编属性之外，又生成了一种"以述代作"的独特编撰方式。

本书的研究目的主要是对清代诗法类诗话汇编这一部分诗学文献进行全面、细致的研究。清代诗法类诗话汇编约二十余种，加上兼及诗法的综合型诗话汇编，有三十余种，共计二百余万字，体量庞大。站在总结前人文化遗产、发掘国故当代价值的角度，对其进行细致而深入的研究很有必要。清代诗法类诗话汇编的研究是一个很新的研究领域，无论是个案研究还是整体研究都鲜有成果。所以，对此领域进行从个案到整体的全面梳理和归纳总结，就成了很有必要的古典学术研究之一部分。

第一章
清代诗法类诗话汇编对明人的延续和发展

清代包括诗法类在内的诗话汇编皆继承前人而来，比如对宋人专代、专人诗话和明人专地诗话的继承。诗法类汇编则对前人手法多有新变，迥异前代汇编。不过仔细考察明清两代诗法类汇编的发展脉络，仍可找出两者之间的传承关系。清人大部分诗法类汇编都参考了明人的一些惯常手法，甚至部分著作完全延续了明人的成书方式。以此入手，有助于总结出清人诗法类诗话汇编的时代特征，进而可窥当时整体学风。

第一节　明代的诗话汇编及诗法类诗话汇编

明代诗法类诗话汇编是清人类似著作的直接借鉴对象，其编撰宗旨、成书结构和方式以及材料来源都明显受到当时学风、世风之影响。对于明代此类著作的概说和分析有利于后文更好地说明清代类似著作的具体情况。

一、明代的诗话汇编及诗法类诗话汇编概貌

明代诗话一方面接续了宋代诗话的兴盛态势，另一方面又受到元人热衷撰著蒙学诗话的影响，所以有将诗法、诗话杂糅起来的趋势。不过，其诗法之讲求仍以元人习惯为主。具体而言，主要是元明两代诗法类著作都有着好讲具体技巧、方法的狭隘诗法观念。

（一）明代的诗话汇编

明代诗话撰著之盛踵武于宋人，不似金元两朝之凋零，今存者就有二百余种[1]。其中，诗话汇编继承宋人而有所发展，有近五十种。明代诗话汇编可分四类，亦如宋人之旧，曰：摘抄类、综合类、专辑类、选本类[2]。摘抄性质的诗话汇编类似今人之读书笔记，或随见随抄，或收存精要。只不过，摘抄类诗话汇编抄录对象集中于诗话，此是与一般读书笔记之不同处。宋人此类汇编以北宋佚名《古今诗话》最为典型，明人继承此种汇编方式者，主要有苏濂《诗说解颐》、陈基虞《客斋诗话》、杨春先《诗话随抄》、汪时元《竹里馆诗说》、李本纬《古今诗话纂》、赵籲俊《艺海沥液》、高奭《艳雪斋诗评》和雪畴子《绿天耕舍燕钞》等。与此等摘抄类诗话汇编成

---

[1] 陈广宏、侯荣川：《关于明诗话整理的若干问题》，《复旦学报》（社会科学版）2013年第1期，第118页。
[2] 刘德重、张寅彭：《诗话概说》（修订版），安徽教育出版社，2009年版，第215—216页。

书方式相近而又有自身特色者,有姜南《蓉塘诗话》和旧题陈继儒《古今诗话》(又称《百家诗话》,非北宋之《古今诗话》)。前者特色在所摘抄之具体内容皆为以辑者自己论诗为主的笔记杂著,并非前人诗论;后者体例颇似宋人曾慥《类说》和元人陶宗仪《说郛》,以原出著作为单位摘抄,更接近丛书之体例。选本性质的诗话汇编有俞允文、李仲芳《名贤诗评》和庄元臣《唐诗摘句》,后者所异者在摘句而非录全诗。

专辑性质的诗话中,宋人创体者有专人之《集诸家老杜诗评》《杜工部草堂诗话》和专代之《唐诗纪事》。另有诗法类汇编《诗苑类格》和《唐宋千家联珠诗格》。元人承宋人专注汇辑诗法者有《修辞鉴衡》。明代专辑性质的诗话汇编除了专人类的《王右丞诗画评》,主要贡献是又开创了专辑某地诗学资料的专地类诗话汇编《豫章诗话》和《蜀中诗话》。明代诗法类汇编作为广义诗话汇编之一种,因为和综合性质的诗话汇编呈现出相互交融的发展趋势,所以在文献形态上逐渐向常见的诗话汇编靠拢,而与宋人的纯粹性诗格、诗式类汇编(即《诗苑类格》等)多有不同。究其原因,当是宋代诗话兴起之后,诗格、诗式、诗法逐渐融入诗话类著作和诗话开始涵盖诗法之讨论所致。不过,由于明代诗法汇编的诗学材料和诗法讲解思路多以元人诗法类著作为主要资源,所以前述与综合性诗话汇编完全融合的趋势并未成为当时主流。简言之,明代诗法类汇编虽然不似宋人之迥异于其他诗话汇编,但是仍然有着不同于常见诗话汇编的文献形态。只有到了清人手中,此种融合才催生出了新型的诗法类诗话汇编,而与常见诗话汇编在形态上大致相同。

明人专辑性汇编又有蒋冕《琼台诗话》和余祐《朱文公游艺至论》二种,乃承袭宋人辑苏轼散见于各书之诗论而成《东坡诗话》(早佚)[1]的做法。此种可视作与"专论某人"相对应的另一种"专人诗话"——某人专论。同理,与"专论某代"的专代类汇编相对应的"专辑某代诗论"之汇编,又有周子文《艺薮谈宗》乃明代诗话之汇编。此两种汇编以文献来源为标准收录诗话,而非以诗话本身的内容为收录标准,所以与前述各专辑类汇编不同。

明代综合性质的诗话汇编承宋人而来,前期单宇的《菊坡丛话》和后期王昌会的《诗话类编》都是可与前人比肩的大型汇编,对后世影响亦颇大。另有皇甫汸《解颐新语》,究其分门别类之成书方式,亦属综合性质之汇编。但是其书不足三百则的篇幅显然不是为了收存诗学资料,而是意在撰述,也就是"以述代作"。全书八卷所列八目"叙论""述事""考证""诠藻""矜赏""遗误""讥评""杂记"等,全不同于前人综合性汇编之事类、题材和诗人身份的分类方式。编者于各门之首还着意解析了立门之意旨,意图合力构建一个比较全面的诗学体系。这种分门方式虽在时人中罕见,却给清人提供了用分门集纂的方式构建诗学体系的借鉴。所以,《解颐新语》在看似综合性诗话汇编的文献面貌下,隐藏着"以述代作"的

---

[1] 郭绍虞:《宋诗话考》,中华书局,1979年版,第164页。

全新编著意旨,而与同时代的诗法类汇编暗合。

(二) 明代的诗法类诗话汇编

明代专辑性质的诗话汇编除增一"专地类汇编"外,主要承袭了宋元以来的专人、专代汇编之传统。其中,专代汇编之胡震亨《唐音癸签》虽然专辑唐诗资料,但是其分门方式上迥异于宋人《唐诗纪事》和后人的各"专代"类诗话汇编。其书共分七门:体凡、法微、评汇、乐通、诂笺、谈丛、集录。据此可知,该书意在通过勾勒唐诗之全貌,以为时人学习(模仿)唐诗之用,很接近于带有唐诗综论性质的诗学教材。今人刘浏对《唐音癸签》的诗法性质有着较准确的总结:

> 在复古主义的旗帜下,力求从前人创作中为每一种诗体确立一种最高的也是最具典型意义的创作规则与审美取向,并以此来规范与指导当时的诗文创作。[1]

此种涵盖专代、综合和诗法三重性质的诗话汇编,启示了清人诗法类诗话汇编由专题性向综合性逐渐演变的趋势。但是,《唐音癸签》汇辑唐诗资料教人作唐诗的讲解方式并非明人诗法类汇编的代表,其本质上只是明代复古派诗学主张在诗话汇编领域的延伸。

----

[1] 刘浏:《胡震亨〈唐音癸签〉之诗体观述论》,《武陵学刊》2010年第3期,第105页。

受元人诗法讲解习惯的直接而巨大之影响,明代诗法类汇编仍然更多地体现出专辑性质,着重格式、技法之讲解。

元代诗学著作以诗法为主,一方面是由于诗话撰著的萎缩,另一方面则是延祐二年(1315)复行科举考试后民间对于学诗入门书的大量需求所致。一退一进,使诗法在整个元代的广义性诗话类著作中占据主要地位,成为了元代诗学的主流性著作。明代诗学的整体特征虽然又恢复到了宋代以诗话为主的传统上来,但是明人对于诗法讲解的入门类诗学著作仍然有着巨大市场需求。而且,面对元代大量可资利用的现成诗法类著作,为谋求商业出版的利益最大化,汇编前人诗法就成了明人诗法讲解的主要形式。所以,在明代总共二百余种广义上的诗话著作中,诗法类诗话汇编就有近三十种。也就是说,不但明代诗话汇编中有六成都是诗法类汇编,而且就是在所有明代诗话著作中,诗法类汇编也占有着较大的比例。这种现象正是元代诗学以诗法为主的现象在明代的延续,虽然其不再占有绝对的主要地位。

具体而言,极具明人编著特征的诗法类诗话汇编自元末以至清初,一直盛行达三百余年。明初有赵撝谦《学范·作范》[1]汇编元人《木天禁语》《诗法家数》内容为主,用以指导后学。曾鼎《文式》[2]又以赵编为主,增之以陈绎曾《文说》、陈骙《文则》、元人汇编之《沧浪诗话》和皎然《辨体有一十九字》而成。大约同时还有徐

[1] 〔明〕赵撝谦编:《学范》,明永乐二年(1404)王惠民刻本。
[2] 〔明〕曾鼎编:《文式》,明嘉靖八年(1529)刻本。

骏《诗文轨范》[1]在收录元人《诗源至论》(他本题作《诗法正论》)、《诗法》(他本题作《诗解》)和《诗法家数》序文之外,也从《学范》中引用了部分内容。稍后的朱权《西江诗法》[2]汇编了元人《诗法正宗》《诗法家数》《黄子肃诗法》《诗宗正法眼藏》和《沧浪诗话·诗体》各书内容。与此同时,明人沿袭元末《诗法源流》丛刊元人诗法的做法,继续将元人单部诗法著作略作改动加以汇刊。此类著作虽属丛书,但是编刊者意在将不同单篇著作汇辑一处以相互发明,以期共同用以指导后学,所以仍可以诗法类汇编视之。明初此类汇编主要有傅若川编《傅与砺诗法》[3]和史潜校刊的《新编名贤诗法》[4]。

　　明代中期诗法类汇编有增无减。主要有成化年间怀悦刊刻的《诗家一指》[5]和《诗法源流》[6],两书分别汇编了元人的不同诗法著作共十一种。同为成化间刊行的黄溥《诗学权舆》[7]与明代大多诗法类汇编有异者,在其成书以宋末《诗人玉屑》为主要资料来源,结构上也基本沿用其书前半部分主论诗法的名目。就此而言,大致可以将其理解为《诗人玉屑》的缩编版。明人许学夷《诗源辩体》卷三十五谓其在取材过程中"但见纂集之书"当为确论。不

---

[1]　〔明〕徐骏编:《诗文轨范》,清抄本,北京大学图书馆藏。
[2]　〔明〕朱权编:《西江诗法》,《明诗话全编》(第一册),凤凰出版社,1997年版,第560—582页。
[3]　〔明〕傅若川编:《傅与砺诗法》,明嘉靖间(1522—1566)熊奎、方九叙刻本,苏州市图书馆藏。
[4]　〔明〕史潜校刊:《新编名贤诗法》,明刻本,国家图书馆藏。
[5]　〔明〕怀悦刊刻:《诗家一指》,明嘉靖三十年(1551)朝鲜刻本。
[6]　〔明〕怀悦刊刻:《诗法源流》,明刻本。
[7]　〔明〕黄溥编:《诗学权舆》,明成化六年(1479)熊斌刻本。

过黄溥在具体内容上又有所增补，特别是增入了大量诗例。此又可见黄溥增补之功，使该书相较《玉屑》更具诗法指导之价值。与此相类，弘治年间成书的宋孟清《诗学体要类编》[1]也将资料来源由元人诗法延伸到了宋人汇编。其书除用元人陈绎曾《文筌》部分内容之外，又辑入了宋人《诗人玉屑》和《仕学规范》的相关材料用以讲解各体诗法。由此可见，明代中期的诗法类汇编在汇编元人诗法的同时，也开始将视野拓展到了宋人诗法。不过，此时元人诗法仍是主要取材对象，除了前述怀悦刊行的两部汇编，还有嘉靖间刊行的数部汇编仍以元人诗法为主要取材对象。王用章《诗法源流》[2]在怀悦所刊《诗法源流》的基础之上，又"增入古人论述与诗足法者"（邱道隆后序），可视作前书的增订版。与此相类，明代中期更有黄省曾《名家诗法》[3]、熊逵《清江诗法》[4]和朱绂《名家诗法汇编》[5]三部主要丛刊元人诗法著作的诗法类汇编。它们皆以成化间刊行的杨成《诗法》[6]为基础，相继对其加以增改而成新的诗法汇编。杨成《诗法》丛刊元人诗法七种。黄编除增元人《名公雅论》一部和将《沧浪诗话》"诗体"以外内容删去之外，几为杨书之翻刻。熊编因当时条件所限只收杨书两种，另增《说诗要指》所收两部元人诗法（《吟法玄微》《总论》）。成编于万历的朱编是此类

[1]　〔明〕宋孟清编：《诗学体要类编》，明弘治十七年（1504）刻本。
[2]　〔明〕王用章编：《诗法源流》，明嘉靖二年（1523）与杨成《诗法》合刻本。
[3]　〔明〕黄省曾编：《名家诗法》，明嘉靖二十四年（1545）结绿囊刻本，首都图书馆藏。
[4]　〔明〕熊逵编：《清江诗法》，清抄本，台湾"中央图书馆"藏。
[5]　〔明〕朱绂编：《名家诗法汇编》，台湾广文书局，1972年，据明万历五年（1577）初刻本印影。
[6]　〔明〕杨成编：《诗法》，明刻本，国家图书馆藏。

书最晚者,所以同时参照了杨编和黄编,另外还使用了前述王用章《诗法源流》,可谓集大成者。其书实际上是王用章《诗法源流》和黄省曾《名家诗法》的合刊,只略有改动者在删去了王编的诗选部分而增入两部宋人诗法。

明代中期除了上述以丛刊为主要成书方式的诗法类汇编,又有完全打破元人著作内部结构,只撷取相关条目、材料以为我用的诗法汇编著作。而且这些汇编也不似明初部分汇编那样主要依托某一部前人诗法的结构增订成书,而是彻底地古为今用。明代此类汇编最典型的是成书于嘉靖二十四年(1545)的梁桥《冰川诗式》[1]。其书以元人《木天禁语》和《诗法源流》等书为主要取材对象,重新加以编排、引申,分别从诗体、诗韵和诗格三个方面论述诗法。这种古为今用的做法直接启示了其后明代诗法类汇编成书的新路径,不再全是简单的丛编或增订、改装。稍后进入万历时期,茅一相所辑的两部诗法类汇编(《欣赏诗法》[2]、《诗诀》[3])虽篇幅略小,但是完全摆脱了前人既有结构的束缚而自立名目,颇具新意。而且,茅一相两书皆在沿袭使用元人诗法的基础上,重点取用了时人王世贞的《艺苑卮言》相关内容,亦是前人主要取资宋元诗法的突破。此种打破原著既有结构,将其具体材料充实到编者自立的名目之下用以指导诗法的做法逐渐盛行。而且,编者的取材

---

[1]　〔明〕梁桥编:《冰川诗式》,明隆庆四年(1570)刻本,国家图书馆藏。
[2]　〔明〕茅一相辑:《欣赏诗法》,明万历八年(1580)刊《欣赏续编》本,国家图书馆藏。
[3]　〔明〕茅一相辑:《诗诀》,明末刊《锦囊小史》本,国家图书馆藏。

范围也有所扩大,在明代中后期继续编著了大量此类诗法汇编。除了上述三部之外,还有王樗所编的《诗法指南》[1]、周履靖《骚坛秘语》[2]、朱之蕃《诗法要标》[3]、李贽《骚坛千金诀》[4]、蒋一葵《诗评》[5]、王述古《诗筌》[6]和吴默《诗法集要》[7]。可见此类汇编逐渐成了明代诗法类汇编的主流。在此之外,大约同时成编的尚有吴默《翰林诗法》[8]和谢天瑞《诗法大成》[9],仍然延续了丛编的成书方式,不过已不再是当时主流了。

晚明诗法类诗话汇编的情况更为复杂,除了胡文焕《诗法统宗》这种纯粹的诗法著作丛编之外,多有体例不清的诗法类汇编。比如李光祚辑《钟伯敬先生朱评词府灵蛇》[10],前二卷皆自立名目之汇编,后二卷则是宋元诗法之丛编,不及该书二集[11]之纯为汇编。杜浚《杜氏诗谱》[12]前二卷近于丛编,末卷则为汇编。胡文焕补订的《诗家集法》[13]虽在材料上多有与杜编重合处,但是自成体

[1] 〔明〕王樗编:《诗法指南》,明万历二十七年(1599)蕴古堂刻本,辽宁图书馆藏。
[2] 〔明〕周履靖:《骚坛秘语》,明万历二十五年(1597)南京荆山书林刻《夷门广牍》本。
[3] 〔明〕朱之蕃:《诗法要标》,收入〔韩〕赵钟业编《修正增补韩国诗话丛编》,太学社,1996年版。
[4] 〔明〕李贽编:《骚坛千金诀》,明博极堂刻《大雅堂订正枕中十书》本,国家图书馆藏。
[5] 〔明〕蒋一葵编:《诗评》,日本宝历肆年文林轩刻本。
[6] 〔明〕王述古编:《诗筌》,明末刻本,河南省图书馆藏。
[7] 据朱恒夫《海内孤本〈诗法集要〉的文献价值与诗学意义》(载于《文献》2007年第1期)和黄强《〈诗法集要〉所辑部分诗作与诗话出处考辨》(载于《文献》2010年第4期),现存海内孤本。
[8] 〔明〕吴默编:《翰林诗法》,明万历二十八年(1600)刻本,日本内阁文库藏。
[9] 〔明〕谢天瑞:《诗法大成》,明万历间(1573—1620)复古斋刻本,国家图书馆藏。
[10] 〔明〕李光祚辑:《钟伯敬先生朱评词府灵蛇》,明天启间(1621—1627)金陵唐建元朱墨套印本,国家图书馆藏。
[11] 同上。
[12] 〔明〕杜浚:《杜氏诗谱》,明杜氏家刻本,中国科学院图书馆藏。
[13] 〔明〕胡文焕补订:《诗家集法》,明刻《格致丛书》本、《诗法统宗》本。

系,皆为自立名目之汇编。其余如王良臣《诗评密谛》[1]、佚名《诗文要式》[2]基本沿用明代中后期盛行的汇编方式,构建了繁简不一的诗法体系,而与前代诗法丛编完全不同了。

二、明代诗法类诗话汇编的学术史意义

明代诗法类诗话汇编是对元人自著诗法中多用前人陈论的进一步发展,即明人意识到蒙学诗话的撰著不需要撰者自身去发明诗学创见,而只需要总结前人陈说即可成书。此种由自撰为主向汇编为主的发展趋势,不但改变了中国诗法讲解的方式,也同时影响了后世诗话汇编的成书结构。

(一) 保存了元人诗法著作

元人诗法大都只有一卷,篇幅狭窄,不易单行,故多以丛书形式流布。如前所述,今存最早的元人诗法丛编元末即已出现(日本延文四年〔公元 1359 年〕据元刊本翻刻的《诗法源流》)。今天能够见到的元代诗法类著作基本都是借由诸如此类的明人汇(丛)编才得以留存。

比如旧题杨载的《诗法家数》,今存最早版本出自明宣德间朱权编《西江诗法》,其后杨成《诗法》直至清人丛编当皆以朱编为材

---

[1]　〔明〕王良臣编:《诗评密谛》,明天启七年(1627)刻本,中国科学院图书馆藏。
[2]　〔明〕佚名编:《诗文要式》,明刻《格致丛书》本、《诗法统宗》本。

源。旧题范德机(范梈)《木天禁语》和《诗家一指》今存最早版本出
自明初赵㧑谦《学范》,其后史潜刊《新编名贤诗法》[1]和怀悦刊
《诗家一指》也收录此书而略有差异。后人取材则基本不出此二书
之范围,可说此二编共同保存了元人诗法《木天禁语》和《诗家一
指》。旧题范德机《诗学禁脔》亦因杨成《诗法》而得以流传至今,后
世如顾龙振《诗学指南》和梁桥《冰川诗式》皆取资于杨编。诸如此
类者,还有旧题范德机门人集录的《总论》和《吟法玄微》两部元人
诗法则赖熊逵《清江诗法》得存。旧题揭硕(揭傒斯)《诗法正
宗》,或题揭曼硕《诗宗正法眼藏》和黄清老《诗法》皆赖明初傅若川
编《傅与砺诗法》得存。曾李《诗则》和黄至道《诗论》仅赖赵㧑谦
《学范》而得存片段。《项先生暇日与子至诚谈诗》一段和《杂咏八
体》仅赖史潜刊《新编名贤诗法》得存片段。《名公雅论》赖怀悦《诗
家一指》得存。《沙中金集》赖杨成《诗法》得存。《诗家模范》和《作
诗骨格》赖朱权《西江诗法》得存。可见,今存十八种元人诗法中绝
大多数皆因明人诗法类汇编才得以流传。

　　元人诗法本有多样,远较唐宋两代诗格、诗式之讲诗法者丰
富。除传统诗格、诗式外,又有讲论诗法之文章、书信,还有论诗对
谈录和古诗选本。此等元人诗法全貌皆主要依赖明人诗法类汇编
得以示人,可见明人此类汇编文献价值之重要。其价值最突出者,
表现在清人各类诗学著作(主要是诗法类汇编)所用元人诗法正是

---

[1] 史潜称此《诗家一指》作《虞侍书诗法》,或更接近其书原貌。

主要从明人汇（丛）编中取材的。

（二）讲论诗法趋于系统、全面

中国诗法之讲解，除了唐宋诗格、诗式为独立成书之著外，多散见于文人笔记、书信、序跋。部分诗话也涵盖了大量讲求诗法之议论，甚至少量诗话体例的诗学著作全以诗法为主（例如南宋词人姜夔《白石道人诗说》）。不过，直到宋末都没有出现全面系统讲解诗法或介绍诗学的著作。魏庆之《诗人玉屑》虽然全面搜罗了南宋学者对诗法的讲解，其分门亦甚全面，但是各门之间的逻辑关系以并列为主，还没有形成前后连贯的论说型体系意识，所以资料汇编的意义大于诗学撰著的意图。元代以诗文创作为主的传统文学远较唐宋衰落，以戏曲、小说为代表的较低层次之市井文化兴起。上层文人对诗文创作的推动和创新显得力不从心，下层职业编书人和文化普及者因应通俗诗学（当然也包括通俗文章学）的巨大市场需求，开始利用既有诗学资源编撰蒙学诗法并使之成为了元代诗学的主要文献类型。既然面对的是基础几近空白的非职业学习者，甚至没有诗学基础的学童，蒙学诗话就需要比较全面的诗学介绍，而且要有一定逻辑顺序才能适应学习者自学和随时参考之实际需求。正是在此种社会文化背景之下，元人诗法开始构建传统诗学和诗法讲解的完整体系，尽管尚不够全面和深入。其中，多数著作尚在摸索之中，呈现一定系统性且较全面者以旧题范德机之《木天禁语》为代表。其书以"篇法""句法""字法""气象""家数"

"音节"六个方面来教人作诗,较为全面。前三个部分是诗歌文本存在的三个层次,可以视作对诗歌创作从宏观谋篇布局到具体遣词造句的依次指导。第四部分是讲诗歌文本的整体特征和题材对风格的内在要求。"家数"讲经典作家(或作品)的风格和情感特征。"音节"涉及诗歌用语和押韵。此六步诗法之讲解,作者谓之"六关",其以篇法、句法为主的成书结构仍受唐人诗格、诗式的传统惯性影响。

明人诗法以汇编成书为主,与元人自著为主不同。既然同样面对的是各类元人诗法丛编所提供的前人诗法资料,各职业编书人就势必要在材料取舍和结构安排上体现自身的全面系统性和可操作性,否则,必然丧失获取尽可能多商业利益的机会。于是,明代诗法类汇编无意中开启了中国传统诗学和诗歌作法总结期的序幕。在此之中首先要提到的是明人对元人诗法的丛刊,由于保留了元人各著既有结构,创新处有限,主要作用是为其他汇编提供材料。正是惩于元人诗法的不够全面,明人才将其加以汇编以起到相互发明、共同指导的作用。因而将元人诗法加以拆解并重新组合、充实的新式汇编逐渐成了诗法讲解的流行形式。

比如,明代早期的朱权《西江诗法》就充分体现了从丛编向汇编的过渡。其书不再是整本收录元人诗法,细考全书二十五目的结构方式,又可分作综论作法、分体讲法和相题作法三大板块,颇有体系意识。不过,细考其各目之联系,其中二、三部分仍然较大

程度地直接使用了旧题杨载《诗法家数》的结构。可见朱编对于元
人诗法的推进主要是对诗法总论的强调和汇辑,创新力度十分有
限。由梁桥《冰川诗式》命名曰"诗式"可推知其书与唐宋诗格、诗
式有密切联系。具体到文本内容,其书主要分门讲解了诗歌的句
法、声韵和篇法,只不过更加详细具体而已。但是,其书在这些分
门讲解之前冠以"定体"一门,可以说是对后面具体讲解的一个总
括,体现出的是明确的体系意识。而且,对于各种体式的讲解十分
全面,包括体式源流、内部分类及诗例和基本作法。这种全面、细
致的"定体"使得这样一部明人"诗式"远较唐宋诗式全面系统得
多。其后,茅一相《欣赏诗法》又在"诗体"一门之前增设"诗源",比
《冰川诗式》又进一步,分门更加细致,还将"诗评"独立一目,为诗
法讲解增入更加丰富的批评实践示例,使其更加全面。再有王述
古《诗筌》前两卷演说历代诗体之发展,兼及品评和诗法,乃是对诗
体、诗史、诗法、诗评的综合性论述,内容丰富,就此而言,就远较元
代旧题傅与砺述范德机意的《诗法源流》对诗史而兼诗法之讲解全
面、细致得多。晚明王良臣的《诗评密谛》则在诗法讲解的同时,收
录了较多唐宋以来的诗事,当是有意将诗事之记录作为诗法讲解
的补充,促进了诗法讲解的综合性发展。

　　经过上述分析,可见明人诗法类诗话汇编不是单纯地将元人
诗法由自撰为主变为汇编为主。其编者对于诗法讲解更加全面、
系统的内在需求是促使这种变化的根本动力。而这种内在需求除
了编者的学术自觉之外,也受到了当时社会文化背景的影响。不

过,由于明人过于看重市场需求,所以显得创新意愿不强,最终使得明代诗法类汇编转相抄撮的习气陈陈相因而缺乏本质上的新创。只有到了学术文化潮流发生巨大变动的清代,新的学风才促使诗法类汇编出现了进一步的发展和演变。就此而言,我们既不可抹杀明人草创之功,又不可因其成书之简陋深加诋诃。毕竟,清代更有价值的诗法类汇编正是直接得益于明人启发,方才后出而转精的。

第二节　清人对明代汇编的延续和发展

从历史发展顺序的基本逻辑来看,清代诗话必然受到明人的影响。其中,就诗法类汇编而言,清初对明人编撰手法的继承和延续尤其明显。不过,由于世风、学风的巨大改变,清人诗法类汇编对明人的成书方式是选择性利用的——其部分特点有所突出,其余部分则被摒弃。

一、明代诗法类汇编在清代的延续

诗法类汇编在明代开始盛行,直接原因是对元代诗法的继承和发展。两代之相同者在于市民阶层和初学者对诗学著作商业出版有大量需求。时人屠本畯形象地描述了当时普通民众学诗、作诗成风的情状:

尝谓近时风尚，甫解之、乎，辄便呷哑；稍习声稱，遽
寿枣梨。人靡不握管城以摛诗，诗无不丐玄晏而为序，序
无弗并汉魏而薄钱刘。[1]

这种学诗、作诗之风盛行的时代背景下，诗法普及类著作当有很大
的市场。其不同处在明人以汇编为主，而元代多为自撰。不过元
代诗法既然以指导初学者而盛行，其具体诗学理论和方法仍大量
参考乃至抄袭了前人或他人理论。故今人张健尝言："一些元代诗
法著作的大部分或部分内容来自宋代诗话或诗法、诗格著作。"[2]
甚至有人直接断言："元代诗法很多是抄掇宋人的诗话，流传过程
增删不断。"[3]就此而言，可以说元代诗法多袭前人成论的编著方
式直接启发了明人诗法类汇编，"延展到明代，'诗法'类编如异军
突起，一时蔚为兴盛"[4]。明代此类汇编近三十种，在明人总共二
百余种诗话类著作中占不小的比例，可见其刊刻流传之广泛和商
业需求之盛。由于此类诗学著作本是"明代中后期空前广泛之诗
歌消费受众以及诗学下行传播态势的表征"[5]，所以多有与其他
诗学著作包括各类诗话汇编相异者，今人对此总结道：

---

[1]　〔明〕屠本畯：《茗笈谈》，《稀见明人诗话十六种》下册，上海古籍出版社，2014 年版，
　　第 7 页。
[2]　张健：《元代诗法校考》，北京大学出版社，2001 年版，第 2 页。
[3]　李春桃：《元代诗法论析——兼论〈二十四品〉在元代的冷落际遇》，《甘肃社会科
　　学》2008 年第 6 期，第 158 页。
[4]　胡建次、王金根：《中国古代"诗法"的承传》，《江西社会科学》2005 年第 9 期，第 68 页。
[5]　陈广宏：《明诗话还原研究与近世诗学重构的新路径》，《复旦学报》(社会科学版)2018
　　年第 3 期，第 82 页。

　　可见这些诗法汇编,体例都差不多,它们的共同点,一是将前人所述各种诗法、诗格分门别类地加以归纳,故多标立名目;二是辑录前人著作,多不注明出处,难免抄袭雷同;三是举具体诗例印证格、法,时或牵强生硬。但此类诗法汇编,本为初学入门者而辑,与诗论、诗评一类著作宗旨不同,与考证、记事等类著作宗旨也不同,故不能以理论批评价值去衡量它们,它们的文献资料价值也主要在诗法类古籍的保存和校勘方面。它们将分散的诗法著作通过不同的编排汇辑为一帙,也较便于初学,便于流传。[1]

这里一是总结了明代诗话类汇编的三个重要特征,二是指出了其相较其他诗话汇编的独特编撰意旨和价值。清代诗法类诗话汇编是在明代基础之上发展而来,故与明人汇编在取材方式和来源,以及汇编结构和思路上多有相同者。其中成书于明末清初的部分汇编充分体现了其对前人著作的延续,毕竟政权更替所引起的文化演变往往相对滞后。清初诗法类汇编在编著方式上完全同于明人者有三部,它们分别是顺治年间叶弘勋的《诗法初津》、康熙间陈美发的《联璧堂汇纂诗法指规》和钱岳的《锦树堂诗鉴》。它们完全继承了明人诗法类汇编的特征,基本上可以理解为明人诗法类汇编

---

[1]　刘德重、张寅彭:《诗话概说》(修订版),安徽教育出版社,2009年版,第219页。

在清代的延续。至于其他汇编，也在不同程度上继承了明人的相应编撰手法，体现了明人汇编对于清人的借鉴意义。

（一）分门归纳、标立名目

将既有诗话收集之后加以分门归纳，本是诗话汇编惯用之文献处理方式和结构成书思路。只是前人讲论诗法往往本有一定之标目，以为相关内容之说明，这正与诗话闲谈之学术品格颇异。自《六一诗话》诞生以来诗话皆以闲谈为主，故或可无结构意识，只要涉及诗歌之人、事、作品者皆可收入。更有甚者，与诗歌关系不大却为某某诗话之一部分，自宋至清皆不乏此类之作。惟诗法皆专门针对诗歌创作中的基本理念或具体问题加以论说，故编撰者往往在具体内容之上加注标题以为指导读者之用。此以唐人诗格为代表的诗法类著作最为典型，如现存较早之旧题上官仪《笔札华梁》就分八阶、六志、属对、七种言句例、文病、笔四病、论对属七目。此七个名目皆是编者对具体诗法的概括性标题，目的在使略显琐细的讲解显豁。自明人诗法汇编盛行，编者又好在前人标目基础之上，标立能够涵盖其所收不同著作讨论相近问题的名目。简单来讲，就是以符合自己诗学体系的新名目来将前人诗法总括起来，以达到自己"以述代作"的编著目的。如明代梁桥的《冰川诗式》即从唐宋诗格著作和《诗法家数》《木天禁语》《诗学禁脔》《诗法正论》《诗家一指》等元人诗法著作收集来的大量诗论，按照自己的独特思路分为六大部分：定体、炼句、贞韵、审声、研几、综赜。此六目既体现了梁桥对诗法讲解的个人思路,也是对前人诗法的重新整理并加以归纳与总结。

现存清代最早之诗法汇编《诗法初津》约成书于顺治后期,其理所应当地延续和继承了明人的此种编著特征。《诗法初津》编者叶弘勋与明末清初著名学者金圣叹同时,《清诗话考》谓其为"江南吴江人"[1],有误,据今人陆林考证当为江南吴县东山镇(今江苏省苏州市吴中区)人[2]。今虽同归苏州,然当时实为两县:吴江县和吴县。叶弘勋字仪汝,一字有大,府学诸生,有《庄子注》《仪汐轩稿》,辑有《唐诗选平》《唐音盛事》[3]。叶编主要汇编了钟嵘《诗品》、严羽《沧浪诗话》及其他宋元诗法、诗格类著作的相关内容,就此取材范围言,与明人别无二致。并且叶弘勋一仍明人做法,给这些诗法之具体讨论分成了五个部类:卷一"规式部"、卷二"意匠部"、卷三"结构部""申说部"和"指摘部"。其中"规式"是对诗歌体式的讲解,"意匠"则指诗歌创作的理念和基本规则,"结构"具体到了诗歌创作的过程,是写作的具体着手处,"申说"是脱离具体创作过程的整体性观照,"指摘"则是讲解创作过程中可能出现的一些错误和避忌。虽然叶弘勋的分部名称未与前人雷同,但是其各部类内涵仍不出明人范围。不过《诗法初津》在汇编基础上多有自撰以为补充者,不能完全视作汇编。单就分门立名而言,与明人汇编

[1]　蒋寅:《清诗话考》,中华书局,2007年第2版,第237页。
[2]　陆林:《〈诗法初津〉作者叶弘勋小考——金圣叹交游考证一例》,《古籍整理研究学刊》2012年第4期,第45页。
[3]　〔清〕冯桂芬等:《(同治)苏州府志》卷一百三十六《艺文志·吴县》,清光绪九年(1883)刻本。

没有差别。

又如游艺《诗法入门》四卷卷首一卷，除卷首所汇辑之前人对诗法的笼统性论述题作"古今名公诗论"外，又分为诗法、诗窍（以上卷一）、诗式（卷二）、诗选（卷三、四）四大部类。除"诗选"主要是选诗以为典范之外（多有圈点评注，当意在就诗说法），前三部分皆为编者游艺对前人诗法的归纳，体现的是其独特的诗法理解和讲解思路。其中"诗法"部分是对诗歌作法的正面介绍，其下共有十小目，皆为前人诗法中本已有之的对具体诗法的标目，分别是诗粘平仄法、起承转合法、诗家四则、诗家十科、作诗准绳、诗重音节、诗中常格、诗外杂格、诗正题十体、诗学正源。"诗窍"是对前者补充和扩展。其目下共有二十五小目：诗有体志、诗有情景、诗中句法、诗有内外意、诗有三体、诗有四炼、诗有五理、诗有偏法、诗有喜怒哀乐四德之辞、诗有喜怒哀乐四失之辞、诗有上中下、诗有三般句、诗有六对、诗有物像比、诗有魔有癖、诗有四不入格、诗有五忌、诗有八病、诗眼窍法、诗句用字、押韵用字、诗句对仗、诗对十三法、起句十五法、结句十七法。"诗式"通过作品的列举来说明诗歌的体式和题材差异，只有五小目：辨别比兴赋、辨别气象、辨别体格、辨别明暗二体、辨别诗外杂体。最后"诗选"中多加圈点评注是就诗说法的典型，相当于对诗歌中诗法理论的案例剖析。四个部分除选录作品以为说明外，皆辑自前人诗法遗著，具体诗法讲解连同相应标题一并收入。《诗法入门》分目基本沿用唐宋人诗式、诗格原著，无所创见，只是略微更变顺序。虽然各目具体内容有所增补,但分门立目仍是明人习惯。

(二)转相抄掇、不断增订

就一般诗话汇编而言,因为其借鉴和沿用了类书的成书方式,往往遵照前人习惯标注出处,故后世诗话汇编凡是不题、漏题、错题资料出处者,皆受后世学人诟病。更有甚者不分人言己言,肆意篡改原文面貌,不但向人传递了错误的讯息,还会引起很多不必要的误会。比如明代收录诗话最夥的王昌会《诗话类编》就因此而被《四库全书总目提要》(后文简称作《四库提要》)批评道:

> 是编撷拾诸诗话,参以小说,裒合成书。议论则不著其姓名,事实则不著其时代,又并不著出何书。糅杂割裂,茫无体例,亦博而不精之学也。[1]

相较普通诗话汇编,作为其中颇为另类的诗法类汇编,因其自身特殊性而在文献来源的标注上多有有意不题出处之做法。此种对准确来源考辨的无视,往往意在掩盖其抄袭他人之事实。因为明人早已习惯为获取最大商业利益,迎合下层诗学的市场需求而行此掩人耳目、拉杂成书之策略。今人陈广宏对此种盛行于明代而又延续到清初的做法总结道:

---

[1]　〔清〕永瑢等:《四库全书总目提要》(第四十册),商务印书馆,1931年版,第33页。

> 其利用现成文本资源，剽剥伪撰题辞或序，大抵按照
> 学诗的进阶，变换编纂方式与结构，并通过袭意类仿、切
> 割置换、增插删改等种种手段制作"新本"。[1]

既然本意在制作"新本"，那么隐匿文献出处就是必要的手段。故明代诗法类汇编相较其他诗话汇编多爱标注出处者，更爱有意不题出处而蔚然成风。沿及清初，前述三种汇编也延续了不题出处、转相抄袭的做法。具体而言，康熙年间成书的陈美发《联璧堂汇纂诗法指规》(后文简称作《指规》)和游艺《诗法入门》(后文简称作《入门》)就是此种做法的典型例子。今人尝以为《入门》是"汇采诸书""汇辑明以前论诗之书而成"[2]，但经过详细考辨可知，《入门》实际上超过八成的内容直接抄录自略早于前的《指规》。这不但改变了今人对此编文献来源的部分论断，而且刷新了对此类清代诗话汇编的具体成书方式和过程的认知。

现通过对此两部著作及前代资源的详细比勘，从体现编者动机的角度来探究《指规》和《入门》编法之间的联系。《指规》共二卷，各卷又分上下，《入门》分卷分目则已见前述。两书除具体顺序的编排多有差异外，各则内容基本一致，其有不同处皆为游艺对陈编的增补。详情如下：

---

[1]　陈广宏：《明代诗学研究中的文献批判问题》，《苏州大学学报》(哲学社会科学版)2018年第1期，第154页。
[2]　蒋寅：《清诗话考》，中华书局，2007年第2版，第252、251页。

　　《入门》卷首"古今名公诗论"三十八则诗话中有二十二则与《指规》卷一开始部分之"汇辑名公诗论"相同,《指规》则直承自明人吴默《翰林诗法》卷一《翰苑诗议》。其余十六则当为游艺自己汇编而增入者。《入门》卷一"诗法"共十条,第一条"诗粘平仄"承自《指规》卷一下之"诗有平仄"条,游编末尾加一"调四声法"。第二条承自《指规》卷一上之"律诗要法·起承转合",原出元人《诗法家数》。第三条"诗家四则"、第四条"诗家十科"承自《指规》卷一上而将顺序加以对调,原出元人《诗家一指》。因《指规》此两条之顺序同于原书,可知《入门》当是据《指规》而调换两者顺序,并非出自《诗家一指》。第五条"作诗准绳"、第六条"诗重音节"承自《指规》卷二上之三、四条,前者原出《诗法家数》,后者未详所出,或是陈美发综合前人说法之自撰者。第七条第一则"律诗体格"以明人徐师曾《文体明辨·近体律诗》所论为基础,参以《诗法家数》部分内容,以说明律诗之总体特征。后二、三则"五七言古诗体式"承自《指归》卷一上之"五七言古诗"条。第四则亦如首则以《文体明辨·排律诗》为基础,参以己言以说明排律之特征。第五则"古风体式"当为自撰。第六则"绝句体式"为元人傅若金《诗法正论》与《指规》上述第三则后之"绝句"条的合写。第八条"诗外杂格"包括"六言体式"等二十种体式,主要承《文体明辨》相关分类方式,具体内容亦是在其基础之上加以增删,用以说明各体式之特征。第九条"诗正题十体"罗列十种诗歌题材之分类,承自《指规》中上述第七条第六则之后所列九种题材,第十种"联句诗体式"为游艺据《文体明辨》

中"联句诗"增补。此处可见游艺将本为徐师曾所认为的诗歌体式中一类的联句诗，划在了按题材的分类之中。第十条"诗学正源"承自《指规》卷二上之"诗学正源"，原出《诗法家数》。

《入门》卷一"诗窍"二十二条，第一条"诗有体志"承自《指规》卷二上，原出《文式》第二十一"辨体一十九字"。游艺所列有二十体，其中十九体同于陈编，另加一"苦"体当是其自拟。就承自《指规》之十九体言，陈美发一仍《文式》原文。《文式》中"悲""意""静""远"四体皆未如其余者以四言句式加以阐释，游艺在抄录陈编的同时当是意识到此种体例之不一致处，故自拟类似原文的四言句式加以增补，很好地完善了原著之体例。第二条"诗有情景"按原来顺序承自《指规》，而《指规》亦按《文式》之原序抄入。其不同处即《文式》谓为"赵氏曰"当指赵撝谦《学范》，而《指规》谓出明人瞿景淳不知何据，《入门》则直接未题出处。第三条"诗中句法"所列十四种句法中前十三种皆承自《指规》，唯末一种"上六下一"是据《指规》之"上一下六"改之。今考《指规》所列诗例"掖垣竹埤梧十寻"本非"上一下六"之式，恐游艺惩于陈美发之误而另立一目。《指规》皆抄自《文式》第十六"句法"而未作改动，《文式》则是据元人《木天禁语》所列十一种句法中的十种句法又另加六种而成。由此可见《文式》和《入门》两位编者的增补、删改之功。第四至十八条"诗有内外意"等承自《指规》卷二下前十九条中的十四条，可见是对其所录内容的一个筛选。只第八条"诗有偏法"当为游艺自撰，颇有创见，当指诗歌句法篇法上有迥异于常用结构者。《指规》

此部分则基本是对旧题白居易《金针集》的全文原序之转抄，未见其简择意识。第十九条"诗眼窍法"是对诗句中用字方法的讲解，有十六目，可分为诗眼用字、特殊句式用字、句中炼字、押韵用字、对偶用字五类。其中除"诗中炼字"目为游艺自撰外，其余皆承自《指规》而对其顺序多加改动。另外游艺对各目之下具体诗例多加更换，恐意在用更贴切的作品代替原来所录之作。《指规》此部分内容则是完全抄录自元人《沙中金集》前半部分的内容而另增补四目。其为《入门》收入，可见陈美发增补之功为后人认可。第二十条"诗对十三法"承《指规》"诗联准绳"，唯将原来各法四联对句之示例删减两联。此条未见前人著作，或是《指规》自撰。卷一末后之"对句法""结句法"承自《指规》卷二上末尾两条，然游艺分别增补了四目和八目。《指规》则是对元人《木天禁语》"起句""结句"两条的转抄。

卷二"诗式"共五条，第一条"辨别赋比兴"承《指规》卷一下"诗有赋比兴"，其关于"赋比兴"的阐释承自朱熹，诗例或是《指规》所加，《入门》仍之。第二条"辨别气象"承《指规》卷二上，原出《木天禁语》。然当时通行的《木天禁语》只列名目，未有诗例，亦无王世贞题解，只吴默《翰林诗法》有之。可知此段内容原出《木天禁语》时只有"气象"十目，《翰林诗法》则承此（当为杨成本）而将"偈颂""末学"二气删去并添加"王世贞语"以为题解和诗例。《指规》承自《翰林诗法》而加"闺壸""武弁"二目并诗例，又凑足了《木天禁语》的十种气象。《入门》在陈编基础之上又于末尾利用《指规》书末之

"总论"总结了各气象的特征,有综论意味。此条内容经过原创者的首创,及后来吴、陈、游三人的修正补充,可以清晰勾勒出自元末至清初学人诗法讲解上的流变和演进。第三条"辨别体格"承自《指规》卷二下"诗有十五格",《指规》承自《翰林诗法》卷七,原出元人《诗学禁脔》。游艺对陈编在文字上多有精简处理。第四条"辨别明暗二体"承《指规》卷二上"可以为法",《指规》直抄《木天禁语》原文。《入门》在原文只列诗例的基础上增补了所列四诗的题解和末尾的总结,此可见游艺用心处。第五条"辨别诗外杂体"罗列十数种杂体诗歌体式及诗例,与《指规》无涉而皆杂采自谢天瑞《诗法大成》、梁桥《冰川诗式》和宋代诗法丛编《吟窗杂录》。此条数十则题解、诗例多有前人所无者,当是游艺增补之功。

综上可见,游艺《诗法入门》作为一部清初延续和继承明代诗法类汇编的诗学著作,其材料来源(两卷诗选除外)九成以上出自稍早的陈美发《联璧堂汇纂诗法指规》,而《指规》又据明人吴默《翰林诗法》大量转抄而成。其"间出己意删定增选"的用心处也在上述考辨中多有体现,这种"转相抄掇,不断增订"的明人编著特色在此类清代初期汇编中也有很好的体现和延续。

(三)诗例举证、时或牵强

引用诗例讲解诗法本是历来常见做法,但是由于历代诗法承用、发展了六朝以来诗格、诗式等著作的相关内容,而此类著作"多为指陈作诗的格、法,不免琐屑呆板"[1],相应诗例的选录往往也多有不妥处,更有与格法标目相抵牾者。不过其牵强抵牾处毕竟有限,大多数诗例之举证和格法之归纳本从前代无数创作实绩和诗法讲解者的个人经验而来,确实很好地为初学者提供了方便法门。进一步言之,明清以来诗歌创作的历史演进正是以此类蒙学诗话、诗法为基础而来,所谓"牵强"之格法诗例虽常为方家嗤笑但却不可或缺。这种明代特征也影响了清代汇编,格法诗例的总结和讲论一直都处在不断丰富、精炼的过程之中,故整个清代也一直在持续性地增减。这里面既体现了不同编者对诗歌创作格法的个人总结和归纳,也是不同学人对诗法讲解方式的多样反思和改进。

陈美发《联璧堂汇纂诗法指规》卷二下罗列九种诗句对法本承自《翰林诗法》所收《沙中金集》,与原本(明代杨成本)小异。《沙中金集》本列"扇对格"等共十二种诗句对偶方法(格式),各式之下除偶有说明外皆大致按五七言句式分类罗列对句以为示例。《翰林诗法》抄录此条时对其中之"借韵对"略加按语以为说明,并对原本过多之诗例加以删节。可见明人在汇编过程中不是简单地转相抄撮,而是多有合理之增删,此也从反面证明明人确有部分格法及诗例过于琐细之弊。不过将此等弊病有所扩大的是陈美发的汇编《指规》,其在《翰林诗法》本有"句中对""不对处对""借韵对"的基

---

[1]　张伯伟:《全唐五代诗格汇考》,凤凰出版社,2002年版,第5页。

础之上增补了"就句对""不对之对"和"借音对"三目,并皆增列对句数联以为示例。陈美发并未认识到自己强立格法名目及诗例,说道:

> 补遗:前集所云"诗有六对",及此所载各对法外复遗有"借音对""就句对""不对之对",今补录于后。[1]

今考其诗例实无此增补之必要,两者本可归为一种对法。如《沙中金集》"借韵对"本承自《诗人玉屑》卷七所引《蔡宽夫诗话》,蔡氏所列诗例就包含了《指规》"补遗"之"借音对"中所列贾岛"卷帘黄叶落,开户子规啼"和崔峒"因寻樵子径,得到葛洪家"两联[2]。其中"借音对"以"子"(紫)对"黄","洪"(红)对"子"(紫)与以"下"(夏)对"秋","士"(十)对"迁"(千)并无本质区别,皆是利用同汉字同音假借的特征来形成诗歌中的对仗。后来《诗法入门》在转抄《指规》的时候当是发现了此一弊病,故将陈美发强立之"借音对"诗例又归还于"借韵对"之下而删去了所加之名目。此正与其原始出处暗合,正可见《指规》诗例及名目增补之不必要,有牵强之嫌。不过游艺仍然保留了陈美发所增之另外两目,可见其是认可这种增补,然此亦是立目牵强之特征的表现。

再从上述例子整体来看,其举诗例亦多有牵强之处。如"借韵

---

[1]〔清〕陈美发编:《联璧堂汇纂诗法指规》,圣益斋刻本,日本内阁文库藏。
[2]〔宋〕魏庆之:《诗人玉屑》,中华书局,2007年版,第237页。

对"中所列"根非生下土,叶不坠秋风"尚算假借而对的话,"住山今十载,明日又迁居"一联中将"迁"牵强理解为"千"来构成对仗就殊无意义。既然"住山"不能对"明日","今"不对"又",又何必将"迁"强行假借作"千"? 此正是明人强立格法名目同时又乱入诗例以求壮大所立名目之声势的做法。同样在《诗法入门》中牵强罗列诗例的还有其所引孟浩然"舳舻争利涉,往来接风潮"一联同时放在了"交股对"和"不对处对",既然诗例已经重合,似乎就无另立名目之必要了。至于"不对之对"本为严羽《沧浪诗话》定义为"律诗之彻首尾不对者",即律诗中一种特殊体式,本就不是对仗。那么后人在总结对句方式的时候就完全无必要再将之理解为一种对偶方式。《诗法入门》等将本不对偶的诗句也理解为一种对偶句,十分矛盾,牵强之甚。

二、清代诗法类汇编对前人的发展

如上文所述,清人诗法类汇编部分著作基本承袭了明人的成书方式和特色,可以算作明代诗法类汇编在清代的延续。不过,这种完全沿用明人方式的汇编手法在清人手上也得到了一定的改进与发展。清人后来的大多数汇编在清代"痛感汉文化的堕落和对明代学风普遍失望的心态下"[1],对明人的一些陈习加以改进,意

---

[1] 蒋寅:《论清代诗学的学术史特征》,《南京师范大学文学院学报》2003年第4期,第14页。

在使自己的诗法讲解更加合理和易为人接受。毕竟,诗法类汇编
在刚刚开始风行的明代还有很多在清人看来不甚可取和可改进
处。这既是时代学风变迁和学术趣味变化使然,也是学术著作本
身不断改进、发展的内在需要。首先,明人诗法汇编与丛编往往界
限模糊,清人则在这方面显示了其逐渐试图将两者加以区分的意
图。其次,明人常有的对文献来源考辨之疏漏和无视,在崇尚实证
的清人看来定然是需要改进的地方。再者,明代开始有编者将诗
话内容逐渐融入诗法类汇编,清人在此基础上将更多类型的诗学
资料都用以诗法之讲解。

(一) 汇编与丛编的分离

　　诗法类汇编是指收集前人成著中诗论,然后按照一定的诗法
理论框架,将所收材料归类到相应标目之下以说明学诗并其相关
之议题。诗法丛编则是将不同独立诗法著作收集、整理之后,汇刊
一处的丛书。依今人的眼光看,汇编和丛编本就是性质不同的两
种事物。前者主要是一种"以述代作"的成书方式,将散布在各种
著作中对于诗法的讨论通过编者的精心结撰,成就一部新的诗学
著作。后者则完全不是一种编撰方式,而主要是一种商业出版行
为,其将不同诗法著作按照一定的标准加以拣择、刊行,并不需要
如汇编者有精深的诗学鉴别眼光或体系意识。汇编者处理的对象
是纷繁芜杂的诗学材料,丛编者的对象只是本已成熟的诗法著作。
今人在总结宋代诗法类汇编和丛编的时候,就曾经清晰地对此两

者作出了区分：

> 《吟窗杂录》的编纂方法，与《诗苑类格》不同，与前所
> 述及的诗话汇编四种类型也不同，它采用的是以整部著
> 作为单位的辑录形式，已相当于后世的诗法丛书或诗话
> 丛书，或者说它是后世编纂诗法丛书或诗话丛书的先声。
> 其影响所及，如元佚名编《诗法源流》，明胡文焕编《诗法
> 统宗》，清顾龙振编《诗法指南》，都可视为与《吟窗杂录》
> 一脉相承的后继之著。[1]

诗法汇编与丛编界限基本清晰已如前述。不过到了元、明两代，情况发生了变化。自元代延祐二年(1315)恢复科举考试，诗歌作法教材的社会需求大增，于是出现了大量诗法著作。这些著作与自南朝以来的诗格、诗式类著作虽同为诗歌作法之讲解，但更具有系统性和讲解指导意识。今人张健准确地指出元代诗法与前人的差异："在不少元代诗法著作中都试图对诗歌理论问题进行简要的概括，这些概括显示出元人对于诗歌理论的总体理解与把握。"[2]前代诗法往往散碎、琐屑，元人为服务于初学者以获取商业利益，故其尝试用总括性的诗学体系对诗歌作法加以概括，意在全面而细致地讲解诗法。元人诗法著作以自撰为主，但是著作权归属问题

---

[1] 刘德重、张寅彭：《诗话概说》(修订版)，安徽教育出版社，2009年版，第118页。
[2] 张健：《元代诗法校考》，北京大学出版社，2001年版，第3页。

上的复杂性已经说明了其与明代大量诗法类汇编在编撰方式上的相似之处。元人诗法著作多引用、转抄前人诗法也与明代诗法汇编的成书方式相通。只不过元人所能使用的材料主要是宋人诗话和唐宋诗格、诗式，明人则可以集中使用元代丰富、现成的诗法著作。故元人诗法需要自己构筑诗学体系和讲解程序以为全书之主干，而明人可以直接整本、整部地将元人诗法收入以成一诗法丛编。

今考元代诗法以自撰为主，大量引用前人诗法的有旧题杨载《诗法家数》、旧题范德机《木天禁语》、旧题范德机门人集录《总论》、或题范德机《诗家一指》、旧题揭曼硕《诗法正宗》、佚名《沙中金集》、佚名《诗家模范》、佚名《作诗骨格》等。其余尚有十数部内容基本自撰的诗法著作。明代汇编颇近丛书性质者正是将上述元代诗法著作整本汇编而形成的，这种做法在元末就已出现。日本延文己亥（四年，1359）刊行的《诗法源流》一卷就是现存最早的这样一部诗法汇编而兼丛书性质的著作，其所收录者依次包括《诗法源流》（在明代其他汇编中称作《诗法正论》）、《论诗法家数》和《诗解》三部著作。单就依次收入三部著作言，自当视作诗法丛编，但是今天所看到的元人诗法本非各书原貌，皆来自诸如《诗法源流》之类的元明人诗法汇编。而又因为"元代诗法在流传过程中有被增删改动的情况"[1]，所以我们可以这样理解：自元明以来版权

[1]　张健：《元代诗法校考》，北京大学出版社，2001年版，第11页。

意识十分淡薄的情况之下,编者本就以为元人诗法著作已经可以直接用于指导后学,便只需要将能够收集到的数部著作一并刊行,就能达到面向诗歌初学者的商业出版意图了。至于偶有删节增补,在今天看来是侵犯了原著者知识自主权,在当时可能只是编刊者便宜行事而已。比如上述之元末《诗法源流》所收《诗解》前半部分当为旧题杨载《诗法家数》之前言,此处则与后半部分意不相关,所以其所收《诗解》并不就是《诗解》原书,恐为编刊者从他书增补者。沿及明代,此种汇编与丛编的界限更加模糊,简单来讲就是诗法汇编者往往连自己的诗法讲解体系都没有,完全以元人诗法单部著作丛编的方式来结构全书,又在整本收录的基础之上妄加增删。这就在损害了丛编内部各书完整性的情况下,模糊了汇编和丛编的界限。明代此类诗法类汇编而兼丛编色彩的有史潜《新编名贤诗法》、怀悦《诗家一指》和《诗法源流》、王用章《诗法源流》、熊迻《清江诗法》、吴默《翰林诗法》、谢天瑞《诗法大成》、李光祚《钟伯敬先生朱评词府灵蛇》等。比如《新编名贤诗法》,前两卷皆为完整诗法著作,唯卷三除收《范梈德机述江左第一诗法》(《木天禁语》)外,又收四篇单篇诗法论文(包括书信)。这就破坏了丛编属性,只能以含有丛编色彩之诗法类汇编视之。又如吴默《翰林诗法》十卷中,中间八卷收入八种独立之诗法著作,首、末两卷之《翰苑诗议》和《诗教指南集》则似为吴默自辑。再如谢天瑞《诗法大成》十卷,前五卷是杨成《诗法》的翻刻,后五卷则是对另一部诗法汇编《冰川诗式》的摘抄。而《冰川诗式》本身又是一部诗法类汇编,所以整个

《诗法大成》典型地代表了明人诗法丛编和汇编的模糊性认识。以上各书皆是如此，只程度各异而已。当然，明代也有与诗法汇编界限清晰之诗法丛编（丛书），如杨成《诗法》、胡文焕《诗法统宗》之类，自不待言。

清人诗法类汇编已见前文考述，摘抄者自是不会整篇整部收录前人诗法，分体、分门者更是将原书结构拆散以归于新的门目。其余诗法丛编或涉及诗法著作之诗话丛编者，有翁方纲《小石帆亭著录》、朱琰《学诗津逮》、顾龙振《诗学指南》、李其彭《廿一种诗诀》、雪北山樵《花薰阁诗述》、朱育泉《朱大令辑抄诗评三种》、佚名《诗学丛书》（复旦大学图书馆藏）等。以上丛书中，各编内部涉及著作皆独立完整，不似明人多有与编内单部著作相互关联之文段或名目。这就让编内即使是丛书编者自己汇编的内容也有了独立性，不需要和所收前人成著共同组成新的著作。比如《廿一种诗诀》所收李其彭自辑者，有《诗解》《绝句述例》《诗体举例》《诗学浅说》《诗述》五种。从其独立之命名可知，此五种皆为可供单刊的独立自足之诗学著述。《花薰阁诗述》收书八人十一种，除了对《唐音审体》等四部著作加以删减外，皆为整部著作的收录。其删减处理虽然损害了丛编的性质，但因为编内各书仍以独立自足的面貌出现，所以整体而言仍是丛编。

（二）考辨出处，多加标注

明代诗法类汇编因为其成书过程中多转抄自前人乃至同时代

同类著作之内容,故往往有意不标注辑用材料直接来源。其更不会详细考辨材料原始出处及流传过程,因为本就意在单纯获取商业利益,对资料只求为我所用而并不作学术性的深入探究。比如成化五年(1469)刊行的黄溥《诗学权舆》所题出处者不足一半,就被明人许学夷痛加诋诃:

> 皆类次晚唐、宋、元人旧说,而多不署其名,其署名者又多谬误。盖彼但见纂集之书,初未见全书也。[1]

其余如曾鼎《文式》、杜浚《杜氏诗谱》等亦皆如此。更有甚者如朱权《西江诗法》全卷仅二十五则而全未标注出处,皆代表了明人不题出处的典型作风。清代学风本重考据,所以在诗法类汇编中往往重视对资料来源的考证,这既是学术著作严谨性的内在需求,也是清人对明代学术的推进和发展。所以清代诗法类汇编除少部分前述明人延续之作外,对材料来源多有考辨并标注出处。清人不但在正文标注出处,而且在具体标注方式上也颇有讲究。如张潜《诗法醒言》所云:"编内用'云'字者,皆前代古义;用'曰'字者,皆当代时论。"[2]张潜作为一部诗法类汇编的编者,在标注所引诗话过程中分别用"云"和"曰"来区分了材料来源的不同。这不仅是因材料本身的时代差异,而且由于时人所论皆为张潜自辑,而前人所

---

[1]〔明〕许学夷:《诗源辩体》,人民文学出版社,1998 年版,第 350 页。
[2]〔清〕张潜:《诗法醒言·凡例》,清乾隆元年(1736)刻本。

论本从另一汇编《雅伦》转抄,所以这种来源标注上的细微差别十分必要,能够准确地告诉读者各条诗话的实际来源和时代归属。

另外,清代编者往往有自觉的标注意识,因为他们认为对文献来源的标注考辨本就应该加以说明。此种标注意识更显豁者在各著凡例中多直接表明自己所参考、引用的基础,以说明自身成书之实情。如马上巘《诗法火传·辑志》说道:

　　一　是编说皆有本……

　　一　至衷论周密、见地深确,谈诗家集大成者,胡元

瑞一人而已。胡遁叟《癸签》搜撷益富、研辨尤精……故

是编采入独两胡公居多,诚可为诗坛矢的云。[1]

他十分明确地说明了自己在编著过程中主要引用了胡应麟和胡震亨二人的著作。这种大方态度显然较明人多有遮掩的做法可取,也不至于给后人带来一些不必要的误会。很多明人的做法则往往混淆了前人诗学文献资料的流传顺序和真相,使后人在阅读、参考此类文献时多生疑惑。

不仅如此,清人汇编除在正文中标注相应出处之外,还多于卷首罗列其引用书目。此是清人向读者明确表明其辑引来源的另一做法,给读者提供了很大便利。比如清人佚名之《诗林丛说》卷首

---

[1]　〔清〕马上巘编:《诗法火传·左编》,清顺治十八年(1661)槜李马氏古香斋刻本。

列其所引各书:

> 《乐苑》《古诗纪》《文选六臣注》《唐诗品汇》《唐初盛
> 诗纪》《唐中晚叩弹集》《唐诗解》《唐诗鼓吹》《唐应制体排
> 律》《唐人万首绝句选》《李杜千家注》《杜诗详注》《辟疆园
> 杜诗注》《杜律虞注》《昌黎诗注》《诗伦》《诗林广记》《瀛奎
> 律髓》《宋诗钞》《元百家诗选》《明诗综》《盛明百家诗》《文
> 章缘起》《文心雕龙》《典论》《文章流别》《文苑英华》《文章
> 正宗》《文章辨体》《诗体明辨》《说郛诗话》《诗薮》《续说郛
> 诗话》《诗话汇编》《沧浪诗话》《全唐诗话》《毛诗古韵考》
> 《屈宋古音考》《昭代丛书》《古今韵略》《今韵笺》《词律》
> 《日知录》《读书谱》[1]

《诗林丛说》的这种卷首罗列"引用书目"的做法和正文中标注出处
的方式相配合,很好地向读者展示了该书成书的具体过程和事实。
因为正文中各条出处往往都是该内容的原始出处,而引用书目才
是汇编者在编著过程中实际使用的"间接来源"。所以,此种引用
书目加正文标注的方式就客观地说明了该书的实际编著情况。不
过其中所列诸如《典论》《文章流别》等著作又当是从前人类书、总
集当中转抄,故此种罗列颇失其实。至于所列《说郛诗话》及《续说

---

[1]　〔清〕佚名编:《诗林丛说》,清抄本,上海图书馆藏。

郭诗话》当是从《说郛》及其续编中采辑了两者所收录之相应的诗
话内容而已，当并非真有此二书存世。此又是亦给后人造成新的
误会处，可见详细考辨文献出处之必要。另外此书佚名，从其所列
引用书目，又可推知其成书之大致年代。此正可见标注出处之考
证价值。

　　清代标注辑引文献之出处已成习惯，故此类汇编举不胜举。
诸如《雅伦》《说诗乐趣》等汇编虽偶有错漏，然瑕不掩瑜，其标注诗
话出处的做法很好地完善了明代以来诗法类汇编的编撰体例。后
出者如《小沧浪诗话》之类所辑之数百则诗话全部标注了文献出
处，且几无误题者，是同类著作中之尤为精良者。由此，清人对明
人诗法类汇编编著方式的改进和发展可见一斑。不过，清人虽多
标注出处，但常有转录而不题直接来源者，易给读者造成误解。此
问题可见本书后文专章考辨，此不赘言。更有如《锦树堂诗鉴》《诗
书画汇辨·诗学》等书，明显以汇编、转录为主者，仍多不题出处。
恐是因其成书较早（皆为康熙年间成书者），故尚沿明人习气。总
而言之，清人诗法类诗话汇编在元、明以来多不标注出处的基础之
上，有了明显的改进，皆有意识地尽量标注所辑诗话之来源出处，
是一大发展。

（三）取材范围的扩大

　　清代之前的明代本就是一个诗法类汇编兴盛的时代，现存至
少有二十余部此类著作。相对整个明代二百余种诗话类著作，比

例远高于前代和这之后的清代。其之所以如此盛行，一是基于社会市民阶层扩大所引起的必然需求；二是因为就出版商而言，汇编既有诗法而刊行能够获取更大的商业利润，所以至少在元末就有商人通过汇刊既有诗法著作来牟利。现存最早的元人诗法丛书，是日本延文四年（元至正十九年，1359）据元刊本翻刻的《诗法源流》。其共收《诗法源流》《题诗法家数》《诗解》三部元人诗法著作。但是，就最后一种"《诗解》"者，实际上是旧题杨载《诗法家数》的序言和宋人《少陵诗格》这两部分的合成。可见，此元本《诗法源流》本就是一部诗法丛书，同时略带汇编的性质。此在明代，又是颇为典型之作法。明人除了部分较为纯粹的元代诗法著作丛刊之外，多有拆解元人诗法成著而将其具体诗论置于新立名目之下，以成一结构新异之诗法汇编者。而其材料来源则是类似前述《诗法源流》的诗法丛书或和自己一样转相抄撮的新异汇编。

明代纯粹属于诗法丛编体例者，有杨成《诗法》（《群公诗法》）、史潜《新编名贤诗法》、黄省曾《名家诗法》、熊遄《清江诗法》、朱绂《名家诗法汇编》、胡文焕《诗法统宗》、王用章《诗法源流》、谢天瑞《诗法大成》。这些丛编都是以书为单位，丛刊元人诗法的典型丛书。以丛编为主，对部分内容加以改动，而尚不失丛书性质者，有傅若川《傅与砺诗法》、徐骏《诗文轨范》、怀悦《诗家一指》和《诗法源流》、吴默《翰林诗法》、杜浚《杜氏诗谱》。以汇编为主而间收单部著作和完全打破前人著作既有结构的纯粹诗法类汇编有李光祚《钟伯敬先生朱评词府灵蛇》、曾鼎《文式》、朱权《西江诗法》、梁桥

《冰川诗式》、茅一相《欣赏诗法》及《诗诀》、周履靖《骚坛秘语》、朱之蕃《诗法要标》、王良臣《诗评密谛》、李贽《骚坛千金诀》、佚名《诗文要式》。上述著作数量虽然不小，但是往往体系结构大同小异，而且取材范围更是有限，都是受明人爱好丛刊元人单部诗法著作的限制，主要着眼于元人诗法。如前所考，此风沿及清人，尚有陈美发《联璧堂汇纂诗法指规》，全书仅在吴默《翰林诗法》和曾鼎《文式》两部明人汇编（丛编）的范围内取材者。明人稍有超出元人范围者，又仅局限于明代少数几位影响颇大的作家诗论，如徐祯卿《谈艺录》、王世贞《艺苑卮言》等，以及前代《金针集》、皎然《诗式》和严羽《沧浪诗话》等。

唯有胡文焕《诗法统宗》在丛刊前代诗法的时候全不局限于元人，还同时从《吟窗杂录》中翻刻了其所收之唐宋诗格、诗式。另有宋人诗话（汇编）之偏重诗法者亦被其收录，包括张镃《仕学规范》、唐庚《文录》和魏庆之《诗人玉屑》。正是这种范围更广的诗法丛编的出现，才启发清人在此基础之上从更大范围内去选取自身所需之诗学材料。所以同样是顺治成书的诗法汇编，前述陈美发《指规》完全延续了明人的成书方式，而费经虞《雅伦》则取材广泛得多。《雅伦》编者自序明确说道：

> （费）密他日持海盐胡氏所辑《诗法统宗》归，（费）经虞竞阅，训密曰："先哲高论，人为一编，亦云备矣。若合而次之，更定义例，部分州聚，除削芜猥，收存精要，博稽

旁证,使理事昭灿,开卷爽豁,诚风雅巨观也。"[1]

可见,费经虞在编撰《雅伦》期间,《诗法统宗》必是案头常用之书。他不满足于《统综》仅仅是丛刊前人诗法,而且有意重新构建自己的诗学体系,此是其创建之功。但是,据本书后文考辨可知他取材多有收录于《统综》者。所以,到此可以断定其所用之诸如《吟窗杂录》《诗人玉屑》及其他元、明人诗法(汇编)的材料应该全部来自《诗法统宗》此一丛书。这一现象成为了清代诗法类汇编的一个普遍现象。今人可以发现这样一个颇为矛盾的现象:一方面清代诗法类汇编的取材范围远较明人扩大,除了元人诗法,还包括唐宋诗格、诗式和数量庞大的诗话,以及明代的各类诗学文献;另一方面,这些形态各异的诗学文献之实际来源往往又只有少数几部乃至一部汇编或丛编。不过,无论清人通过何种渠道获得所需材料,就材料本身来说仍是丰富多样的,其学术视野的逐渐开阔毋庸置疑。

当然,《雅伦》取材也不完全局限于《诗法统综》。据后文考辨,其从元明诗歌总集亦多有撷取。《雅伦》只是开了一个头,其后清人多有取材广泛的诗法类汇编。比如和元代诗法汇编最为接近的应试教材式诗法类汇编,其主要编撰意旨皆以指导作法为主,强调可操作性。而清人多有将综合性诗话汇编的相关名目收入此类教材者,故取材范围就不能局限于元明人的同类著作。乾隆年间成

---

[1] 〔清〕费经虞、费密等编:《雅伦》,清雍正五年(1727)刻本。

书的蔡钧《诗法指南》就是此类典型。其书后半部分所列相题、立意、炼句、炼字、警句、用事、含蓄、夺胎、翻案、押韵、构思十一目，全部取材于《说诗乐趣》《诗话类编》等综合性诗话汇编，与元人诗法无涉。再如就体说法式的诗法类诗话汇编，既是受明代文（诗）体学兴盛的启发来结构全书者，自然就会从大量明人相关著作取材，这也是明代同类著作少有的现象。比如明代出现的吴讷《文章辨体》和徐师曾《文体明辨》两部大型文体学著作，就为清代此类汇编提供了大量的文体学资料。清人汇编一旦涉及各体式之产生、特征、作法等问题的讲解便多有取资。

第二章
清代诗法类诗话汇编分类考述

　　本章以尚在刊行过程中的《清诗话全编》所拟目录为基础,对清代诗法类诗话汇编各个具体著作加以收集、整理。其中,涉及多个版本者更需尽力搜求,以期全面还原各书原貌。然后就是对其进行较为详尽的文献考述,特别是前人叙录、考述中疏漏、舛错处当尽可能一一辨明。当代学人张寅彭《清代诗学新订书目》和蒋寅的《清诗话考》都为清代诗法类诗话汇编的研究作出了巨大的开拓性贡献,不过彼时条件所限而难免偶有错漏,比如,对部分作者生平、籍贯的失考和误考,部分著作基本信息著录的错误等。所以在清代诗学文献整理工作不断成熟的当下,尤其是伴随《清诗话全编》的逐渐刊行,我们对此类汇编的专门性文献考述就具备了较前人更为便利的学术基础。参考前人目录、叙录和提要并加以修订,专门性地撰写文献考述是对此类诗话汇编的直接呈现,这也正是接下来对其深入研究的基本工作。另外,在对各著作有了基本认识之后,还需要将其分类。因为在"诗法类诗话汇编"这样较为笼统的文献群体称谓之下，对于个案的分析需要进行归纳、总结，方才有助于今人对此部分清人诗学著作群体认知的深入和具体。所以，综合来讲，对清代诗法类诗话汇编的分类文献考述是整个研究的基础性工作。

既是分类，就当有一定之标准用以衡量。根据现存二十余部清代诗法类诗话汇编的具体情况和大致特征，我们可以综合考虑各书所实际呈现的基本文献形态、体系意识强弱程度、编著者的具体编著意旨及其所体现的诗学理论价值和文献价值等因素，来将其细分为四类：诗学概论、应试教材、就体说法和技法摘抄。其中，技法摘抄类汇编完全不脱历代诗话或唐宋诗格、诗式的并列条目式结构，体系意识最弱，即对各家所论诗歌技法的简单抄录，与常见的摘抄型诗话汇编在成书方式上相类。只不过其诗学理论性质专注于相对狭义的诗法，属专题诗话汇编中的诗法类汇编，不似后者兼收广义之各类诗话。清人此类汇编大致有陈美发《联璧堂汇纂诗法指规》、钱岳《锦树堂诗鉴》、游艺《诗法入门》、顾龙振《名贤诗旨》、李其彭《诗学浅说》和杨大壮《诗诀》，等等。

明代主论诗歌"格调"者，多严防诗中各体之混淆，故尤注重分体讨论具体之诗法。比如谢榛《诗家直说》（清人称之作《四溟诗话》）从反面批评了"今之学者，务去声律，以为高古"的诗歌创作风气，实质上是揭示了当时盲目追随诗坛主流复古派理论，刻意强调古体诗不讲声律的现象。可见，复古派及其追随者是明确将古、近体诗的作法分开来讲的。从正面言之，《诗家直说》多就自身所长之近体讲论诗法。在面对他人质疑其"子谓作古体、近体概同一法，宁不有误后学邪"的时候，谢榛详细回应道：

> 古体起语比少而赋兴多，贵乎平直，不可立意涵蓄。若一句道尽，余复何言？或兀坐冥搜，求声于寂寥，写真于无象，忽生一意，则句法萌于心，含毫转思，而色愈惨澹，犹恐入于律调，则太费点检斫削而后古。或中有主意，则辞意相称，而发言得体，与夫工于炼句者何异？汉魏诗纯正，然未有六朝、唐、宋诸体萦心故尔。若论体制，则大异而小同；及论作手，则大同小异也。未必篇篇从头叙去，如写家书然，毕竟有何警拔？或以一句发端，则随笔意生，顺流直下，浑成无迹，此出于偶然，不多得也。凡作近体，但命意措词一苦心，则成章可逼盛唐矣。作古体不可兼律，非两倍其工，则气格不纯。今之作者譬诸宫女，虽善学古妆，亦不免微有时态。[1]

由此所论，可见明人复古诗学理论中所包含的分体说法之意识。另一方面，明代集大成性的文（诗）体学著作也是对此种时风的回应，比如吴讷《文章辨体》和徐师曾《文体明辨》就对历代诗歌的各种体式有着详细深入的解析。宋孟清《诗学体要类编》更是直接践

---

[1] 〔明〕谢榛：《四溟诗话》，《历代诗话续编》本，中华书局，2006年版，第1220—1221页。

行了分体说法思路的诗法类汇编著作,可视作清代此类汇编之前驱。此风沿及清人,继承者如沈德潜可谓集大成者,沈在诗歌体式方面的研究确有实绩且影响颇大:

> 沈德潜诗论的主要成就在于对历代诗歌格调规律的总结。从《诗经》到明末,一部诗体发展史完整无遗地在《说诗晬语》中得到了要言不烦的评述,态度客观,评价公允,复古立场带来的偏颇基本上得到克服。"格调"论的内容大致可以归纳为如下三方面:
> 第一,对于诗体发展史上重大转变时节的把握……
> 第二,对于各体艺术特征的揭橥……[1]

另有冯班、钱良择等人对乐府及各体式沿革的归纳,赵执信和翁方纲等人对古诗声调的深入探讨等。这些诗歌体式研究的成果,本就是清人诗法理论的一部分,因为体式研究必然涉及各体式之特征及相应作法。所以清人杨际昌为蔡钧《诗法指南》作序时有言:"体以法立,法以体传。"以此为契机,清人诗法类诗话汇编多有依托体式区分之思路而成书者,可名之"就体说法式诗法类诗话汇编",简称"就体说法式汇编"。其具体编撰结构和方法,就是将各体诗歌的作法分开讲解。这样既利用了前人诗体理论所提

---

[1] 刘德重、张寅彭:《诗话概说》(修订版),安徽教育出版社,2009年版,第276页。

供的既有成果，也为诗法之讲解开辟了新的路径。清人诸如此类汇编者，有马上巘《诗法火传·左编》、佚名《诗林丛说》、潘松《问竹堂诗法》和李其彭的三种汇编《诗解》《绝句述例》和《诗体》，等等。

就体说法的诗法讲解方式固然比诗法摘抄较有理论自觉，但依据的是诗歌固有之分类方式而乘便行之，尚不能体现编著者独具个性的诗学理论创见。乾隆二十二年(1757)科场恢复诗试，为普及性诗法类著作的出现提供了一大契机。学者、书商们为应试者提供了许多应试类诗法著作。其中，有汇辑前人诗话并按科举需要进行用心编排者，可作"应试教材式诗法类诗话汇编"视之，简称"应试教材式汇编"。既为教材，面对缺乏全面诗学知识的后学，编者就务必在照顾应试要求的前提下对传统诗学的各个方面作适当介绍，而不能只谈平仄、对仗等单纯技法。这种比较全面的诗学讲解所可供借鉴的前代著作，首先当是元代诗话中的主流——诗法诗格类著作。无独有偶，元代此类著作大量涌现的现象也是应元延祐二年(1315)复行科举考试而成。元人此类诗法虽往往题出当时诗歌名家，但考其实，当多为普通学者乃至书商辗转抄掇而来。故其间内容往往相互重复，且多有宋代及前人诗话或诗格、诗式者。这就使它们混淆了自著和汇编的界线，也为明清两代的诗法讲解提供了新的方式。并且，元人诗法看似通俗地面面俱到式做法，也是传统诗学从具体的诗式、诗格向系统全面的诗法发展的演变关键。具体而言，一是对于各体特征作了较为系统专门的总结和发展,二是讨论诗歌风格着眼以题材内容为准将之分类,三是试图对诗歌理论问题进行总体理解与把握。[1] 明人顺着元代此类诗法的编著方式,继承了更加全面的诗法观念,编著刊行了大量诗法类诗话汇编以供大众作诗学入门用,成为清人最直接的学习对象。清人诸如此类汇编者,有吴翯《诗书画汇辨·诗学》、张潜《诗法醒言》、李畯《诗筏橐说》、蔡钧《诗法指南》和邬启祚《诗学要言》,等等。

传统诗学发展至明清两代,本已进入总结期。在前述元代诗学有意全面论述诗学多方面议题的影响下,明代诗话汇编多有体系意识颇强者。而且,因元人往往受制于前代诗格、诗式的具体讲解诗法之观念,指导初学的针对性强,明人部分著作则有突破应试教材模式的定位,试图向世人展示传统诗学的全貌,可视作"诗学概论"。不过,因为明人论诗往往偏颇,在复古派眼中,唐诗即是中国诗之全部,所以尚难达到全面浑融的诗学概论之标准。比如胡震亨《唐音癸签》所论唐诗可谓全面,但因终究囿于唐诗范畴,只可称之"唐诗概论"而非"诗学概论"。尽管如此,明人诗话理论和诗话体系的"系统化"[2],都为清代真正意义上的"诗学概论"乃至"诗学百科全书"的出现作了准备工作。清人在逐渐克服明人论诗持论十分偏颇的缺点之后,逐渐有了全面、客观整理历代诗学理论

---

[1] 张健:《元代诗法校考》,北京大学出版社,2001年版,第2—3页。
[2] 周维德:《论明代诗话的发展与专门化》,《浙江大学学报》(人文社会科学版)2003年第5期,第61页。

和批评实绩的文化氛围,于是,其多有在为后学提供诗学津梁的初衷下,为世人平心静气地将中国传统诗学应有之概貌娓娓道来而成书者。这类汇辑前人诗话的"诗学概论式"著作仍属教人作诗的"诗法"范畴,故可名之曰"诗学概论式诗法类诗话汇编",简称"诗学概论式汇编"。清代此类汇编有费经虞等人的《雅伦》、张揔《唐风怀·诗话》、李其彭《诗述》、王嘉璧《酉山枭》和张燮承《小沧浪诗话》,等等。

第一节　诗学概论式

诗学概论式诗法类诗话汇编,是清代最有时代特色的汇编。其构筑了一个丰富、完整的诗学理论体系,不但可以用于指导后学作诗,还可作为传统诗学之概要或百科全书加以阅读。

一、费经虞、费密《雅伦》

《雅伦》,明末清初人费经虞辑,其子费密补。据今人张寅彭《新订清人诗学书目》,有康熙四十九年(1710)于王枨刊本,二十六卷,今藏北京师范大学图书馆。1997 年齐鲁书社《四库全书存目丛书》、同年台北庄严文化事业有限公司,以及上海古籍出版社《续修四库全书》皆据此本刊行。此本今只卷首有许承家序,卷末有费经虞后序及费密抄写副本后之题记。而《四库全书》所收安徽巡抚采进本(二十六卷)尚有经虞自序而无于序,可见今存于王枨刊本当有残缺,否则不当删去于氏序言。又有雍正五年(1727)刊本,二十四卷,今藏国家图书馆。其相较前本所少两卷主要在分卷不同,内容相同,只其卷十三中"工力·二"部分数十则诗话不见于二十六卷本。此本有于王枨序及雍正四年(1726)汪玉球《重修〈雅伦〉跋》和汪玉珂《序》,以及费经虞顺治十二年(1655)《自序》。今人多据两汪序跋认为此本刊行于雍正四年,然其原书本题"雍正五年仲春重校",可知其实刊于雍正五年(1727)。需要补充者,在上述两本皆与经虞自序所述之框架略有不同。自序中自第十门开始依次为琐语、题引、盛事、音韵、诗余等五门,而今存两本皆作盛事、题引、琐语、音韵,只四门。不但顺序有差,且直接省去"诗余"。费经虞自序所言当是在沔县(今陕西省勉县)初次成书时的面貌,后来既然多加补葺,也就有可能删节、调整,故正式刊行时面貌略异于原序,或是后出转精之意。《四库提要》论其"自序称以'诗余'附后为十四,而目录及书中皆无之,盖欲为之而未成也"[1],当是误判。两本相较,二十六卷本中"体调"门缺"中郎体""钟谭体"二目,"工力"门则只存前半。故当以雍正五年刊行之二十四卷本为优,后文所举卷目皆以此本之分卷为准。

《雅伦》编者费经虞(1599—1671)原名费经野,字仲若。四川新繁(今四川省成都市新都区)人,新繁县当时属成都府,故亦自称

---

[1]　〔清〕永瑢等:《四库全书总目提要》(第四十册),商务印书馆,1931年版,第34页。

成都人。明崇祯十二年（1639）举人，曾任昆明知县。明末清初因蜀中战乱频仍，先后携家人迁居沔县、扬州，《明史》有传。著有《毛诗广义》二十卷、《古韵拾遗》一卷、《临池懿训》二卷、《字学》十卷，等等。费密（1625—1701）字此度，号燕峰，费经虞之子，随父定居江南。以"大江流汉水，孤艇接残春"为王士禛所赏，《清史稿》有传。著有《文集》二十卷、《诗抄》二十卷、《周礼注论》一卷，等等。父子二人虽精于艺文，然主攻经史之学，平生著述亦以经史为主。胡适以为其父子二人为清代重实学、崇汉儒学风的先驱[1]。

今人吴文治《明诗话全编》及周维德《全明诗话》均视其为明人著作而收入，所据当是《四库提要》所载之"明费经虞撰"。考费经虞出生于明万历二十七年，卒于清康熙十年，跨越明清两代。然据其书经虞自序所言"行年五十"而"还蜀数载"，之后又在"羁旅沔县"的时期才开始编撰《雅伦》。可知其编撰及成书最早也当在顺治五年（1648）之后，而非后人所认为的明代。又据胡适考证，费经虞全家离蜀赴沔在顺治十一年（1654）[2]，到沔"逾年"（费经虞自序）后又经过八个月将书编成，可知其成书约在顺治十二年（1655），而这也正与经虞自序落款时间"顺治乙未（1655）春日"相合。《四库提要》只题其撰者为明人，未对《雅伦》成书时间下定论，后人之误乃是未加细考之臆断。今人孙小力《明代诗学书目汇考》

---

[1] 胡适：《费经虞与费密》，《胡适文存》二集卷一，外文出版社，2013年版，第50页。
[2] 刘锋晋：《费密父子的生平及著述》，《成都师专学报》1988年第1期，第2页。

未收此书,张寅彭《新订清人诗学书目》及蒋寅《清诗话考》将之收录于清代诗学,甚当。

费经虞自序曾对《雅伦》的编撰体例有过较详细剖白:

> 声音之道,上通于天。赓歌遗文,载在《尚书》。雅颂篇什,录采三代。不求其源,何以知所自始,故序"源本"为书首。时不同风,人不一性,各出微情,悉谐灵诣,故序"体调"为第二。体众则规殊,情赜则法变,根据可援,方为典要,故序"格式"为第三。镕金写物,得范乃成;裁锦为衣,入度始合,故序"制作"为第四。深诠绝谛,入理丛谈,统具兼资,不可专属,故序"合论"为第五。凝神极化,非可浅浮,追古垂今,安能卒致,故序"工力"为第六。圣人删定,以后国史民间咏叹废绝者,累数百年。西京创五言之端,邺中诸子继之,六朝因之。下逮隋唐,以至今日,风气相别,辞旨不齐,而美恶俱在,故序"时代"为第七。人罹疾疢,则药石以攻之,学多疵类,则论说以救之,故序"针砭"为第八。古人风骨,不可强同,而远致宏词,通微涵妙,各有其本,别为标目,故序"品衡"为第九。负手行歌,望远送目,披卷偶获,辄有短言,亦可佐骚雅之鼓吹,使谈论而解颐,故序"琐语"为第十。长江返照,带之草色而后佳;杨柳夹堤,映以蝉声而多致,故序"题引"为第十一。包容众汇,本出圣贤,异乎群情,具有厚德,故序"盛

事"为第十二。自江左制韵,守为玉科,然流传久误,众议不同,且一统偏方,声音乖互,故序"音韵"为第十三。而以"诗余"附其后,为十四。《书》云"无相夺伦,神人以和",遂以"雅伦"名焉。[1]

结合全书今存之实际面貌,共分十三目:源本、体调、格式、制作、合论、功力、时代、针砭、品衡、盛事、题引、琐语、音韵。作为一部诗法类诗话汇编,《雅伦》在多加编者按语、结语的情况下,仍以汇编前人诗论为主,基本保持了汇编的体例。虽然很多内容并非来自所辑原书而是转录自他书,从而造成多有来源标注错误者。但是瑕不掩瑜,其广阔的学术视野、辛勤的文献采辑、通达中正的诗学观念、全面系统的诗歌指导思路都是此前同类著作难以企及的。特别是经过了明代颇为混乱的诗法汇编时代,编者很显然是惩于前人的粗疏和唯利是图,为了坚守学术的纯粹性,给后学提供了一部值得学习、参考的诗学概论式汇编。其在自序中所承诺的编著目的是基本达到了的。

二、张揔《唐风怀·诗话》

张揔《唐风怀·诗话》一卷,本为配合其唐诗选本《唐风怀》先

---

[1] 〔清〕费经虞、费密等编:《雅伦》,清雍正五年(1727)刻本,国家图书馆藏。

行辑录的一部诗话汇编。据张寅彭《新订清人诗学书目》,是编随刊于《唐风怀》前,有顺治十七年(1660)刊本、嘉庆元年(1796)雨花草堂刊本。然据其《诗话小序》,实成编于顺治十五年(1658),略早于选集之成书。张揔(1619—1694),字僧持,号南村[1],应天(今江苏省南京市)人,与清初诗人丁耀亢、杜濬为友[2]。其居于南京雨花山麓之草堂,以诗名白下者几二十年。据其《雨花草堂选定书目》,另辑有《汉魏古诗选》《乐府大全考》《古今博学宏词考》《四六隽》《宋元诗存》《一代诗人眼目》《金陵先贤诗考》《十五国风怀》,等等,可见其人尤致力于诗学。

张揔选编之《唐风怀》(十卷)为一唐诗选本,全书序言后有《诗话小序》,说明乃因人问起诗法,故有此编以应询者。又据《唐风怀·凡例》"历代品评具载前一卷绪论中",当指本诗话也,题曰"历代名公叙论"。

卷首除张揔《诗话小序》外,后列"唐风怀诗话目录",分二十则(目类):原本、品地、风派、体制、神韵、气象、题例、律法、造语、炼字、读书、用事、标胜、摘瑕、师友、感悟、宫闺、方外、工苦、唱和。末附入门三则:韵法、平仄、粘法。全书内容亦可以目录之展示分四部分:前六则(目)讲诗歌之本原、体式和品评;七至十二则(目)讲诗歌之创作方法;十三至二十则(目)分类汇辑论诗及事之诗话,

---

[1]〔清〕先著:《张南村先生传》,收入《虞初新志》卷十六,上海古籍出版社,2012年版,第290页。
[2] 刘洪强:《酌玄亭主人为张惚考》,《江汉大学学报》(人文科学版)2009年第4期,第49—52页。"揔""惚"为异体字,嘉庆本《唐风怀》内题"张揔",刘洪强文据《虞初新志》卷十六《张南村先生传》写作"张惚",实为一人,本著从诗话题名。

以说明诗歌创作的各种具体情况;最后附加的"入门三则(目)"讲诗歌创作的基本法则。

作为一部诗歌总集前编者用于说明自己诗学主张的诗话汇编,《唐风怀·诗话》大致意旨在于指示诗法。不过不仅限于具体的作法技巧,而是涵盖了诗学问题的方方面面,故可以"诗学概论"视之。在《诗话小序》中,张揔表明了自己的编著是卷的思路是将唐宋以来之诗论"采择其要,列为二十则",读者从中则可以体会到诗格发生的根源、诗人性情怎样培植、诗教作用机制等。整体而言,其书基本结构乃是由讲解诗法进而对整个传统诗学的整体性介绍,其诗学概论的尝试性编著对后来学者颇有借鉴意义。

三、李其彭《诗述》

李其彭《诗述》四卷,为李氏编刊之诗法丛书《廿一种诗诀》之一种。此丛编有乾隆四十一年(1776)李氏家刻本(藏山东艺术学院图书馆)[1]、乾隆间佚名《诗学丛书》抄本(藏复旦大学图书馆)[2]。李其彭,字年可,号果轩、麟川迂叟。山东巨野人(今山东省巨野县),岁贡生。

其书篇幅与《唐风怀·诗话》皆不甚大,然名目分类更细,基本

---

[1] 沙嘉孙编:《山东文献书目续编》,齐鲁书社,2017 年版,第 318 页。张寅彭《新订清人诗学书目》所言"李氏戒盈斋刊本"(第 63 页)和蒋寅《清诗话考》所言"徐子素刊本"(第 355 页)皆刊刻于乾隆四十一年,当与此是同一刊本。
[2] 张寅彭:《新订清人诗学书目》,上海古籍出版社,2003 年版,第 80 页。

牵涉到了传统诗学的各个方面，故亦可以"诗学概论"视之。其具体分目共四十八门：论原、品古、体法、诗题、品地、风派、宗尚、神韵、气象、题例、律法、命意、诗义、用字、用事、对法、句法、句字、章法、用韵、次韵、押韵、师友、唱和、感悟、读书、工苦、标胜、摘瑕、诗病、失粘、平仄、拗体、源本、异同、相似、模仿、脱化、叠字、咏物、强作、诗名、乐府、歌行、总论、杂论、余论、补论。其书分门略显琐细，且各目之下往往只有数则诗话，但也能在总体上体现一定的诗学体系意识。其书不但对于具体诗歌作法加以说明，还同时普及了诗学基本常识与理论。作为读者，一编在手似能对我国诗学之概貌有一清晰明了之掌握。

四、王嘉璧《酉山臬》

王嘉璧《酉山臬》二卷，有嘉庆七年（1802）枕书楼与同时人王显增《酉山柿》合刻本，现藏国家图书馆和北京大学图书馆。孙殿起《贩书偶记续编》有著录。清《（嘉庆）松江府志》著录为十卷，有误。王嘉璧，字瑶峰，松江府金山县（今上海市金山区）人，诸生，乾嘉时人，年八十六卒。与王显曾等人同修《（乾隆）华亭县志》，并参修《（乾隆）娄县志》，另有《爨余诗稿》十卷[1]。

是书卷首有王显曾序，谓其"汇前人之说，参以己见而编辑

---

[1]　〔清〕龚宝琦等：《（光绪）金山县志》卷二十一《文苑传》，清光绪四年（1878）刻本。

之",资料来源除少部分为前人诗话外,有一半辑自王士禛各类笔记和顾炎武《日知录》。全书所取材料,几乎不涉及唐人诗格及元明诗法,可见其偏好在诗学大家所论诗法而非具体技巧。其书篇幅颇小,只 136 则,但仍有一定之体系意识,基本包含了大部分传统诗学的各个方面。不过,其对于诗法讲解并不具体和细致,具体共十二门:培本、镜原、悟境、体例、备法、使事、压韵、辨音、用字、点窜、临文、传后。

《酉山臬》的价值不在其文献资料之收集,因其皆为常见著作。据其书名及王显曾序言"具载行文之诀","使操瓠者得是书而楷法焉,若射之有彀率也"等,编者意在为读者提供作诗之准绳和学习对象。全书虽然限于篇幅,不能直接用于指导诗歌创作,但还是有助于读者大致了解传统诗学之概貌,可作诗学概论之简本视之。

五、张燮承《小沧浪诗话》

《小沧浪诗话》四卷,张燮承(1811—1876)辑,据张寅彭《新订清人诗学书目》,有《张师筲著述》本、咸丰九年(1859)贺氏藏真寿室刊本,黄山书社 1995 年排印《皖人诗话八种》本。张燮承,字师筲,安徽含山(今安徽省含山县)人。能诗,与诗人齐学裘有唱和[1],其

---

[1]〔清〕齐学裘:《劫余诗选》卷二,清同治八年(1869)天空海阔之居刻增修本。

后参加了清廷剿灭太平天国的战争,以军功擢以官职[1]。另著有《写心偶存》《杜诗百篇集解》《翻切入门简可篇》,等等,汇刊为《张师筎著述》。

书前有张燮承咸丰元年(1851)自序及时人汤贻汾(1778—1853)、侯云松(1764—1853)、朱英、张鸿卓四人的四篇序言。据张燮承自序,本书是从百数十种"说诗者"书籍中选录诗论,然后"编而存之"。可见其编著过程包含了对于前人诗论的精挑细选和归置于相应门目两个过程。然后,张燮承在总结前人诗话主要是"标举佳句"和"考证本事"而评论较少之后,说明了自己的编著目的是在为学人提供一条学习诗歌的道路。至于怎样达到这样的目的,从前面的论述可知,应当是汇编前人诗话中重在品评诗歌得失的相关内容。汤序则对本书做了进一步说明,总括了其基本内容为"溯源穷流,分门别类,严其去取,多所发明"。也就是说本书在汇编前人诗论时做了相应的处理,而不仅仅是简单的资料收集。但这里的"分门别类"已不能准确说明编者在结构安排上的努力,而只能说明前人诗话汇编的那种按照诗话事类简单分门以便读者查找的类书似汇编(综合型汇编)。另外时人所做四序都肯定了本书"以述代作"的基本特色,因为前人持论往往有所偏废。这种汇编前人诗论而有所折中的编著方式,克服了上述弱点而具有更加普遍的诗歌学习和参考价值。

---

[1] 〔清〕曾国藩:《曾国藩全集》(修订版)第九册奏稿,岳麓书社,2011年版,第186页;顾廷龙、戴逸主编:《李鸿章全集》第二册奏议二,安徽教育出版社,2008年版,第456—457页。

序言后为目录,将全书分四卷,各卷又分若干门。具体而言,第一卷:诗教、性情、辨体、古诗、律诗、绝句,共六门;第二卷:乐府、咏物、论古,共三门;第三卷:取法、用功、商改、章法、用韵、用事、下字、辞意,共八门;第四卷:指疵、发微,共两门。然后是撰辑书目,罗列全书辑引来源的书名及编者共 49 种,并说明自己在编撰时实际所见的著作有上百种,没有辑引的其他著作就不予著录。书目大致以时间为序罗列而略有差误,包含了自宋至清常见的诗话著作,惟唐人皎然《诗式》,或是因其不是通常意义之"诗话"而附加于后。正文部分各注书名于每则之后,间有按语。

第二节　应试教材式

应试教材式较诗学概论式诗法类诗话汇编体系意识略差,或者说其对传统诗学的总结不如后者全面。因为此类汇编有较强的针对性:教授应试者应付科举考试中的诗试,或专就常用之近体诗加以指导,所以,不能面面俱到地将传统诗学各个方面以娓娓道来的方式告诉读者。在诗歌体式的讲解上侧重于近体的程序性指导,是其突出特征。

一、吴霭、吴铨鏕《诗书画汇辨·诗学》

吴霭、吴铨鏕《诗书画汇辨》三卷,据张寅彭《新订清人诗学书目》,有清康熙刊本(今藏中国科学院图书馆),据蒋寅《清诗话考》,有康熙四十七年(1708)稿本、广陵古籍刻印社1991年据稿本影印本。其书卷上"诗学"一卷乃一部诗法类诗话汇编,中、下两卷为论书法、绘画者。吴鼒字晋初,据蒋寅考证乃陕西商州(今陕西省商洛市商州区)人[1]。但因其书校订者汪森、汪文桢、汪文柏、朱明仪、汪继燨、汪绍焻等皆清初浙北地区著名文人,书卷首又自称"延陵吴鼒",当为苏南常州附近人士。今据张寅彭《清诗话全编》中为《诗书画汇辨·诗学》所撰提要可知,当为江南武进人(今江苏省常州市武进区)。铨鑪为其子,生平未详。

　　吴鼒全书自序云:"诗、书、画三家,古人论之详矣。余辑其韵胜不入于俗者,汇为一书,以便观览。虽未足见赏于博雅君子,庶几为骚人墨客之一助也。"由此可知,本书之编撰意在汇辑前人诗论之优者,以为学者参考之用。此卷共分十三目,依次为:统论、杂论、六义、古近体、五忌、七戒、炼字炼句、翻案使事、音调、二十四品、情景说、章法说、审题。各目之下辑若干诗话,据其标目可知皆谈诗歌作法为主,各目之间虽有联系,然全书体系未为完备。

　　"统论"只录高棅《唐诗品汇·序言》之部分内容为一则,认为唐诗是唯一自传统诗教以为的《诗经》时代(也就是诗歌的黄金时代)之后,能够做到质华相济者。结合其在全书的卷首之位来看,"统论"就是对唐诗典范意义的阐释和详细分期的讲解,然后将分

---

[1]　蒋寅:《清诗话考》,中华书局,2007年第2版,第300页。

期、分人的要求归结为辨析家数与体制,而只有弄清这些问题才能成为合格的诗家。"杂论"部分广辑前人诗论,多达四十余则,考其具体内容,主要是总括性地从各方面对诗歌作法进行讲解。其中大部分内容都是相近的数则共同讨论一个问题而能相互补充,编者为了达到简洁明了的目的又做了一些适当的删减和归并。前面两则主要讨论的是诗歌义理之于诗歌的意义,所谓诗歌义理简单来讲就是作品蕴含的思想内容。后面讨论的问题还有诗歌整体艺术效果与审美趋向、诗句的对仗、各体诗歌的难易程度比较与各自的创作难点、诗歌的用事和用语、诗歌的炼字炼句和声韵等。本部分大致按照以类相从的结构分别讨论了关于诗歌作法的各方面内容,因为各个问题相对独立,相互没有统属关系或程序性衔接,所以说还缺乏整体的诗法理论结构,用"杂论"命名本身也说明了其整个内容只是因为都讨论诗法而简单归并在了一起。个别诗论位置的随意安排也说明了这一现象,如第二十八、二十九则及第三十一则讨论的是关于诗歌用字的问题,而这中间的第三十则主要讨论的是诗歌的整体作法,这显然缺乏一定的结构意识,近乎简单的罗列。

"六义"共辑四则,分别讲了六义的含义、历代诗歌对六义的应用情况、运用六义的原则、后人对六义缺乏继承精神。整体来看,吴蠹对六义的介绍还算全面,但还缺乏完整性,比如没有说明六义的各具体含义及相互关系,而这些是前人诗话经常论及的。其第二则辑自傅若金《诗法正论·总论》而顺序略有颠倒,则是编者粗疏处。"古近体"分别讲解各类常见诗体的源起和作法要求,有五古、七古、五排、七排、五律、七律、五绝、七绝、歌行，末则附论数种拟乐府之各题。此部分结构清晰，论述明了，内容则大多辑自李攀龙《唐诗直解》中对各体诗作的讲解而略加删改。简言之，本部分就是诗歌体式论。"五忌""七戒"分别讲诗歌创作中的一些禁忌，前者分析了诗歌文本呈现中存在不同层级的禁忌，后者从诗歌语言总体特色上来讲。前者辑自旧题白居易《金针诗格》，后者辑自杨载《诗法家数》。"炼字炼句"分别讲炼字和炼句的各种方法与示例，出自《诗法家数》《诗人玉屑》《文筌》等。"翻案使事"列举了一些前人反向用事的例子，出自明人田艺蘅《留青日札》、谢榛《诗家直说》。"音调"两则并不是讲诗歌音韵方面的内容，而是批判诗歌语言风貌的"宋调"，辑自清初贺裳《载酒园诗话》。"二十四品"罗列旧题司空图《二十四诗品》的二十四种名目，当意在说明各类诗作的风格特征和品评。"情景说"两则讲解诗歌创作中的情景关系及处理方法。"章法说"讲组诗中诗歌分章的方法和示例。"审题"部分篇幅颇大，约占全卷四分之一，似乎与整部书的体系安排不相称。吴霮所辑内容是从诗题入手，讲解了四大门、三十小类诗题的若干种创作思路，虽然略显呆板，但对于初学者当是很好的借鉴模板。

《诗学》一书，就材料来源言，虽未题出处，但考其实多为明人诗法类汇编，而且，亦偶有清人诗论，不可谓其"所取皆明代以前之书"[1]。全卷皆论诗歌之作法，然各目之间以并列关系为主，没有

---

[1] 蒋寅：《清诗话考》，中华书局，2007 年第 2 版，第 300 页。

前后衔接之论说意识。大致类似于元代诗法较成体系但又甚为松散的结构。各目篇幅多寡不一亦似不合编撰之一般体例,且所辑诗论皆不标注出处。只能视作一部篇幅减省,粗成系统的应试教材式汇编。又其较清代同类著作并无特出之处,反因时代较早而未显清人综合性之诗学意识,故可读性较差。

二、张潜《诗法醒言》

张潜《诗法醒言》十卷,据张寅彭《新订清人诗学书目》,有乾隆元年(1736)刊本,今藏中国科学院图书馆。据蒋寅《清诗话考》另有藏北京大学图书馆者。张潜,字幽光,号果园,山东历城(今山东省济南市历城区)人。主要活动于雍正、乾隆年间。据《(乾隆)历城县志》,张潜另有一汇编性著述《贯珍录》。

是书卷首有乾隆元年汪文璧序、张潜自序两篇,汪序大意说明:1. 前人诗歌虽然各具风貌,但一定的规矩是不能逾越的;2. 张潜此书简要而有文采,平易且清楚地讲解了诗歌的原理;3. 张潜此书是经过长时间深入研究才编著而成的。自序题曰"《诗法醒言》说",首先以类比的方式说明了诗歌发生的心理学过程,然后将诗歌定性为"雅"音并赋予了诗歌社会教化的作用。接下来张潜解析了"六义"的内涵,这可以理解为诗歌(此处即指《诗经》)达到政教作用的具体手段,并且简要说明了其运作机制和过程。最后,张潜又从"六经"的社会管理与教化作用说起,分析了"诗"在其中的独特价值：含蓄，并认为自中唐以后对这一诗歌的本质性特征的抛弃是诗歌衰落的根源和表现。结合全书内容，我们可以认为，本书讲解"诗法"，意在"唤醒"自中唐以来诗人的"沉沦"，因为他们不再"含蓄"。

序言后列有目录、凡例。目录与正文基本一致，唯有卷二"炼句"后漏列"命意"一目，当据正文内容补之。凡例七条，第一、二条说明了全书的编著思路是完全以费经虞《雅伦》为基础，在对其做适当调整的基础上有所删增而成的。第三至六条说明了相较《雅伦》，其所删去内容的情况及理由，意在专注于指导后学对五七言古、近体诗的学习。最后一则说明：全书内容除主要从删增《雅伦》而来以外，尚有时人议论及张潜自著诗论，并予以区分。本书既然是以《雅伦》为蓝本，根据编者具体需要增删而成，我们就很难将其视为"汇编"。但由于张潜所增多为同时代之若干他人诗论，这本身也是一种汇编，并且与《雅伦》的汇编体例保持了一致。进一步讲，《诗法醒言》本身还是保持了《雅伦》原有的汇编体例。今人因为忽视了《醒言》利用了《雅伦》的事实，或致一定之误会。比如在考辨元人诗法《诗家一指》流传情况时，因此书曾被《醒言》称引，而误认为其在清代尚有单行本存世[1]。但实际上，张潜未见原书，不可以此处称引而谓《诗家一指》当时尚存。

---

[1] 蒋寅：《关于〈诗家一指〉与〈二十四诗品〉》，蒋寅、张伯伟主编《中国诗学》（第五辑），南京大学出版社，1997年版，第43—44页。

　　《诗法醒言》各卷没有总体性题目,皆直接罗列本卷各子目之标题。第一卷列:本源、支派、统论三目,可见本卷分三个主题辑录前人诗论,用意当是为具体学写诗歌之前准备知识的讲论。第二卷可分两部分,其前一部分分论常见诗体:五古、五律、五排、五绝、七古、七律、七绝,共七类。第二卷后半部分:炼字、炼句、命意、用事、选辞,共五目,其内容是对《雅伦》之第十二卷"制作"相关部分的转录。第三卷讲论诗格:诗歌的既定格式,分四个部分:五言律诗格、五言绝句格、七言律诗格、七言绝句格——正文部分各题目略异,加一"法"字,皆曰"某某格法"。可见此卷是承接第二卷——对各常用诗体的评论和不考虑诗体而进行一般意义上的创作步骤讲解——之后,详细讲解了四种近体诗的格法。《诗法醒言》的格法也就是《雅伦》里所说的"格式",所以张潜基本转录了费著的相关内容。本卷细讲五七言律诗前、中、后各部分之具体作法。张潜对两种格式分别讲解,各分五个较小部分:起法、对法、结法、调、名对。前三个较小部分是按照作诗之步骤或诗作本身的文本结构来讲解诗法。其后,则列"调"和前人"名对"以为示例。第五至七卷与《雅伦》"品衡"部分相对应,意在讲论诗歌的品评与风格特征描述。第八卷广泛讲论了除五七言古近体诗歌这些常见诗体的其他各类诗歌,起到补全的作用。这样的结构安排与《雅伦》用意明显不同,后者意在尊古、溯源,故按照格式流行的时代顺序讲解各体,而本书很显然意在指导时人本来就惯常使用的五古及各近体诗的学习。第九卷分五个目类转录《雅伦》第十三至十五以及第十九、二十共五卷之所辑前人诗论。五类分别为：时代（诗歌史论）、盛事（多论诗人荣遇之类）、苦志（诗人对诗歌创作的刻苦）、针砭（诗歌创作过程中的修改情况）、剧谈（费经虞自著诗话辑录）。除顺序略有差异外张潜将费经虞"工力"改为"苦志"，"琐语"改为"剧谈"。主要内容也是与费经虞相同，讲论诗歌创作周边的一些虽不涉及创作行为本身但对其产生直接影响的问题。第十卷包括三部分，一是对音韵的讲解，二是诗题，三是诗体。分别是对《雅伦》第二十三、二十四卷"音韵"，第二十、二十一卷"题引"，第二卷"体调"三部分相关内容的转录删增。

《诗法醒言》虽主要取材于《雅伦》，但是也从时人诗论中撷取了较多可供本书论述的材料，并时加按语以为补充。故其论述十分严密、体例也甚完善。既突出了常用诗体的具体详尽之作法，又保持了应试教材类的简洁明了。将四十余万字的《雅伦》压缩到十万字，还多有增补，又能突出重点，可见编者用力之勤谨。总言之，此书以汇编为主，又能有所创见，且篇幅适中，在清人同类著作中当属上乘。并且，其成书于清代恢复诗试之前，排除了较强的功利性质，即使对今人而言，亦颇可作学诗入门教材之用。

三、李畯《诗筏橐说》

李畯《诗筏橐说》四卷，有乾隆二十三年（1758）醉古堂刊本（藏中国科学院图书馆)、清代佚名《诗学丛书》抄本(藏复旦大学图书馆)。原书本不分卷而只分四目,惟赵恒祚序言谓"别为四卷",故亦可以四卷视之。原书卷首落款为"古倪城李畯曼潜",又身为山东沾化县人赵恒祚称其为"邻友",再据民国《阳信县志》本传,李畯,字曼潜,书舍曰"醉古堂"[1]。当知编者李畯为今山东省阳信县人,可补《清诗话考》"籍里事迹未详"[2]之缺。

是书卷首赵恒祚序首先指出了其书所取材的来源有李攀龙《杜诗评》、沈德潜《唐诗别裁》、赵执信《声调谱》和田同之《西圃诗说》,因为此四书本为诗家"设筏接引"之优者。然后指出了李畯成书之结构方式:

> 别为四卷:曰体、曰人、曰法、曰式。俾人辨其体而知源流,且知其体之为某人擅长,并知其人所由擅长之作法何在,然后依其式而效之,不至于迷津,洵哉初学之宝筏也。[3]

可见李畯对于诗法的理解不仅仅局限于具体法则、要诀,也不仅停留于笼统性讲解作诗需要注意的一般性规则和宗旨,而是有意识地将诗歌学习视为一个系统过程,这就与一般"技法要诀"类汇编

---

[1] 徐泳:《〈山东通志·艺文志〉订补》第三册,山东人民出版社,2016年版,第562页。
[2] 蒋寅:《清诗话考》,中华书局,2007年第2版,第352页。
[3] 〔清〕李畯编:《诗筏橐说》,清乾隆二十三年(1758)醉古堂刻本。

在汇编结构上截然不同。后者往往无需较丰富之论说层次和体系意识，只是简单之摘抄罗列而已。是书各卷卷首皆辑对各目议题的总括性论述一则，来解析诗歌体式分类、历代作家所擅长之体式、各体之特征作法以及各体之典范作品。以此编成书之时间乾隆二十三年（1758）乃科举试诗之时，可知当为应试生员之市场需求而著。故其于诗歌作法之讲解重在应试，全书结构明晰并颇具可操作性。

　　卷一题曰"说诗体"，意思是对诗歌各类体式的讲解。卷首所辑诗论是对历代常用诗体发展历程的推演，之后是编者按语，强调诗体的差异性。按语对前者加以补充和说明。后面数十则诗论分别简单讲解了古代诗歌各体的源流情况和格式特点。所涉诗体几乎涵盖所有常见者：四言、骚体、乐府、五古、七古、杂言、格诗（又称作"半格"，为齐梁间半古半律之体）、五绝、七绝、五律、七律、五排、七排等。卷二题曰"说诗人"，主要内容是从诗歌体式的角度评价历代诗人。具体论述方式是首先在卷首引田同之《西圃诗说》一则，将"神韵"和诗人评价联系起来，而"神韵"是评价诗作的标准，所以也是对诗人做出评价的标准，即将诗人评价和诗作评价等同。之后编者按语将田同之的看法加以推演，指出了"神韵"之于诗作的关联性在于作品直观层面的"格气声调"是可以作伪的，而只有"从性情中流出"的神韵不能作伪。本卷后面的具体内容则是对各体历代擅长诗人的评价，采辑来源以田同之《西圃诗说》为主，这显然为了映照卷首田同之用"神韵"评价诗人、诗作的理论。

就此而言,该书编者李畯十分看重田同之诗论。这从其将诗学地位并不甚高的田同之与诗学大家李攀龙、赵执信、沈德潜等并列也可以看出。但是就本卷的论说思路而言,其分体论人的结构实际上是参考沈德潜之《说诗晬语》中评论前代诗人的部分,也就是说本卷就编著思路和具体议论而言实际上参考的是沈德潜《说诗晬语》,而田同之之于本卷的参考意义主要在于将当时主流诗学——沈德潜的格调说与前代的神韵说相综合,从而努力构建更加宽泛、通达的诗学。这从一个侧面说明了清代诗学的综合性和总结性特征。

卷三题曰"说诗法",主要是讲解前述各体具体创作方面的一些基本要求。每体一则,共十一体,即十一则,主要辑自李攀龙《杜诗评》等。卷首辑沈德潜关于诗法的基本观点,强调诗法的必要性和灵活性,是十分通达中正的论调。之后有编者按语,进一步发表了其对诗法的个人看法,将"法"与"体""神"的关系加以说明:"无法失体,执法失神。"从这里可以看出,编者继续了其在第二卷中综合"神韵"与"格调"的努力,诗法是格调的保障,但过于执着诗法、格调则会失去神韵。卷四题曰"说诗式",简单来讲就是罗列各类体式的典型诗作以为学习之样式。当然这里的举例并不是简单罗列,而是细致地举出了各类诗体具有细微差别的各种诗作,并作了相应说明。如李畯所举七绝各诗例就包括由于粘谐情况不一而出现的四种情况,至于李畯对所有诗体的细致分类可以用下表说明:

乐府	五言古诗	七言古诗	五言绝句	七言绝句	五言律诗	七言律诗
章式正调	平韵式	转韵式	齐梁体	乐府	正体式	正体式
章式变调	仄韵式	平韵不转式	乐府	古诗	拗体仄起式	平起式
解式			古诗			
			拗体			

其中,乐府式七绝又分三类:上二句另谐,下二句另谐;四句全谐中第三句五六字又折脚拗;四句全谐。乐府式五绝又分为四类:首末句拗律,中二句古;上二句另谐,下二句另谐;首句古,下三句谐;四句全谐。李畯在分类的同时,对各种样式的具体特征进行了详细说明,每体之下都引前人讲解以为说明,并多加按语以为补充,这就将本书的教材性凸显出来,让初学者容易阅读。

《诗筏囊说》是一部入门诗学教材,题名"诗筏"所指的是编者认为的对于后人学诗有指导意义的前人诗学专著,"囊说"就是集而成书。本书本就是对前人诗论的一个精选,具体到每则诗论,编者也对自己所推重的论诗语句做了圈点,意在标明自身志趣,提醒读者尤当注意。本书取材方面的针对性较为突出,但也可以说是狭窄,因为清代其他同类著作虽然也是汇编前人诗论来指导后人学诗,但在取材范围和种类上相当宽泛。而本书这样的取材特点似乎说明了其针对应试的编著目的。不过本书较之同时刊行的蔡钧《诗法指南》相近似的编著体例,其可读性强得多,因为蔡著主要专注于讲解科举考试中的排律,而李著则又广泛得多地讲解了各种主要诗体的源流演变、体式特征、创作规则和具体诗例,只不过在就诗讲法方面不及蔡编集中、突出。

四、蔡钧《诗法指南》

蔡钧《诗法指南》六卷,据张寅彭《新订清人诗学书目》,有乾隆二十三年至二十五年间(1758—1760)匠门书屋刊本,据蒋寅《清诗话考》有上海诗学研究会排印本。蔡钧(1694—?),字及心,又字易园,浙江萧山(今浙江省杭州市萧山区)人,诸生。本书有时人任应烈、蒋溥、朱坤、杨际昌于乾隆二十三年(1758)所撰序言各一篇,连同蔡钧自序共五篇序言。五篇序言无一例外地说明了本书编著的背景,是乾隆二十二年将诗歌创作纳入科举考试之科目。任序谓其"理必条分、词皆据典",简要说明了本书结构安排的条理性和资取前人成著的汇编性。而身居清廷最高教职的蒋溥[1]在自己门人为朋友(蔡钧)求序的情况下,对此书的认可——"诗学之津梁,休明之鼓吹",这或许正好可以说明此书的优良编撰价值和官方认可,所以可以说今人对其"当时就有名"[2]的推断是大致可信的。

---

[1] 据其序言落款为:"经筵日讲起居注、官太子少保东阁大学士、兼户部尚书、仍兼管户部尚书事务、翰林院掌院……"
[2] 吴中胜:《乾隆年间的科考改革与形式诗学的复兴——以蔡钧〈诗学指南〉为例》,徐中玉、郭豫适主编《中国文论的古与今——古代文学理论研究第三十二辑》,华东师范大学出版社,2011年版,第279页。

各序之编者罗列数十位参订者和编次者,可见此书非一人之功,而是广泛地采纳了他人意见。

全书为达到既有的指导应试之目的而呈现了一定的体系性。考察其目录,我们可以将其分为总论、应试诗讲解、其他诗体讲论、各体诗格、作诗技巧五个部分。其中,"总论"包括该书卷一"总论"和"发蒙正规"两目。"应试诗讲解"包括卷一之"五言律论""五言排律论"。"其他诗体讲论"包括卷二"七言律论""五七言绝句论""五言古论""七言古论"和"乐府歌行论"。"各体诗格"包括卷三"近体诸格"和卷四"变体诸格"。作诗技巧包括"相题"以下共十一目。

就整体内容来看,蔡钧《诗法指南》作为一部应试教材,其整体结构安排和材料的辑引都体现了较强的针对性和目的性。对于应试考生来讲自然是十分适合的,因为考生的考试科目就是本书重点论述的五言八韵排律。但是,随着时代的变化,蔡钧此书在当代的诗学意义却因其较强的应试色彩而大打折扣。简单来讲,就是可读性略低。唯卷一对百余首前人诗歌的详细解析,仍可为今人读诗、学诗所借鉴,颇有价值。至于其所用前人诗话,多有转录自汇编而非原著者,可详见本书后文相应条目之详考。今人谓其所收少见之论诗语如"马诚所《诗说》"等[1],其实乃从前人诗话汇编中转录而来,并无特出之诗学文献价值。

---

[1]　蒋寅:《清诗话考》,中华书局,2007年第2版,第354页。

五、邬启祚《诗学要言》

邬启祚《诗学要言》三卷,有宣统三年(1911)邬氏家刊本,民国间《半帆楼丛书》本、民国二十年(1931)刊《邬氏家集》本。邬启祚(1830—1911),字继蕃,号吉人,广东番禺(今广东省广州市番禺区)人。太学生,不仕,为乡里名绅,以子贵封中议大夫。《清诗话考》以为邬启祚生于1839年[1],《岭南学术百家》以为其生于1823年[2],皆未知何据。今据《诗学要言》卷末其孙邬庆时所撰《先大父述》"先大父讳启祚……生于道光十年九月初二日亥时"云云,可知当为1830年生人,生平亦可概见于此文。另有《耕云别墅诗集》一卷,《清诗话考》等著谓为《耕云别墅诗文集》有误,因《先大父述》《中国丛书综录》《续修四库全书总目提要》[3]及《番禺县续志·人物志五》[4]皆著录为《诗集》。又有《耕云别墅诗话》一卷。

全书有时人黄璟甫序,其言"寥寥数十条,才八九页,而古今诗话之精华尽粹于斯。学者得此津梁有不登堂入室者欤",基本说明了本书之大致情况。一是篇幅较小,共辑前人诗话数十条,二是邬编乃是对前人诗话之精选,三是邬启祚编著之意旨乃在指导后学

---

[1] 蒋寅:《清诗话考》,中华书局,2007年第2版,第640页。

[2] 毛庆耆主编:《岭南学术百家》,广东人民出版社,2004年版,第155页。

[3] 吴格等:《续修四库全书总目提要·丛书部》,国家图书馆出版社,2010年版,第564页。

[4] 番禺市地方编纂委员会办公室主持整理:《番禺县续志》(民国版点注本),广东人民出版社,2000年版,第418页。

学作诗歌。正文分上、中、下三卷,卷上题曰"学诗",讲学习作诗之纲领、宗旨。具体而言,包括学诗的基本要求和大致方法、读书之于学诗的意义等。卷中题曰"作诗(上)",讲诗歌写作之指导思想和精神。主要是作者创作时需要秉承的一些创作理念和艺术准则。这有别于具体诗歌作法的讲解,所以被人理解为"精神"(邬庆时《校后记》)。具体而言,讲了诗人应该遵守怎样的创作规则和注意避免某些可能的错误。所以本卷各则诗论虽广泛采辑前人诗话著作,但就各则论述方式言,颇有相似之处,如多用"作诗……贵在(乎)……"句式。卷下题曰"作诗(下)",细讲作诗之要求。本卷开始在强调了"法"的重要性之后,将其与诗歌"体裁"相联系,认为诗歌之作法应落实到诗歌的"形体"上来,并随后从谋篇到用语来说明诗法。然后辑录关于诗歌创作中用古人语、事的诗论,之后又归结到诗歌具体作法和诗作整体表达效果的关系上来。

《诗学要言》所辑材料之有特点者在皆为自宋至当时的诗话著作中对于诗歌作法的一般性谈论,而未直接采辑元明流行的诗法著作。细考所辑各则诗话末所题出处,由卷中第三则所题"金玉诗话"可知其当参考了清初宛委山堂本《说郛》相关内容。因为其文本为《西清诗话》内容,只《说郛》收此伪撰之书名[1]。卷下《迂叟诗话》一则亦非看到原书,当从后世诸如《苕溪渔隐丛话》之类诗话汇编转录而来,其原书本称《温公续诗话》。邬编七十四则的篇幅

---

[1] 罗宁:《重编〈说郛〉所收宋元诗话辨伪》,《华南师范大学学报》(社会科学版)2016年第6期,第42页。

虽显狭小,然对诗法讲解尚有"学诗""作诗"之区分。这体现了其对"诗法"的理解不局限在具体作法,而体现了一定的诗法之综合性意识。全书结构略简,且就材料而言,多为技法要诀,但是仍然有一定的讲说诗法之系统性意识,而与诗法摘抄式汇编截然不同。其作为诗学入门教材十分单薄,或有聊胜于无的价值。

第三节　就体说法式

就体说法式诗法类汇编得益于明清以来诗歌体式(即文体学)研究的深入,清人开始分体讲述各自诗法,是一种简便易行的成书结构方式。其体系意识较前述两类较弱,但仍较摘抄类著作有条理性。

一、马上巘《诗法火传·左编》

《诗法火传·左编》十六卷,明末清初人马上巘辑,据"辑志"(相当于"凡例")所言,此书是原书《诗法火传》的左编,因其右编为诗选,故省之。据张寅彭《新订清人诗学书目》,有顺治十八年(1661)檇李马氏古香斋刊本、同年服古堂刊本(藏西南大学图书馆)[1]、民国间据服古堂本传抄本(藏山东大学图书

---

[1] 四川省高等学校图书情报工作委员会编:《四川省高校图书馆古籍善本联合目录》,四川大学出版社,1994年版,第144页。

馆）。马上蠙，字雪俪，号传经堂主人，浙江嘉兴（今浙江省嘉兴市）人，诸生。敦行通经，善说《春秋》，兼工诗，有诗文集二十卷。

是书有时人袁栋、邵延龄、金式玉所撰之序（跋）各一篇。袁序称赞了马上蠙此书对于唐前诗歌各体制的源流、变化情况的详细论述，并因此以为此书对于诗歌创作有参考和指导作用；然后认为此书所讲之法（其实也就是诗歌各体式的分析）不尽是固定规则，也有对法的灵活处理；最后指出了本书论述全面的优点。邵跋在对此书表达推崇之意的同时，主要指出了马上蠙对于乐府研究的全面与深入，认为其研究对于诗歌的学习具有指导意义，即"风雅之津筏"。金序紧贴书题，以薪、火分喻诗法及其所以为法者（诗法之根源），将诗法探讨推进了一步，即认为诗法根源的讲解就是对诗法的根本研究，这也就说明了此书书名的含义：诗法研究是在探寻诗法根源的过程中实现的。

由此书"同参姓氏"可知，数十人参与了此书的编著，多有马氏门人及后辈。"辑志"则详细地说明了本书的编著情况：1. 本书是惩于明人徐师曾《文体明辨》不够具体、细致，以及其他同样讨论诗体的前人著作不够全面而著此书，意在向人更加详细和准确地讲解诗体问题，从而指导初学者和已经掌握了诗歌作法的学人。这就说明了本书编著的意旨、重点和针对性。2. 在讲解诗体的基础之上又强调了乐府体制的复杂性。3. 说明了书分左、右两编的情况。4. 介绍了各诗体制的讲解方式：原论—分体—综要。5. 说明本书的著述方式是"采诗话以备成法"，这也就无意间清楚地说明了整个清代诗法类汇编的基本性质。就本书而言,编者主要参考、采辑的是胡应麟的《诗薮》和胡震亨的《唐音癸签》,兼及前人各种诗话。6.说明该书辑引他人诗论及马上骃自著诗论相结合的体例。

《诗法火传·左编》全书十六卷,十数万字,篇幅颇大。此书在编著体例上有着清晰的思路,那就是以辨析各个诗歌体式为诗法讲解模式。全书将历代诗歌按照不同的层级将诗歌分类,然后分别用"原论—分体—综要"的讲解方式来具体分析各体。最后又辑录前人超越于诗体分类的普遍诗法来作为补充。其中尤其有特点者,在对乐府讲解的注重,多达十一章,占了全书近七成的篇幅。综合看马上骃的编著思路虽然明晰,方便读者阅读,但整体结构又过于简单,全书各卷内容缺乏连续性和系统性。马上骃采辑书目正如其在"辑志"中所言,来源较为集中。这固然方便了编者的编著工作,但也限制了本书的学术视野,容易为采辑来源作者的观点所左右。这就让汇编这种本身博采众长的天然体例优势弱化,因为清代同类著作(如费经虞《雅伦》)虽然也在有限的采辑来源中进行辑引,但都是转录,也就是说其直接来源本身就是在博辑广采的基础上成书的,这自然不会在实质上造成汇编优势的淡化。当然,马上骃在处理资料上也有自己的优点:他对于来源书目都做了准确的标注,不似他人混用书名和人名;马上骃凡是对前人诗论的改动性辑引都以"按"字标明,意在说明虽然采自他说,但为论述方便进行了适当改写。这些都是编者严谨态度的表现,不能因为有其他缺点就轻易忽略。

　　整体来看，马上巘此书意在讲解诗法，全书重点却放在了诗体辨析上面。虽然可以说是编者有意为之，意在通过诗体辨析达到诗法讲解的作用，但是如果将其与同类其他著作比较，马上巘的诗法讲解就显得异常单薄。因为诗法本身作为一个内涵丰富、意蕴深厚的诗学概念，绝对不是单从诗体辨析就可以说清楚的。马上巘似乎也意识到了这一点，所以第十六卷的"诸家总论"当是对前文内容的补充。但这一章并不能根本上改变整部书的体例和结构，全书终究还是呈现出一种简单的并列式编著思路。当然，这种缺陷应该是和明末学风相关联的。明人主流诗学是讲究格调的复古文学流派，对于诗歌体式的分析很重视，并出现了很多辨析、讲论诗体的专著，如《诗源辩体》《文体明辨》等。马上巘自己也说本书就是针对徐师曾《文体明辨》而尽力改进成书的。

　　综上所述，由于受到时代的局限性，马上巘《诗法火传·左编》编著体例明晰但缺乏系统性，并列式的基本结构让这个缺点暴露无遗，汇编内容来源的单一性又限定了全书具体论述的视野。不过，全书到处都体现了马上巘编著态度的严谨，他试图将很多前人没有说清的问题尽量说清楚并呈现给读者。其"就体说法"的论说方式更是同类汇编之最突出者，可作典型视之。考察全书具体内容，其主要是为后人清楚地讲解了历代各种诗体的格式，并详细说明了乐府各体的源流演变情况。其书作为诗学参考资料，还是颇有价值的。

二、佚名《诗林丛说》

《诗林丛说》七十三卷,佚名辑。因书末有明代闽籍诗人两卷之名目,可推知编者当为明末清初闽人[1]。《清诗话考》以为今存上海图书馆者似为乾隆抄本[2],然今考其文中康、雍两朝之"玄""禛"两字皆未避讳,可推或为民国抄本。孙殿起《贩书偶记》有著录。其引用书目所列最晚者为康熙四十四年(1705)刊行之朱彝尊《明诗综》,可知原稿成书当在康熙后期。书中所列诗人卒年最晚者韩纯玉为1703年亦可佐证,其成书当略晚于此。

全书卷帙颇大,分七十三卷,大致可以分为以下四部分:统论(卷一、二),分体讲法(卷三至三十九),诸家名论(卷四十至四十九),诗题(卷五十),诗韵(卷五十一至六十)、诗余(卷六十一、六十二)、诗人姓氏(卷六十三至七十三)。单从目录,约略可见其书结构前三部分与马上巘《诗法火传·左编》相似;第四部分前三项子目又与费经虞《雅伦》"题引""音韵""诗余"等名目略同。可见其或参考了上述两书。

《诗林丛说》在编著结构上主要参考了马上巘《诗法火传·左

---

[1] 张寅彭:《新订清人诗学书目》,上海古籍出版社,2003年版,第21页。
[2] 蒋寅:《清诗话考》,中华书局,2007年第2版,第51页。

编》和费经虞《雅伦》，所以本书最后呈现的面貌主要是一部讲解
诗歌体式和具体作法的诗学著作。同时，又因其大量、广泛地辑
录前人诗论而带有资料汇编的性质。具体来看，马上巘的《诗法
火传·左编》是以在诗体讲解中呈现诗法的思路汇编前人诗论
的，而《诗林丛说》似乎看到了这种以体代法的编著思路不能凸显
诗法的指导意识，缺乏可操作性，所以把马著后面本来作为诗法
补充的"诸家总论"部分扩展成了本书第三部分有十卷篇幅的"诸
家名论"，并体现了一定的体系意识。另外本书将历代各种诗歌
体式都做了充分介绍，显得更加全面，而不是像马著那样将讲解
重心放在乐府上面。可以说这些都是本书对前人著作的有意改
进。虽然本书在结构上基本借鉴了马著比较简单的汇编思路，但
多达七十三卷、三十余万字的较大篇幅透露了其与后者的又一不
同之处。其他诗法类诗话汇编在辑录前人诗论时，往往都是为了
说明某个具体问题而对材料进行有针对性的采辑，而本书则喜好
全文录取来源之原文，所以全书很多卷内容实际上多由数篇前人
专篇文章构成。全书最后部分特别详细地介绍了明代诗人和明
代闽籍诗人生平——多达六卷，也是造成全书篇幅浩大的重要原
因。最后，比起马上巘专注于汉代乐府，本书对历代乐府的情况
也有详细讲解。

　　总体来看，本书名曰"丛说"已经大致体现了本书在汇编方式
上有意求全求广的编著意旨，诗学资料汇编的色彩是明显的，但是
就全书的结构安排而言，又有意在指导他人诗法：从第一部分的

诗学入门常识(包括诗史和体式意识)到第二部分的分体介绍各诗歌特征,再到第三部分的诗歌作法,加上最后部分诗歌正文创作外的其他诗歌知识的介绍。这样连贯、明晰的结构意识虽然由于编者喜好全文抄录前人成篇诗论而略打折扣,但全书的整体汇编线索和体例是完整、明晰的。鉴于其书超过一半的篇幅皆从诗体分类为思路来讲解诗法,其余部分只能算作诗法讲解之补充,所以可根据此种编著特征将其归类为"就体说法式"汇编。至于其诗学价值,则更多地体现在诗学资料的保存方面,若用于指导后学作诗则嫌篇幅过大,不易入手。

三、潘松《问竹堂诗法》

《问竹堂诗法》八卷及卷首一卷,潘松辑,据张寅彭《新订清人诗学书目》,有乾隆二十五年(1760)刊本。潘松,字雪青,号渔墩居士,江西奉新县(今江西省宜春市奉新县)人。本书有乾隆二十五年七月二十日序,讲针对自严羽讲究"妙悟"以来,诗歌创作往往容易陷于空疏不学的弊端,编者意在提倡对诗歌体制和方法的学习,以救前失。凡例说明了本书编著的一般情况,如按语格式、编著时间、辑取资料有限等。

该书正文分八卷,主要按诗歌体式分类讲解各自的诗法,具体有四言古诗、乐府、五言古诗、七言古诗、五言律诗、七言律诗、五言排律、七言排律,大致按各体式产生先后排列。卷首一卷"总论",辑前人总括论诗法者,基本不涉及具体体式的具体作法。后附"诗家要忌",分"要""忌"两部分,分别辑诗歌作法之要领及禁忌。此卷首部分虽未列入正文论述,但篇幅占全书四分之一,十分重要,可视作与正文八卷并列之一部分。故全书可视作两部分构成,前半部分及卷首,总体概括讲解诗法,并指出诗歌创作的禁忌。后半部分分体讲解各体式诗法,且此中又有一定的逻辑顺序。

卷首总体讲诗法,大致顺序是按照所辑诗学资料来源的时代来罗列,但细考其内容,也有一定的讲解逻辑顺序,并非完全并列式讲解。总论开始介绍了"诗"作为一种特定文化现象和活动的基本情况和特色,介绍其社会功用。然后介绍其源流发展和典范作品,并提出学习典范的命题以为后文及全书讲解诗法作铺垫。所以就本卷言,此后大部分都是对诗法笼统讲解的辑录,涉及诗法各个方面,相互之间是以时代为序的并列关系。各则诗论基本只首标"某某曰"而不言及具体文献来源,不便读者翻检原文。卷首后附"诗家要忌"前半部分为"诗要",提出诗歌创作中需要注意和用心的地方,可理解为要领。各则皆有标题,皆是"诗要……",大致顺序是从宏观的创作观念到具体技巧的讲解,但仍是不分体式的笼统说明,故附"总论"之后。后半部分"诗忌",分条罗列各种诗歌创作中的禁忌,各则标题皆是"诗忌……",大致顺序同前半部分。

正文部分分八卷,其顺序如前文所述,惟各卷之内又都按一定之讲解顺序来说明各自的作法。各卷皆首列"原始",说明各体产生之初的情况。然后是"标法",说明各体作法。不过此处需要说明者,一是各体因自身特点,故诗法之讲解各有不同,大致是四言、乐府较少,近体则颇详;二是详细讲解者也仍是按照前文"总论"的思路汇编,仅仅是大致以时代为序罗列作法,故系统性较差。"标法"之后为"铨品",意在品评该体诗作及其作家。这其中亦以时代为序,起到了串联该体诗歌史和鉴赏论的作用,是对诗法讲解的充实和丰富。各卷最后是"附诗",辑录各体代表诗作,多录其最初作品及后世之典型者,如四言古诗首录韦孟《讽谏诗》以证其源,后列曹植《矫志诗》以为典范,体现了编者之作品选录意在配合前文之讲解以作示范。

全书成书仓促,故所辑资料来源颇窄。结构上是总论加分体论,各体讲解也有一定之体例,清晰明了。整体而言,基本是"就体说法"的编撰思路,相较同类著作,视野略广且篇幅适中,颇有可读性。

四、李其彭《诗解》《绝句述例》《诗体举例》

应乾隆二十二年(1758)诏令科举试诗,李其彭将二十一种诗学著作合刊作《廿一种诗诀》十卷。其中除多为他人成著外,有五种为李其彭自己所撰之诗法类诗话汇编。其间三种因皆按诗歌体式讲解诗法,故入"就体说法式"汇编。此丛编有乾隆四十一年(1776)李氏家刻本(藏山东艺术学院图书馆)[1],乾隆间佚名《诗学丛书》抄本(藏复旦大学图书馆)。清末徐继孺《曹南文献录》有著录[2]。李其彭,字年可,号果轩、麟川迂叟。山东巨野县(今山东省巨野县)人,岁贡生。另辑有《论诗尺牍》《唐试帖分韵选》《四声韵贯》,可见其精于诗学。其书前有乾隆四十一年(1776)盛百二、魏起睿两序,及自识和凡例,后有李氏子侄、门人的三篇跋文。其中,盛序基本道出了整个丛编的基本性质与特征:

> 所采著皆取其切近于初学,虽显易坦白,期于人人共晓,然有别味于酸咸之外,可以意会,不可以言传者,则由浅入深,升堂跻奥,亦不待他求而得之于此矣,其真诗学之金针欤。[3]

(一)《诗解》

此书材料皆为仇兆鳌《杜诗详注》中所辑前人论各体诗歌之说。故其题款作"甬上仇兆鳌沧柱辑、钜野李其彭录"。"诗解"当是指分体解析诗歌各自特征及作法,故全卷共分五言古、七言古、歌行杂体、五言律、七言律、绝句五七言、排律等七目,每目之下各收《杜诗详注》中所辑诗话十数条至数十条不等。具体内容皆针对

---

[1]　沙嘉孙:《山东文献书目续编》,齐鲁书社,2017年版,第318页。
[2]　〔清〕孙葆田等:《山东通志》卷百四十六,商务印书馆,1934年版,第4356页。
[3]　〔清〕李其彭:《廿一种诗诀》,清乾隆四十一年(1776)徐子素戒盈斋刻本。

各体式之讲解，包括体式特征和相应作法。仇兆鳌所辑本皆列于
各诗之后以为品评者，但李其彭所拣择者皆意在对体式的说明，故
汇编目的截然不同。《诗解》既以体式分目，各目皆讲特征及作法，
故视作就体说法之诗法汇编。末附"论李杜"一目，皆《杜诗详注》
中论李、杜二家之差别，其间多涉两者个人体调及擅长体式之差异
者。恐因材料同出于《杜诗详注》，故附于此。

（二）《绝句述例》

　　此书所辑诗话亦皆为仇兆鳌《杜诗详注》中所辑前人论诗之
说，然较前书之分体立目又有不同。此编专讲绝句，分五、七言及
两者之"述例"共四目。一、三目先辑高棅等所论之各体源流发展，
然后为其体式特征之讲解，此又可补《诗解》中"五七言绝句"之未
收而为《杜诗详注》汇辑者。所谓"述例"（二、四目）皆为仇兆鳌自
撰内容，乃分别详述五、七言绝句各体内部结构之有差异者，并皆
罗列诗例以为说明。此又略同于晚唐以来诗式、诗格，是对诗歌创
作思路的一种类型化分析。

（三）《诗体举例》

　　此书材料来源与前两书有异，除首则来自《杜诗详注》外，余者
皆从他书转录。又此编引用书目多有舛错者当一一辨之。首则本
为《杜诗详注》所加按语，李其彭题作"赵坊（当为"汸"）"有误。第
三则出《沧浪诗话》，错题作"虞嗣集"。第四则本出宋代诗话汇编

《古今总类诗话》[1]，只冯惟讷《古诗纪》卷一百四十六别集二引用此则时错题作《古今诗话》，此可见李编转录自冯著。第五则题出"陈氏诗式"当为元人陈绎曾《文式》，实为《沧浪诗话》内容，其后罗列各种诗体亦当是从《文式》转录之《沧浪诗话》内容。此编意在讲解历代诗歌之体调，包括人、时代等各种分类标准极少见之体调、格式。其间当含补充前两种汇编只讲常见诗歌体式之意。故上述三部汇编可谓分别从绝句、常见体式、其他体式及体调三个方面共同完成了就体说法的任务。

第四节　技法摘抄式

技法摘抄式诗法类汇编是前代诗法和诗话中讨论诗歌作法、技巧、要诀的简单性抄录，虽然诗学理论价值有限，但是多有文献留存价值。少数较有特色之摘抄，因其择取颇有用心处，亦颇有可读性，且能以之见证清代诗学之时代特征。

一、陈美发《联璧堂汇纂诗法指规》

陈美发《联璧堂汇纂诗法指规》两卷，各分上下，据张寅彭《新订清人诗学书目》，有圣益斋刊本（藏日本内阁文库）、延宝九年（1681）

---

[1] 此书早佚，今可见者最早出自宋人张镃《仕学规范》卷三十七。

步玉堂刊本(题作《诗法指南》)、藤屋古川三郎兵卫翻印本。陈美发,字西文,江南金陵(今江苏省南京市)人。大致活动于明末清初,不仕,编有《历选文集》,见《(同治)上江两县志》。书首有顺治十六年(1659)夏王炫题辞,谓"陈氏文雅,有志于诗赋,平居搜罗唐宋元明词臣诗议、各家要语、古今名诗,集为法则,以便来学,名曰《诗法指规》"云云,可见其成书之大概。

其书卷一(上)"汇集名公诗论"转录自明人吴默《翰林诗法》卷一所辑之"翰苑诗议"。"十科""四则"两目原出元人《诗家一指》,"律诗要法""七言律诗""五言古诗""七言古诗"及"荣遇"等共十四目集中摘录了《诗法家数》中间部分的分体讲法和题材分类之作法。卷一(下)除"诗有平仄""诗有赋比兴"外,主要为分体、分题之诗选。卷二(上)"诗学正源""作诗准绳"出自《诗法家数》,"作诗家数"、论"气象"原出《木天禁语》。"诗重音节"或为自撰。论"体志"原出皎然《诗式》,又见曾鼎《文式》。因其后论"情景"出自后书,可知前者亦是转录自《文式》。"诗中句法"同见《木天禁语》《文式》和《诗法大成》,细考本段文字,当转自《文式》。另此从《文式》在抄录《木天禁语》时末尾增补如"上二下五"等数则,亦为游艺《诗法入门》收入可旁证之。卷二(下)前半部分按原序摘抄白居易《金针诗格》,后半部分摘抄自《沙中金集》和《诗学禁脔》,并适当加以增补。综合来看,陈美发所用之书当只有两部,一是前述之曾鼎《文式》,其余绝大多数原出《金针诗格》及元人诗法者,与《名公雅论》同收于吴默《翰林诗法》,可知《指规》当是以

《翰林诗法》为基础,适当加入了《文式》的部分内容,并略加补充而成。

陈美发全编因资料来源极其有限,故所论或有不全面处,亦在常理之中。其成书方式完全延续了明代多数诗法汇编拉杂成书的方式,并未形成一定、有序之结构,只能算作一部普通的摘抄式诗法汇编。不过,其书偶有编者所加按语及名目,又可见陈美发对前人诗学的补充和发明,其中颇有可供后人参考的议论。

二、游艺《诗法入门》

游艺(明末清初人)《诗法入门》四卷卷首一卷,现存版本颇多。据张寅彭《新订清人诗学书目》和蒋寅《清诗话考》,有自康熙五十四年(1715)金陵白玉文德堂刊本以下共二十种。时间跨度上自康熙下讫民国,地域上除国内多次刊行外,海外如朝鲜、日本等地也广为刊刻。由此可见其流行之广、影响之大。较早的有日本元禄三年(1690)刊本,故可知中国本土之最早版本当刊行在此之前。游艺,字子六,号岱峰,福建建阳(今福建省南平市建阳区)人。少孤,家贫嗜学,与林云铭、方以智和法若真等名士游,又曾入耿精忠幕中。精于天问算学,有《天经或问》为《四库全书》所收。生平可见于王宝仁《(民国)建阳县志》第十五卷"文学传"。

大体来讲,本书以"诗法"命名,实际内容上也是与元明以来的诗法观念相一致,即重视对诗歌技法要诀的讲授和总结。全书正文分五卷,分别为:首卷"统论"、卷一"诗法"和"诗窍"、卷二"诗式"、卷三"李杜诗选"、卷四"古今名诗选"。除卷首及诗选以外,一、二两卷共汇编诗论四十节,皆是涉及技法要诀者,共四十个话题。"统论"部分处此书首卷,据其目录可知是辑录的"古今名公诗论"三十八则,所以正文部分有一标题简称曰"诗论"。但目录标注的题目是"统论",所以我们可以作这样理解:就具体内容言,本卷辑录的每一则前人议论都是诗论,也就是对诗歌相关问题的看法;但是若从整体上来看待这三十八则诗论,游艺把它们当作了在诗法讲解之前的引论,因其都是前人对于诗歌作法的一些一般性的、笼统的看法。相较本书正文的主体部分对诗歌具体作法的讲解,可知游艺将此部分列在卷首,意在汇编前人就诗歌作法所做的整体性论述。"诗法"和"诗窍"两大部分在该书分卷上同存于第一卷。"诗法"主要是正面教授一些基本作法;"诗窍"则是类似于与常规做法之外的技巧或诀窍,是对前者的补充和灵活处理。但是就两部分具体之小节内容言,多有相互重合交叉处,故其所谓"法""窍"并无明晰界限和划分标准。"诗式"是本书第二卷内容。之所以谓之"式",当是本卷以摘抄前人诗作为主来做各种示范,而议论较少。

　　另外,全书前四部分正文所对应之目录多有舛错。一是上下层级标目全部平列,没有体现出正文的层级关系。二是常有正文标目与目录文字不对应者,当据正文修正。三是正文及目录皆有漏题者亦当增补。故现予以重编目录如下,因节下之小节过于琐碎,故于目录中省去:

卷一

诗法
- 一　诗粘平仄
- 二　起承转合
- 三　诗家四则
- 四　作诗十科
- 五　诗准绳
- 六　诗体格
- 七　律诗重音节
- 八　诗外杂格
- 九　诗题正格
- 十　诗学正源

诗窍
- 一　诗有体志
- 二　诗有情景
- 三　诗中句法
- 四　诗有内外意
- 五　诗有三体
- 六　诗有四炼
- 七　诗有五理
- 八　诗有偏法
- 九　诗有喜怒哀乐四得之辞
- 十　诗有喜怒哀乐四失之辞

卷二

诗窍
- 十一　诗有上中下
- 十二　诗有三般句
- 十三　诗有六对
- 十四　诗有物象比
- 十五　诗有癖
- 十六　诗有魔不入格
- 十七　诗有五忌
- 十八　诗有八病
- 十九　诗眼窍法
- 二〇　诗对十三法
- 二一　起句十五法
- 二二　结句十七法

卷三

诗式
- 一　辨别比兴赋
- 二　辨别气象
- 三　辨别体格
- 四　辨别明暗二体
- 五　辨别诗外杂体

第三卷题曰"李杜诗选",分别选录李白和杜甫诗作各一百余首,并分五七言古、律、绝、排共八类。游艺对所录诗歌皆做了圈、点、评、注。第四卷题曰"古今名诗选",选录历代诗作自古诗十九首至明末并连及游艺自作,共计三百多首,按体分类亦如前卷。

游艺《诗法入门》是一部重在讲解诗歌技法要诀的诗法类汇编,从整体编著体例上来看,相较于清代其他同类著作更接近于明代盛行的诗法汇编。所以我们也可以将其看作是明代诗法汇编向清代汇编体诗法的过渡性著作。就前者而言,游艺此书单纯强调诗歌具体作法就是典型例证。然后就是本书诗法、诗窍、诗式三部分内部的具体论述在汇编前人诗法的基础上没有很好地安排论述结构，而只是简单地以汇编来源既有的顺序进行简单抄录。就后者而言，本书宏观层面的分卷意识体现了本书分层讲解诗歌创作方法的思路。游艺首先是汇编名公诗论来总括说明诗法的必要性和笼统要求，然后从三个方面来说明诗歌作法，最后是带有些许就诗说法的意味来选录诗作以为示范、参考之意。这样的宏观结构相比体系意识较强的著作固然还不够完整、精熟，但毕竟将汇编内容整合、统属在了一起，不再是纯粹的资料汇编。

三、钱岳《锦树堂诗鉴》

　　钱岳《锦树堂诗鉴》十二卷，据张寅彭《新订清人诗学书目》，有康熙二十八年（1689）锦树堂自刊本，今藏上海图书馆。钱岳，字蕴生，号十青，清初江南吴县（今属江苏省苏州市）人。多与当时知名诗人及学者余怀、黄生[1]、孔尚任[2]、归允肃[3]等交游唱和，当为苏州一带文化名流。时人王嗣槐（1620—?）称其"锦树堂中诗百篇"[4]，当亦是能诗者。王鸿绪（1645—1723）《诗鉴叙》落款自称

---

［１］　钱岳曾挂名于黄生《杜诗说》五卷之末，郑子运：《明末清初诗解研究》，凤凰出版社，2010年版，第19页。
［２］　〔清〕孔尚任所撰《湖海集》卷四、十一存孔氏与钱岳唱和诗两首，信札一首，清康熙间（1662—1722）介安堂刻本。
［３］　其人为康熙十八年（1679）状元，常熟人，官至少詹事。
［４］　〔清〕王嗣槐：《赠十青钱子重过湖上》，《桂山堂诗文选》卷十二，清康熙青筠阁刻本。

"家眷侍生",可知钱岳年岁或略早于王鸿绪,当出生于明末。余怀(1616—1696)《诗鉴序》谓钱岳"以英少著《诗鉴》"且多勉励口吻,岳当是其后辈。其另与时人徐树敏一起编印闺秀词总集《众香词》六卷,乃"明清之际女性词总汇"[1]。

是书卷首有王鸿绪、余怀两序及归允肃题辞,后直接正文,不列目录。每卷罗列前人诗话数十则,卷前除列编者钱岳之姓名外,另列两位参订者籍贯、姓名,每卷各异,共二十四人,多为当时名公工诗者。此亦可见钱岳交游之广。王序以为除了诗注、诗评之外尚有"凭虚设论、别白派流、研穷声律,何者为合,何者为离"之"持论"者。《诗鉴》所辑即此,多为论诗法者。余序对钱编大加称赏:"其义隐而彰,其事核而栗,其辩明而晰,其词简而严。其取类博而裁量甚精,其稽古详而考订最确。古人之已发者,出一语以断之;古人之未发者,竖一义以阐之。"然考其内容却并非如此,如其卷一关于沈约"八病"的汇编就是重复收入了。而之所以重出仅仅是因为钱岳在转录《吟窗杂录》时,关于"八病"的讨论分别同时出现了《杂录》所收之《魏文帝诗格》和梅尧臣《续金针诗格》。可见钱岳在汇编时并未发现两者所论一致,仅仅是用语上略有差异就误会其内容各异而收入。且重复部分本出《续金针诗格》而钱岳误题作"王昌龄曰",可见考订亦难言精确。不过其书偶有增补者皆要言不烦,实有断前人已发、阐前人未发之论。卷一首尾两则钱岳自撰

---

[1] 何宝民主编:《中国诗词曲赋辞典》,大象出版社,1997年版,第413页。

诗论者,前者是对各常见体式最简洁之区分,后者在前人对于唐诗遗落和搜集的讨论基础上补充了自己看法。

钱岳所辑诗话仅以分卷排列,内容之间毫无次序,且不列引用原书之名目。细考之,几乎全部转录前人诗话和诗法之汇编,如《吟窗杂录》《诗人玉屑》《仕学规范》《艺苑卮言》及元人诗法等。且采选毫无理论依据,随意性较大,如卷六采旧题揭傒斯《诗法正宗》"学诗须力行五事"语段,原文本来详列五事:诗本、诗资、诗体、诗味、诗妙,均详加说明。钱著径直录曰:"揭曼硕曰:'有诗本吟咏,本出情性'……"第二条直接摘录原文条目后说明,不列"诗资"二字之目。再后直接省掉第三目"诗体",辑入"诗味"原文之说明,亦不列明条目。之后另辑他书,省掉第五目"诗妙"全部相关内容。钱著如此编辑,毫无头绪,从中难以看出作者之编辑理念与目的,故是著只能作为文献资料使用,不能看作成熟之诗学著作。此亦可从卷首序言、题辞看出,作序题辞者均无直接称道处,唯余怀颇有溢美之词而失实,且序末亦有劝勉之词曰:"使钱子再读十年书,全神养气、殚精竭思,以极天地古今之变,则著书立言,当更有进于此者。"

是书取次无伦,采辑又颇有错漏,未为精密,且基本转录自前人汇编成著,而非采自原著,故《清诗话考》认为其书"采辑颇广……皆照录原文,不加删节,存古本原貌"[1]等,乃失察之言也。

---

[1] 蒋寅:《清诗话考》,中华书局,2007年第2版,第270页。

作为一部于明代十分流行的拉杂成书之诗法汇编在清代的延续之作,诗学文献和理论价值均无甚可取,只是一部简单的摘抄式汇编。

四、顾龙振《名贤诗旨》

　　顾龙振《名贤诗旨》,为其所辑诗法类丛书《诗学指南》卷五之前半部分。《诗学指南》本为针对乾隆年间科举加诗试而编,共八卷。前七卷皆见存于《吟窗杂录》或《诗法统宗》,惟卷八《应制诗式》《应试诗式》两部分内容为顾龙振自撰。《名贤诗旨》所辑用之材料虽主要转录自《诗法统宗》所收之书,然顾龙振亦有简择、汇辑之功。故其虽非自撰,但也不是直抄丛编中的现成著作。此可视作顾龙振从前代诗法类丛书中拣择汇编而成的一部专讲诗歌一般作法的摘抄式著作。其置于《诗法指南》此一诗法丛书中,附于前代诗法类著作之后,或有精选之意。产生此种情形的原因,主要是前人在诗法汇编的过程中往往将汇编和丛编混淆所致。汇编是选取既有著作内容编入自己著作,丛编则是丛书,多只收录完整著作。《诗学指南》据张寅彭《新订清人诗学书目》,有乾隆二十四年(1759)敦本堂刻本、朝鲜刊本(日本东洋文库)、民国十一年(1922)上海萃英书局石印本、台湾广文书局 1970 年据朝鲜刊本影印、孙氏玉鉴堂藏本。可见其流传、影响颇广,虽其所用皆从明人胡文焕《诗法统宗》而来,但基本取代了原书及更早的《吟窗杂录》

的地位，成为清代最重要的一部诗法类丛书。顾龙振，字苓窗，江苏金匮（今江苏省无锡市）人，乾隆十五年（1750）副贡[1]。今有谓其为吴县人未知何据，恐误[2]。据该书浦起龙序可知其为明末顾宪成后裔，出身文学世家，与浦氏（1679—1762）同时。

是编题曰"名贤诗旨"意在汇辑前人关于诗歌作法的总括性看法，类似诗法之统论，不涉及具体体式或步骤的方法与规则。全卷共百余则诗话，虽各列出处，然皆从胡文焕《诗法统宗》转录而来，未见所题源头著作之原书。具体而言，主要转录自胡编所收之《诗人玉屑》《仕学规范》《诗家集法》等诗话汇。尤可异者，前九则虽本为六朝以来诸家诗论，然其皆同见存于王世贞《艺苑卮言》，可知是转录自胡文焕补订的《诗家集法》所收之《卮言》部分。其中文字细节之错讹处，皆与钱岳所编《诗鉴》相同，故可知顾、钱二人所用之《艺苑卮言》内容皆出自《诗法统宗》所收之《诗家集法》。如其第四则"张茂先曰：谈之者尽而有余久而更新"，几全同于钱编，而王著原作为"读之者……"。又第三条原出钟嵘《诗品》："诗有三义，酌而用之……"王著所采文段全是按原文抄录。只顾、钱二编则转录自《统综》简写后的版本："诗有赋比兴，酌而用之……"

顾龙振在转录过程中，对于原文出处的标注多有差错，可见其粗疏。第十一则中题"三山老人"之数条诗话中，第二条实出自《吕氏童蒙诗训》，下条出自《冷斋夜话》。且此两条分别从《仕学规范》

---

［1］辛幹：《无锡艺文志长编》，上海古籍出版社，2015年版，第250页。

［2］蒋寅：《清诗话考》，中华书局，2007年第2版，第357页。

和《诗人玉屑》转录,顾龙振将其皆置于"三山老人"名下有误。第十七则"渔隐曰"下第一条本源自《冷斋夜话》,只因《诗人玉屑》此则之前有"渔隐"之标目而错看。诸如此类之误题出者多达数十处,皆当一一辩证,否则恐起后人之误会。

如前所述,《名贤诗旨》所用材料基本不出《诗法统宗》中《诗人玉屑》《仕学规范》及胡文焕《诗家集法》范围。考其编撰意旨,当是在《诗学指南》前四卷丛编历代诗格、诗法著作的基础上,汇辑前人对于诗法的总括性论述。因为诗格、诗法都是诗歌格式、法则的具体讲解,故顾龙振此编是对诗法由分论向合论、由具体向笼统的转移。此编内部皆无次序,多按转录来源之原序抄入,故无甚诗学理论参考价值。就《诗学指南》此一丛编言,《名贤诗旨》自有其诗法总论汇编之价值;就单独成书而言,亦可作为诗法概说之一简明读本。

五、李其彭《诗学浅说》

李其彭《诗学浅说》一卷,乃一技法摘抄类汇编,为李氏诗学丛编《廿一种诗诀》之一种。此丛书已见前述。

是编主要汇辑前人对诗歌创作方法规则的具体论述,分为:韵法、粘法、调四声、起承转合、律法、对法、诗家四则、十科、九要、三体、四炼、五忌、四不入格、六义、八病、七戒、五理、十悟、正诗体格(律诗、五言古、七言古、排律、歌行古风、绝句、乐府)、外诗雅

格（六言、杂句、促句诗、杂言诗、拗体等约二十余种）、各杂体诗，共
二十一目。其材料来源亦以前代同类著作为主，如元人《诗家一
指》、清人游艺《诗法入门》等。其中上述"诗家四则""十科"等目全
部源自《一指》，"排律""歌行古风"等目又皆辑自《诗法入门》。另
仇兆鳌《杜诗详注》本为李其彭编选《廿一种诗诀》中其他著作所常
用之材料来源，此书亦偶有用之。如卷首第三条"郑氏云云"当转
录自《杜诗详注》卷五仇兆鳌按语。

各目虽涉及诗法的具体规则、要求，但是相互之间并无前后衔
接之必然联系，故全编只是对前代诗法的简单抄录，并无值得称道
的结构安排。此与元明两代转相抄撮之诗法（汇编）著作相类，亦
只是延续前代之作。

六、杨大壮《诗诀》

杨大壮《诗诀》三卷，据张寅彭《新订清人诗学书目》，今仅存嘉
庆二年（1797）抄本，藏天津图书馆。其书前有汪昱序（残）及杨大壮
自序。今人据其自序落款有"嘉庆二年丁巳闰六月十二日，重校一
过，灯下敬记"，以为其成书于嘉庆[1]，有误。其自序曰：

　　《诗益嘉言》，余家塾旧本，十四五岁时即喜观之。壬

─────────────

[1] 蒋寅：《清诗话考》，中华书局，2007 年第 2 版，第 120 页。

子秋日,录其精言为一卷。《说诗晬语》《随园诗话》有与
《嘉言》相发明者,亦录得二卷,皆诗学正宗微言。时时观
揽,轨则不远。或不至流入异端魔道,以负先君子期望之
殷也夫![1]

该自序不但说明了其成书之起源和宗旨、目的,而且指出其成书当
在"壬子",也就是乾隆五十七年(1792)。可见成书嘉庆之说有误,
卷首本题有"壬子冬日辑",亦是一明证。今人又据书末有朱笔语
"《渔洋诗话》当补入此帙之前",谓其为未成书之稿本[2]。然据前
引自序,今存抄本已经完成了其编著意旨,朱笔语当为题外话。杨
大壮(1764—?),字贞吉,号竹庐,江都(今江苏省扬州市)人,官至
徽州营参将。与同里焦循(1763—1820)交厚,精于乐律算数,名列
阮元《畴人传》[3]。

全书是以选抄魏庆之《诗人玉屑》为主,其后又将《说诗晬语》
和《随园诗话》中能与前者所论相发明者选录之。此书各则材料之
间亦只按原书顺序罗列,乃典型的技法摘抄式诗法。其书最有价
值者,在将卷帙颇富的《随园诗话》,以"诗法"的角度加以拣择,可
供后人集中了解清代诗学大家袁枚在诗歌作法方面的主张。进一
步言之,其所录随园之论诗法者,颇为宽泛,并不仅限于具体技巧、

[1] 〔清〕杨大壮编:《诗诀》,清嘉庆二年(1797)抄本。
[2] 张寅彭:《新订清人诗学书目》,上海古籍出版社,2003年版,第95页。
[3] 李清华:《清代地域诗话研究》附录二《清代诗话札记·〈诗诀〉辑者考》,上海大学博士
学位论文,2015年,第218页。

法则、格式之类，又可证清人综合性的诗法意识。比如其录随园对时人"但贪序事，毫无音节，皆非诗之正宗"加以批评一则，将"音节"视作诗歌的本质性特征和要素。此虽不涉及具体操作技巧，但确是教导后人学诗之基本和入手处，属于广泛意义上的诗法。

第五节　综合性诗话汇编兼及诗法者

在各类专题性诗话汇编大为兴盛的清代，综合性诗话汇编同时延续了前人的习惯，也有比较重要的著作产生。不过，清代综合类汇编增加了很多与诗法相关的门目，这是宋元以来诗法理论增多的必然。而且，部分诗话汇编的诗法内容还逐渐占据了主导地位，使综合性诗法汇编上升到了"诗学概论"的地位。诗学概论式汇编已见前述，此处在诗法类诗话汇编分类考述之后，顺带对兼论诗法的综合性诗话汇编加以介绍。从中既可以看出综合性诗话汇编对诗法材料的处理方式，也有助于理解从综合性汇编向诗法类汇编的过渡或交叉形态。

一、伍涵芬《说诗乐趣》

伍涵芬《说诗乐趣》二十卷，据张寅彭《新订清人诗学书目》，有康熙四十年（1701）汪正钧华日堂刊本、嘉庆六年（1801）刊经国堂印本、大文堂刊巾箱本、民国间上海著易堂书局石印本、1992年齐鲁书社杨军校注本。陕西师范大学图书馆藏有民国间抄本。伍涵芬(1650—?),字芝轩,浙江於潜(今浙江省杭州市临安区)人,康熙二十六年(1687)浙江省解元,官中书舍人。其与古文大家方苞或有交谊,方曾为其撰《伍芝轩文稿序》。[1]据李塨《书方灵皋一节》[2]和陈仪《朱孝廉传》[3],当卒于康熙庚子(1720)后的某个会试年。其人能诗,又有《读书乐趣》,亦为《四库全书》所收。

汪正钧序引伍涵芬言道:"《说诗乐趣》盖以向所定《读书乐趣》,曾有'品诗'一卷,未尽其蕴,因取历代名人诗话,荟萃而类编之,以自怡者也。"基本说明了其成书缘由及基本特征。朱庭柏谓其"仿孝标《世说》例而汇括之"。虽然其直接借鉴对象乃是《诗话总龟》,但也道出了此类综合类诗话汇编的体例特征最初当自《世说新语》的因事分门而来。

全书共分二十卷、四十一门。第一卷体格,第二卷评论,第三卷雅什,第四卷警句,第五卷层进、苦吟、幼敏,第六卷博识,第七卷知遇、达观、志气,第八卷豪放、箴讽、故事,第九卷游览、留题,第十卷咏物,第十一卷辨讹、宴赏,第十二卷仕宦、科第、颂美,第十三卷饯送、寄赠、艳情、感事,第十四卷诗谶、诗病、诗厄,第十五卷纪梦、讥诮、诙谐,第十六卷乐府、哀挽,第十七卷高隐、神仙,第十八卷艺术、僧道,第十九卷闺秀,第二十卷俳优、奇怪。各卷末附伍涵芬自

[1] 〔清〕方苞:《望溪集》外文集卷四"序跋",清咸丰元年(1851)戴衡刻本。
[2] 〔清〕李塨:《恕谷后集》卷九,清雍正刻增修本。
[3] 〔清〕陈仪:《陈学士文集》卷十,清乾隆五年(1740)兰雪斋刻后印本。

著诗论,题曰《香泉偶赘》。全书共计汇编诗话 1 201 则(因今本尚有少量残缺者,原书当在 1 250 则左右),每卷汇编诗话自数十则至上百则不等。其中,前三卷皆涉及诗法者,与明人王昌会《诗话类编》体例相似。

二、蒋澜《艺苑名言》

　　蒋澜《艺苑名言》八卷,据张寅彭《新订清人诗学书目》,有乾隆四十一年(1776)自刊本、乾隆四十八年(1783)怀谷轩刊本、嘉庆三年(1798)英德堂重刊巾箱本、嘉庆二十五年(1820)务本堂刊本等共十一个版本,刊布颇广,并延及日本。蒋澜,字云会,浙江乌程(今浙江省湖州市)人,生平未详。

　　卷首有蒋澜乾隆丙申(1776)二月自序,首先说明诗法的必要性,然后分析由于历代"说诗者(指诗论)"太多,所以有必要取其精华汇编。此书"例言"首先说明此书的结构安排规则是"恐强立名目,不敢分类,而不类之中类略分焉"。意思就是不愿意机械地分类阐释,但又有一定的类说意识,这既可以看作是灵活的分类方式,也可以理解为不伤害读者阅读自由的灵活汇编方法。例言还说明了自己的编著方式,包括辑引来源的标目、书目罗列和各则标题。例言之后是"采录书目",罗列 111 种自五代以来的诗话、笔记、总集、类书等。

　　正文第一卷前半部分大致按时间顺序介绍自陶渊明至明代数

十位诗人诗风,然作者选取颇随意,未能构成完整连贯的诗史讲述。其后数则讲诗法,后半部分则主要是录诗纪事的诗话辑录。此卷末三则编者说明其"失编"当是后来补入,其实前二者论左思、董俞(1631—1688)诗风可入本卷前半部分,后则录"赠画师诗"可入后半部分。意在介绍诗人诗史和古人诗歌创作的大致情形。第二卷讲诗法,然无系统性。有以类相从者,如讲句法、体式特征、对法、句格等,然亦不全,摘抄颇随意。第三卷先录古人苦思事,然后辑诗话之录佳句者,最后讲解诗歌炼字造句之方法,此卷大体结构明晰如此。第四卷分五部分,都是诗法的讲解:第一部分22则讲诗歌讲究含蓄的要求和诗例;第二部分23则讲前人诗歌语意相似的情况;第三部分12则讲反用前人诗事、诗语以出新意和增强表现力的诗例;第四部分13则讲诗歌押韵之诗例;第五部分25则录诗话中诗歌用事讲求无迹的例子。第五卷分两部分:第一部分录对诗歌所用词语、名物的考证类诗话,第二部分录古人题咏古迹、名胜、画图的相关诗话。第六卷分四部分,分别为咏物、讽兴、感伤、帝王。第七卷分四部分,分别为荣遇、仕宦、隐逸、神仙。第八卷分三部分,分僧道、幼敏、闺秀。

全书大致结构参照了《诗人玉屑》,可分两个部分,前面集中讲诗法,后面讲示例。不过本书的示例不是《玉屑》的诗评为主,而是录诗纪事,所以后面部分又与《诗总》相同,是按题材或作者身份来分类汇编诗话。综上就是本书基本的特征。具体地编著方式则比较严谨,除标明出处外,分卷整齐、适当添加各则小标题都是作者用心处，较胜同侪。文中时加按语以为发明，皆有可观。惟诗法讲解虽无《诗人玉屑》之庞杂，然过于简略，只能算作整部综合性诗话汇编的附庸。

以上仅举两例说明综合性诗话汇编与诗法类汇编的关系。清代综合性诗话汇编尚有数部，但是其兼及诗法的名目特少。比如乾隆三十年（1765）成书的张象魏《诗说汇》，其书虽然自序称"删繁就简，汇为一集，以作初学津梁"，但是并未使用前代综合性诗话汇编的分类方法，更接近于摘抄。不过，正如《艺苑名言》有着"不类之中略分焉"的处理方式，其声称"首取说杜，所以正其始；殿以名人问答，一犹十五国后继以《豳风》也"。可见此书还是针对指导后学的编著意旨，有着一定的结构意识。书末收有《轮山诗论》未知何人所作，似一部完整独立之诗法著述，分历代诗总论、历代诗体总论、历代诗家总论、诗法总论、用韵总论、诗法总论六部。明末清初有福建同安（今福建省厦门市同安区）人阮旻锡（1627—1712），号轮山或轮山遗衲（据同治、光绪间《温陵诗纪》）。《（道光）厦门志》又谓其有《诗论》一书，或可推知《诗说汇》所收《轮山诗论》乃阮旻锡所撰。再如乾隆四十五年（1780）成书之卢衍仁《古今诗话选隽》因为本就是对前人两部诗话汇编的转录，所以在结构上虽然没有明确的分门别类，但实际上还是沿用了前人的结构意识。其书卷上开头稍后部分条目和卷下开头部分由于是从《艺苑名言》和《说诗乐趣》转录，故诗法之讲解颇为集中。然全书篇幅不大，论及诗法者更少，约占总数近两百则中十分之一。还有佚名《古今诗衷类选》也是分门罗列的综合性诗话汇编，不过其中只"袭旧""琢磨"两目涉及诗法，其他各目仍按事类分目，也可视作综合性汇编而兼及诗法者。聂封渚《吟诗义法录》分论诗歌之"义"与"法"，其中诗法部分主要取材于《说诗乐趣》《诗法指南》和《艺苑名言》。只不过其书并未分门，多按来源原序抄录，诗法讲解之程序性不强，以摘抄为主。

第三章
清代诗法类诗话汇编的转录现象

　　汇编既有诗话（广义上的，包括各种诗学资料）是诗话整理研究的一种基本工作方式，也是蒙学诗话（诗法）的常用著述方式。就前者言，宋代最著名的三大诗话汇编（《诗话总龟》《苕溪渔隐丛话》《诗人玉屑》）因其保存了大量宋代及这之前的诗学资料而为后人所广泛征引，后代也不乏类似著作。以今天的眼光言之，这些著作往往都是专题性或综合性诗话汇编。就后者言，其"寓作于述"（《小沧浪诗话》侯云松跋）的编撰意旨在清代体现尤为突出。如当代学者蒋寅所说："汇辑前代诗学资料而编成蒙学诗话，是清人尤为热衷的工作，也是清代诗学在著作形态上的一大特征。"[1]这里的"蒙学诗话"正是诗法类诗话汇编，具有专题性（诗法类）诗话汇编和综合各类议题诗话汇编的属性。因此，可将之理解为用综合性的手法汇编前人诗话的诗法类著作。无论

---

[1]　蒋寅：《论清代诗学的学术史特征》，《南京师范大学文学院学报》2003 年第 4 期，第 19 页。

是编撰还是整理和研究,其基本文献形态都是对前人诗学资料的分类辑录。这种辑录本来可以被看作对前人作品简单的抄录,但是由于古代著作随着时间推移而不断地散佚,越是后来的编者就越难看到逐渐散佚而又有一定价值的著作。所以,清代的编著者们就常常采用"转录"的方式来获取自己所需的诗学资料,这就让本来简单的文献抄录复杂化起来。如果清代的汇编者在转录的时候能够标明其转录之具体情况(说明直、间接来源),就不会造成不必要的误会,尽管可能会降低其文献价值。但如果其转录不标注直接来源而径标源头著作,就不但容易使人误会,还会让后人对编著者学术态度与精神的严谨性和客观性产生怀疑。

　　通过考察宋代至清代各家书目的著录情况,可知清代之前的诗学著作多有散佚。但是,现存多种清代诗话汇编却采辑、引用了大量散佚著作的具体内容。到底是清人重新找到了已经散佚的古人原著,还是其暗中转录自其他著作?弄清楚这个问题需要审慎、详细地考辨具体文献的实际内容。在此之前还需要说明的是,如果编著者已经明确说明自己的编著内容是转录自他种著作,就无需再去认定。所以,本章的主要考辨对象就是那些没有说明直接来源而只标注间接来源的清代诗法类诗话汇编(包括部分兼及诗法的综合性诗话汇编),此种现象简言之就是"暗中转录"。本章题目及后文为简便、显豁起见,将其省称作"转录"。

第一节 《说诗乐趣》的转录现象

清人伍涵芬《说诗乐趣》是一部产生于清代初期的重要综合性诗话汇编著作,其流传较广、影响较大,曾被多次刊刻并被多种诗话汇编所引用,故为《四库全书存目》收入。但《四库提要》对其评价不高:

> 其书庞杂无绪、去取失伦,卷端所列引用书目乖舛不一。[1]

今考其书,"庞杂无绪"的论断当指其较大的篇幅并且没有体现出一定的结构意识。其实本书二十卷共分四十一门,皆因事类而分,并非没有条理,且多有参照宋人《诗话总龟》处。所谓"去取失伦"当就各则具体内容分别言之,不可一概而论。唯其指责引用书目问题,确实存在。《翁方纲纂四库提要稿》中指正了该书一些具体的讹误、舛错情况,如其将《临汉诗话》讹作"临溪",《珊瑚钩诗话》讹作"珊瑚诗话"等[2]。然而,至今其暗中转录他书,而不见原著的事实尚未被发现。故本节试图通过详细考辨其每则诗话引用书

---

[1]〔清〕永瑢等:《四库全书总目提要》(第四十册),商务印书馆,1931年版,第38页。
[2]〔清〕翁方纲:《翁方纲纂四库提要稿》,上海科学技术文献出版社,2005年版,第1164页。

目标注情况来作出回应,以便彻底理清本书的资料征引情况和客观评判其诗学文献价值。在考辨过程中可以发现《说诗乐趣》的汇编多有从他书转录前人诗话者,这为其书目考证造成一定困扰,但也正是此书"卷端所列引用书目乖舛不一"的原因所在,所以这种文献转录现象就成为我们关注的焦点。

《说诗乐趣》共分二十卷、四十一门,不算残缺者共计汇编诗话1 201则,每卷汇编诗话自数十则至上百则不等。各则首先皆标名出处,即《四库提要》提到的引用书目,共上百种之多。其中多有早已散佚之书,故大可疑其多为自他书转录而不题直接依据者。经过仔细比对文本,可断定转录对象以阮阅《诗话总龟》和清初李际期主持刊刻的宛委山堂本《说郛》为主。伍编转录自两书及其他汇编者至少有680则,超过全书一半。而且这还是比较保守的算法,因为本文未将一些没有散佚的常见著作列为疑从他书转录的考察对象,事实上并不能因为常见就可以完全排除其转录的可能。

一、对《诗话总龟》的转录

阮阅《诗话总龟》原名《诗总》,其书初成时仅十卷,汇编了一千四百余则诗话[1]。今传《诗话总龟》乃明代刻(抄)本,共九十八

---

[1] 郭绍虞:《宋诗话考》,复旦大学出版社,2015年版,第26—27页。

卷（或一百卷），汇编了两千多则诗话。显然其中多有后人增补之内容，伍涵芬所据当是后者。伍涵芬《说诗乐趣》转录《诗话总龟》尤多，当一一考辨其每则具体出处，方能订正伍氏转录时因疏漏而造成的错列引用书目之情况。

　　首先，《说诗乐趣》中大量汇编了标注为前人早佚著作的诗话，而这些著作多有见存于《诗话总龟》者。并且，《总龟》之后虽多有称引、汇编相应著作者，实际上也是多自《总龟》而来，并非真见原书。《乐趣》第一卷所辑各则诗话所标来源著作而言，依次有《诗法要标》《沧浪诗话》《诗体明辨》《葛常之诗话》《艺苑雌黄》《古今诗话》《王守溪说诗》《东坡诗话》《艺圃撷余》《麓堂诗话》《诗文浪谈》《竹坡诗话》《冷斋夜话》《直方诗话》《郡阁雅谈》《玉涧杂书》《野客丛谈》《苏长公外纪》《诗史》《文心雕龙》《马诚所说诗》《漫堂说诗》《香泉偶赘》，共二十三种。考其书名，当时常见易得者如《诗法要标》等共十六种。最后一种《香泉偶赘》为伍涵芬自著，可不论，其余六种（《艺苑雌黄》等）之来源皆颇有可疑之处。其中，所题出自《直方诗话》者，有第二十八至三十一，共四则。此书据郭绍虞《宋诗话考》可知早佚，本名《王直方诗话》，常见各类著作称引。如伍氏如此省称者，唯《诗话总龟》时常为之，故可疑其似从此书转录。就内容言，情况更为复杂，因为这是伍氏拼接前人诗论而成，似并非出自单一来源。伍氏此处连同前则所辑出自《冷斋夜话》者共辑五则（卷一第二十七至三十一则），前三则原文如下：

《冷斋夜话》：山谷云：意无穷而人才有限，以有限之才追无穷之意，虽渊明、少陵不得工也。必易其心而造其语，谓之换骨；法规模其意而变化之，谓之夺胎法。

《直方诗话》：诗有"句含蓄"者，老杜曰"勋业频看镜，行藏独倚楼"，郑云叟曰"相看临远水，独自上孤舟"，是也；有"意含蓄"者，如《宫词》曰："银烛秋光冷画屏，轻罗小扇扑流萤。天街夜色凉如水，卧看牵牛织女星。"又《嘲人》诗曰："怪来妆阁闭，朝下不相迎。总向春园里，花开笑语声。"是也。有"句意俱含蓄"者，如《九日》诗曰："明年此会知谁健？醉把茱萸仔细看。"《宫怨》曰："玉颜不及寒鸦色，犹带朝阳日影来。"是也。

潘邠老云："陈三所谓'学诗如学仙，时至骨自换'，此语为得。"如"不知眼界开多少，白云去尽青天回"，凡此之类皆"换骨法"也。顾况诗曰："一别二十年，人堪几回别？"舒王（王介甫初封舒国公，后改荆国公，死后封舒王）与故人诗曰："一日君家把酒杯，六年波浪与尘埃。不知乌石江边路，到老相寻得几回？"乐天曰："临风杪秋树，对酒长年身。醉貌如霜叶，虽红不是春。"东坡南中诗曰："儿童误喜朱颜在，一笑那知是酒红。"凡此皆"夺胎法"也。舒王诗："江月转空为白昼，岭云分暝与黄昏。""一水护田将绿绕，两山排闼送青来。"东坡《海棠》诗："只恐夜深花睡去，故烧高烛照红妆。"又曰："我携此石归，袖中有东海。"山谷曰："此皆谓之'句中眼'。"[1]

按伍氏之意，此处第一则为《冷斋夜话》内容，第二、三则为《王直方诗话》内容。但仔细对比原文。第二则诗话实为《冷斋夜话》卷四"诗句含蓄"条，因伍氏本就转录自《诗话总龟》，只不过误将其后则诗话来源所题之"直方诗话"当作此条来源，故错题曰"直方诗话"。第三则转录自《诗话总龟》前集卷九乙集"评论门五"，略有删节。其中第一句转录自《诗话总龟》所引《王直方诗话》内容。后面部分皆转录自《诗话总龟》所引《冷斋夜话》内容，只是伍氏在转录时误将后条诗话和本则首句来源之"直方诗话"当作此则之来源。这样就把整个第三则内容都算作了《王直方诗话》的内容。郭绍虞《宋诗话辑佚》还误以为此条都是《王直方诗话》的内容加以收录，有误。至于为何伍氏会将此两者不同来源的内容合抄作一则诗话，唯一合理解释就是两者有一个共同来源——《诗话总龟》，事实也正是如此。这样，伍氏在编著本书时才容易将其抄在一起并略加删改而成一则诗话。此处顺带可以说明上文第一则的情况。虽然标曰"冷斋诗话"是常见书，但通过对二、三则的分析，基本可以断定伍氏在编著《说诗乐趣》时并未用到《冷斋夜话》原书。因为第一则的内容也为《诗话总龟》所收，并且在《诗话总龟》中，第一则和第三则（除首句外）原本合为一则内容颇长之诗话。简言之，伍氏题

---

[1]　〔清〕伍涵芬编：《说诗乐趣》卷一，清康熙四十年（1701）华日堂刻本。

作"冷斋夜话"和"直方诗话"的此三则内容均转录并改写自《诗话总龟》的相应内容。郭绍虞将伍氏《说诗乐趣》作为《王直方诗话》辑佚的一个参照来源是一误,因为两者本是一个来源。郭绍虞又将本为《冷斋夜话》的内容一仍伍氏之误题也当作《王直方诗话》亦是欠妥。至于个别字句的差异,当是伍氏在转录时所做的不影响原意之灵活处理,并无校勘价值。总之,《乐趣》卷一第二十七至三十一则所题出《冷斋夜话》及《直方诗话》者,皆转录自《诗话总龟》前集卷八和卷九。

《说诗乐趣》卷一所题出《郡阁雅谈》者一则,紧随前面数则题出《直方诗话》者。《雅谈》亦是早佚之书,今仅见收于《诗话总龟》等汇编。并且其在《总龟》中恰处于前面五则稍后的卷十,可推知仍转录自阮编。第三十七、三十八两则伍涵芬题作《古今诗话》,因同存于《诗话总龟》前集卷六,可知是转录。不过,此中后者原出刘攽《中山诗话》,阮编本未标注出处,只其前则题作"并同前"(指《古今诗话》),故伍氏误以为此则亦"并同前"则之出处。阮编此则本漏题出处,伍氏转录时则是妄题出处或是误看。《乐趣》卷一题出《诗史》者一则(第四十二则),此一则可分前后两半部分,分别来自《冷斋夜话》卷六"象外句"和卷四"诗言其用不言其名"两则。至于将两则如《说诗乐趣》之合写,则源自《诗话总龟》前集卷五十之"琢句门"。可怪者其题曰"诗史",当是误题,郭绍虞辑佚《诗史》或是受其误导。郭绍虞此则辑佚以《乐趣》和清人蒋澜《艺苑名言》为准,有误。其不知前者转录自《诗话总龟》而误题来源,后者更是转录自《说诗乐趣》，故亦仍其误，更无足取。此处之误另有贻误后人者，如乾隆时蔡钧《诗法指南》转录《乐趣》此则亦错题作"诗史"[1]，亦当正之。

《说诗乐趣》卷二所录前人诗话主要有《韵语阳秋》《南史》《深雪偶谈》《唐诗释笺》《明道杂志》《野客丛书》《青箱杂记》《摭遗》《鉴戒录》《彦周诗话》《竹坡诗话》《古今诗话》《后山诗话》《珊瑚诗话》《碧溪诗话》《石林诗话》《卢璘抒情》《金陵语录》《欧公诗话》《诗史》《苏长公外纪》《渔隐诗话》《云溪友议》《百斛明珠》《艺圃撷余》《直方诗话》《青琐集》《南郡新书》《冷斋夜话》《麓堂诗话》《容斋随笔》《普闻诗论》《临汉诗话》《国雅》《全唐诗话》《诗眼》《六一诗话》，共三十八种。其中多有可疑者，皆早佚之著作，故当多为转录自他书者。该卷第十二至十四，第二十一至二十三则因同收于《诗话总龟》前集卷五"评论门·上"，且其中所题出之《摭遗》和《古今诗话》早佚，可知此六则乃转录自阮编。其中第十二则题作《青箱杂记》，乃常见书。然细考伍氏所录文本，实与《诗话总龟》前集卷五"评论门·上"相同而大异于原书，可知此则是转录自《诗话总龟》对《青箱杂记》卷七原文内容的简写。第二十六至二十九，第三十二至三十六则因同收于《诗话总龟》前集卷六"评论门·中"，可推其亦是转录。前四则伍氏未标出处，只依其前则所题"珊瑚诗话"而视作张表臣《珊瑚钩诗话》内容。然今未见存于张著，阮编前三则题作

---

[1]　〔清〕蔡钧编：《诗法指南》卷三，清乾隆（1736—1796）刻本。

《古今诗话》而末则题作《郡阁雅谈》,可知伍氏此处当为漏题。其中,第二十六则对应之《诗话总龟》整则内容如下:

> 王右丞好取人诗,如"行到水穷处,坐看云起时",此《华英集》中句也;"漠漠水田飞白鹭,阴阴夏木啭黄鹂",此李嘉祐句。僧惠崇有诗云"河分岗势断,春入烧痕青",士大夫奇之,然皆唐人旧句。崇有师弟学诗于崇,赠崇诗曰:"河分岗势司空曙,春入烧痕刘长卿。不是师偷古人句,古人诗句似师兄。"大都诵古人诗多,积久或不记,则往往用为己有。如少陵诗云"峡束沧江起,岩排石树圆",见苏子美颂诗全用"峡束沧江、岩排石树"作五言诗两句,子美岂窃人诗者?(《古今诗话》)[1]

伍涵芬《说诗乐趣》只录上段之末两句内容,也就是先说结论,再列苏舜钦用杜诗例。郭绍虞《宋诗话辑佚·古今诗话》中以《诗话总龟》和《全唐诗话续编》为依据收入此条,并称此则内容出自《中山诗话》[2],有误。首先郭绍虞所辑内容全录上段之《诗话总龟》内容虽是无误,但孙涛《全唐诗话续编》只录了上段中第一、三两句,即王维诗例。且孙涛当转录自《诗话总龟》,并根据自己需要作了删节。所以两者来源一致,郭绍虞所据实际只有《诗话总龟》这一

---

[1] 〔宋〕阮阅:《诗话总龟》卷六,人民文学出版社,1987年版,第59页。
[2] 郭绍虞:《宋诗话辑佚》,中华书局,1980年版,第156页。

唯一来源。再考《中山诗话》相应文段只与上段第二、三、四句相合,可知郭绍虞该段《古今诗话》佚文出自《中山诗话》的说法并不准确。综上,我们可以勾勒出上段诗论的流传情况大致如下:最初,《中山诗话》通过惠崇和苏舜钦用前人诗句的例子来说明"大抵讽古人诗多,则往往为己得"[1]的结论。然后,《古今诗话》的作者在汇编《中山诗话》此则内容时进行了修改而形成上引文本,一是给其增添了王维诗例,二是将《中山诗话》最后一句总结性的话语放在了原来两个诗例的中间。所以《诗话总龟》在汇编此段内容时就不题《中山诗话》而标作《古今诗话》。之后就是伍涵芬《说诗乐趣》转录《诗话总龟》并作删节,其错题作《珊瑚诗话》当辨。最后《全唐诗话续编》虽题作《古今诗话》,但仍如伍氏之转录,自《诗话总龟》而来。两者都是暗中转录同一出处的同一则内容,只不过各取所需,故内容大异。第三十五则所题"欧公诗话"乃欧阳修《六一诗话》之异称,且其文本全同于《总龟》卷六所收之文而颇与原文相异者,当是转录。第三十八则谓出自《青箱杂记》,然考其文本与原著有异,而全同于《诗话总龟》后集卷十二"警句门·上"所收之内容,可知其亦是转录。第四十三至四十九则同存《诗话总龟》前集卷七"评论门·三"(只首则处于上卷末尾,亦与后六则紧邻),可知当是转录。其中首则所录宋雍诗将"雨中看"误作"水中看"乃一仍阮编之误,更可证其转录自阮编。第五十一至六十四、六十六至八

---

[1]　〔宋〕刘攽:《中山诗话》,《历代诗话》本,中华书局,1981年版,第284—285页。

十九共三十八则,绝大多数同收于《诗话总龟》卷七至卷九,而谓出自《王直方诗话》和《古今诗话》等已佚著作,且其多有依阮编原序直接抄入者,故可知当为转录。其中第八十二至八十六则阮编本题作《冷斋夜话》,今亦见存于原书。伍氏误题作了"直方诗话",当是因阮编此处所收之两书内容往往相互穿插,造成伍氏在转录时误题。第八十七、八十八两则伍氏所题"南郡新书"当是《南部新书》之误,然阮编中此前者本未题其出处,只其前则题作出自该书,此种误看亦是转录之旁证。今考其实,本出司马光《温公续诗话》,阮编在收录此则时加以简写并漏题出处,致使《说诗乐趣》妄题。前人尚有《诗人玉屑》《诗林广记》《南溪笔录群贤诗话》等汇编又皆误以为此则原出"欧公诗话",未知何据,当亦是与伍氏相似,因《总龟》之漏题而不知所归者。后者据《总龟》当题出《百斛明珠》,伍氏亦误。

《说诗乐趣》第三卷第一至八则所题《直方诗话》《翰府名谈》等书早佚,且同收于阮阅《诗话总龟》卷四或卷十(只第三则存其书卷九),可知当皆转录自阮编。其中第四、五则阮编题作《古今诗话》,可知伍涵芬所题"直方诗话"有误。《宋诗话辑佚》因伍氏之误将此两则辑入《王直方诗话》佚文[1],有误当删。第六则误题之"翰府名谈"当是因阮编此则本漏题出处,伍氏就其前则所题之"翰府名谈"妄题所致。据考,实原出《鉴戒录》卷末一则,此正为伍氏转录

---

[1] 郭绍虞:《宋诗话辑佚》,中华书局,1980 年版,第 104 页。

《诗话总龟》之旁证。第七、八两则所出之《云斋广录》尚存，然因在阮编中与第六则相紧邻，故可断其为转录而非直录。两者文本全同于《总龟》，前则与后则未见存于今存《云斋广录》，皆转录之旁证。第十九至三十三共十五则皆转录自《诗话总龟》卷十或十一（只第二十四则出自卷十三），且多按原书顺序抄入，可知乃是转录。其中，所题《郡阁雅谈》《诗史》《古今诗话》和《雅言系述》等书皆早佚，自是转录无疑。所题《冷斋夜话》虽存，然亦当如卷一，乃转录。第二十六则题作"欧阳诗话"（当指《六一诗话》）亦与阮编所题之"欧阳公诗话"相合，可作转录之旁证。第三十七至四十三则虽未集中见收于《诗话总龟》某卷，亦可疑其转录自阮编。其中第四十则所题"云斋录"沿用了阮编对《云斋广录》之省称，乃转录之明证。第四十一则所题《闲居诗话》早佚，只《诗话总龟》卷十一收入此则内容时虽未题出处，但其前则题作《闲居诗话》。可知伍氏当是据此种联系而推测其出处，此亦正可作其转录行为之旁证。今考其实，原出《玉壶清话》，《竹庄诗话》或如伍氏一样，亦受《总龟》漏题之误导而妄题出"闲居诗话"。

　　《说诗乐趣》第四卷第十九至六十七则因主要见存于阮阅《诗话总龟》之第四十八、十三、十二、十四各卷，且多按阮编原序抄入，可知乃是转录。其中第二十一、二十二两则本属《冷斋夜话》卷二"韩欧范苏嗜诗"则，只《总龟》"琢句门"将其一拆为三，故是转录。当与《乐趣》所题之《诗史》无涉。第二十三则只见存于《总龟》，位于前两则稍后，但未见存于《冷斋夜话》。其后九则同见收于《总龟》前集卷十三,只末则《总龟》题出《古今诗话》。总之,此十三则伍氏虽题作《诗史》,实际至少有三则乃是误题。第三十九则所题"鉴戒野录"乃《鉴戒录》和《江南野录》两书书名的混杂,乃伍氏之误,因为其前后两则就分别出此二书,不过依然是转录。第五十四则所题"玉堂诗话"当指五代王仁裕《玉堂闲话》。其书早佚,今存其佚文而称作"玉堂诗话"者只有《诗话总龟》卷十二[1],此正可作转录之旁证。第六十九至七十七则,第八十至九十则同收入《诗话总龟》卷十三、十四(只第七十三则收于卷四),且多有依阮编原序者,可知乃是转录。其中第七十二则当据《总龟》题出《古今诗话》,原出《唐摭言》,伍氏所题"直方诗话"有误。第八十一则题出"郡阁雅谈",阮编只其前则有题曰"郡阁雅谈"而本则失题,当是伍氏所据。另王士禛《五代诗话》卷二收录此则时,只题来自《诗话总龟》而不类伍氏妄题出处,可证伍氏当是转录而非看到原书。第八十二则为《六一诗话》与《中山诗话》中两则关于宋人石曼卿诗事的合写,而做出此种处理者正为《诗话总龟》。伍氏又对阮编文字加以删节,然仍能看出其原出两书的痕迹。此可证伍氏乃转录自阮编。第八十三则《总龟》题出《雅言杂载》,其书早佚,伍氏题出《郡阁雅谈》当是误题。第九十则题作《广卓异记》有误,本出《冷斋夜话》卷十"诗忌深刻"条,阮编亦作此题。伍氏所据当是《诗话总龟》此则前者之所题出处,乃误看。此处亦是伍氏转录阮

[1] 罗根泽:《中国文学批评史》,商务印书馆,2017年版,第840页。

编之一旁证。

《说诗乐趣》第五卷第一至九则皆见阮阅《诗话总龟》各卷，当是转录。第八则伍涵芬谓出《青琐后集》，然实出自《冷斋夜话》卷五"丁晋公和东坡诗"条，为《总龟》前集卷十一所收。第九则题作"刘禹锡佳话录"当指唐人韦绚所编《刘公嘉话录》[1]，因《诗话总龟》尝作此称，可证《乐趣》转录阮编之事实。第二十一至三十四则多见存于《诗话总龟》前集卷十一，当是转录。其中第二十三、二十九则之误题皆因阮编漏题，而径将其前则所题出处妄题作本则来源，此种可作转录之旁证。前者据时代较早之称引者南宋类书《锦绣万花谷》，当原出北宋刘斧《摭遗》。后者所题《闲居诗话》实为阮编此则前则之出处，伍氏乃是误看。其本出北宋文莹《湘山野录》卷中，《古今诗话》收入时将其简写，后又为《总龟》及《诗人玉屑》等收入此简写版本。伍氏误题之后，其又为《诗法指南》所转录并仍题作《闲居诗话》，可谓贻误后人。第四十至五十八则为《诗话总龟》前集卷二"幼敏门"之照抄，只第五十四、五十六、五十八则分别录自其书卷一、十一、后集卷五。其中仅第五十七则题出《竹坡诗话》者或为直录，其余十八则诗话皆为转录。其中所题《古今诗话》《诗史》《百斛文》《李广（当作"康"）靖闻见录》等，皆为早佚之书，乃转录之旁证。其中，第五十六则所题《青琐后集》有误，《诗话总龟》未题出处，只其前则有题作此，故伍氏据之妄定。今考其文实为北

---

[1]　王红霞、李德生：《〈刘公嘉话录〉的版本流传及校勘举隅》，《四川师范大学学报》（社会科学版）2012年第2期，第90页。

宋陶岳《零陵总记》佚文[1]，伍氏此题当正。

《说诗乐趣》第六卷第五至二十一则因同存于阮阅《诗话总龟》，且多有按其原序抄入者，可知是转录。如九、十两则见存于阮编卷二十八，十五、十六则见存于卷二，十七至二十一则见存于卷十九，都是阮编中之相紧邻者。其中，第十二则题作《直方诗话》，然《诗话总龟》题作《冷斋夜话》，且原文出处亦实为《冷斋夜话》卷五"诗用方言"条。其末则伍涵芬题出《冷斋夜话》，当据《总龟》，然《夜话》今无此则，或为其佚文。[2]第三十八至四十四则见存于《诗话总龟》前集卷二十八、二十九（只末则见存于前集卷四十八），可知其亦是转录。第五十三至五十六则同出《诗话总龟》前集卷二之"博识门"，可知乃转录。第七卷第四至十九则多见于《诗话总龟》前集三、四两卷，可知当转录自阮编。且第十三至十九则皆按阮编原序直接抄入，只其十四、十五则因同为《青箱杂记》内容，故伍氏从阮编他卷抄出插入其间，只为其与首则原始出处一致故也。此种便宜行事之处理可证其本为转录。其中所题《古今诗话》《刘约拾遗》《洞微志》《桂堂诗话》等书早佚，尤其末书今仅见存于《总龟》[3]，皆为转录之旁证。其中第九则题作《古今诗话》，今考其文，乃删节自《温公续诗话》某则。《诗话总龟》前集卷十二所收此条几与《说诗乐趣》全同，只较之又删去末句。然阮编此则无题，只

---

[1] 张京华：《宋陶岳〈零陵总记〉辑补》，《云梦学刊》2010年第3期，第34页。
[2] 南宋吴曾《能改斋漫录》卷六"银床"条亦谓其出自《夜话》，可知确是佚文。
[3] 罗根泽：《中国文学批评史》，商务印书馆，2017年版，第998页。

其前第二则题作《古今诗话》，可知伍氏当是推论。故将其置于《古今诗话》名下似为不妥，尽管作为一部汇编本有抄录前人诗话的可能。郭绍虞据伍氏将其辑入《古今诗话》佚文似不甚确，毕竟伍氏本含推测之意[1]。本卷尚有第二十五至三十、三十二、三十六、四十至四十一、四十四至四十六则，因同见于《诗话总龟》，且其多有按阮编原序抄入者（如第四十一、四十四两则），可知是转录。其中所题《小说旧闻》《翰府名谈》《诗史》《雅言系述》和《直方诗话》等书早佚，是为旁证。第六十一至七十一则基本是对《诗话总龟》前集卷三"志气门"所有诗话之原序照搬（只其中三则未抄），可定其为转录。其中，第六十六则题出"云斋录"，乃一仍《总龟》之误题，实为《云斋广录》卷二"唐御史"条之简写。第七十四则出自阮编前集卷二，其所题出处《雅言杂载》早佚，亦当是转录。

　　《说诗乐趣》第八卷第一至六则同出阮阅《诗话总龟》前集卷三"狂放门"，其中第五则所题"杂言"可证其乃是转录自阮编。因此题本是"摭言"之误抄，其文今尚见王定保《唐摭言》卷十。今人据明抄本以正明刻本[2]，而伍涵芬当是以较流行之后者为据。且此本是阮编前则之出处，本则本未标目，故伍氏当如前例乃是妄定其出处，实是错中有错。第十一至十五及十七至二十五则同出阮编前集卷一"讽喻门"，且完全按照阮编原序抄入（只第二十一则出自卷三十五），可断皆是转录。其中第十五则阮编漏题出处，伍氏妄

---

[1]　郭绍虞：《宋诗话辑佚》，中华书局，1980年版，第271页。
[2]　〔宋〕阮阅：《诗话总龟》卷三，人民文学出版社，1987年版，第34页。

以前则所题而作《翰府名谈》。今据宋人祝穆《古今事文类聚》所题，当原出《江南野录》。第三十一至四十则多出《诗话总龟》前集卷二十八“故事门”，只第三十二、三十六则出自他书，可知乃是转录为主。第三十六则谓出《摭言》，然未见存于该书，后世称引此则者谓出《岁时纪事》，伍氏所题当正。第九卷第七、八，十至十五则转录自《诗话总龟》，其中，第七则所题“洛灵异闻录”本《总龟》“洛灵异小录”之误，其实本当作“雍洛灵异小录”[1]。第十则将“丹阳集”冠诸《韵语阳秋》内容亦是一证。所题出之《直方诗话》《百斛明珠》早佚，亦是旁证。其后第二十六至二十九，三十二、三十三则皆见于《诗话总龟》前集卷十一、十四等，可知是转录。其中所题之《雅言系述》和《冷斋夜话》可为旁证。第五十至五十二，第五十四至九十则多见《诗话总龟》前集卷十五、十六、二十八等，且多按原序抄入，可知其为转录。其中所题《诗史》《谈苑》《倦游录》《古今诗话》《雅言杂载》《翰府名谈》《零陵总记》《湘中故事》《直方诗话》等书皆佚，为其转录之旁证。第十卷转录自《诗话总龟》特多，共五十二则，然全卷亦仅六十七则。前五则、第十三至二十五、二十七至六十则多较为集中见存于《诗话总龟》前集卷十三、二十七、二十、二十一等，可知皆为转录。其中所题《诗史》《古今诗话》《抒情集》《百斛明珠》《玉局遗文》《谈苑》《唐宋遗文(史)》《直方诗话》《东斋录》《脞说后集》《湘湖故事》皆早佚之书。其中第二十三、二十四两

[1] 此据宋人谢维新《事类备要》、祝穆《古今事文类聚》可知。

则伍氏所题为"古今诗话",然其转录来源之《诗话总龟》题作"直方诗话"。可知伍氏乃是误看,当正。郭绍虞直接以阮编为依据将之辑入《王直方诗话》佚文,当未受《说诗乐趣》误导将其算在《古今诗话》名下。第三十七、三十八则依前题作"玉局遗文",然《诗话总龟》本题作出自"直方诗话",可知伍氏乃误题。第四十一则《唐宋遗史》作"唐宋遗文"。第四十四则据伍氏意当作"直方诗话"内容,然《诗话总龟》本题作《古今诗话》某则,后世其他称引者如《诗人玉屑》《南溪笔录群贤诗话》等皆未误看,唯伍氏有误。郭绍虞据伍著亦辑入《王直方诗话》佚文[1],当是受其误导。第四十九则所题"虞斋广录"乃《云斋广录》之误,当正。后人如《五代诗话》《全浙诗话》及《诗法指南》汇编此则亦有此误题,可知三者皆转录自《说诗乐趣》而一仍其误。第五十四则据伍氏意当作"笔谈"内容,然原书《梦溪笔谈》未见此则,而阮编本题作"直方诗话",后世称引者如《苕溪渔隐丛话》《诗人玉屑》等皆谓出自王书,可知当为《王直方诗话》佚文,伍氏错题。第五十八至六十则题出《北梦琐言》,今考其原书并无此三则。《诗话总龟》题其出自《零陵总记》,可知当是伍氏转录时误题。

《说诗乐趣》第十一卷第六则及第十至十六则皆见存于阮阅《诗话总龟》前集卷二十九(只末则存于它卷),可知皆是转录自阮编。其中末则题出《冷斋夜话》有误。《夜话》原书未见此则,阮编此则漏题,只其前后两则分题出《冷斋夜话》和《遁斋闲览》,故伍氏

[1] 郭绍虞:《宋诗话辑佚》,中华书局,1980年版,第106页。

妄题。《苕溪渔隐丛话》及《诗人玉屑》等皆谓出自《闲览》,其书虽佚,亦可推知当原出《闲览》。第三十二至三十九则虽多有题作常见诗话者如《欧公诗话》《云溪友议》者,但因同收于《诗话总龟》前集卷二十二"宴赏门"(只第三十六则出前集卷十二),可知实为转录。且其将《六一诗话》称作《欧公诗话》亦是《总龟》之常例,此亦一旁证。其中所题出《湘湖故事》等书早佚,亦是一证。第十二卷第三、四则转录自《诗话总龟》。第三则题作《倦游录》,然《总龟》中此则无题,其前第二则题作《诗史》,后则题作《云溪友议》,只前第三则题作《倦游录》。可知阮编只是漏题,伍氏当是错看。今考其实际出处乃刘攽《中山诗话》,《说诗乐趣》之标目当改。后世引用者如《皇朝类苑》《(雍正)陕西通志》《瓯北诗话》等,引用此则时误将梅询(昌言)作梅尧臣,当辨。第七至九及第十九则亦转录自《诗话总龟》。其中第七则题作"唐宋遗文",为《诗话总龟》所题《唐宋遗史》之误。其原文本出北宋吴处厚《青箱杂记》卷五,或是阮编错题,或是《唐宋遗史》抄录《青箱杂记》后又为阮编转录。末则题出《玉堂诗话》,其实只首句在《总龟》前集卷十二作此题,其后皆为《总龟》稍后之十三卷所收《诗史》一则的简写。伍氏在删并合写阮编所收前人诗话的时候,妄题出处,极易使后人误会其真为《玉堂诗话》之佚文。第十九则文本实际是《诗话总龟》前集卷十二"警句门·上"某则和卷十三"警句门·中"某则部分内容的合写,故其所题《玉堂诗话》只据阮编所题其前半部分而来,不确,后半部分据阮编当题《诗史》。可见此则乃是伍氏删节并合写两则诗话而来,且其所用材料出处本来是不同的诗话，故伍氏此题有错。就文本内容言，伍氏的合写改变了原文本意，很容易误导后人。现将阮阅《诗话总龟》原文并伍氏改写情况列出：

> 钱惟济……《从驾西巡》云："晓陌壶浆满，春风骑吹长。"《故主第》云："凤箫通碧汉，星斗辨灵源。"[1]
>
> 刘筠《直禁中》云："雨势宫城阔，秋声禁树多。"……《阁》云："三壤月临承露掌，九雏乌绕守宫槐。"又云："酒供砚滴濡毫冷，火守更筹添漏长。"……《禁中》云："万年宫省树，五色帝家禽。"[2]

> 钱惟熙《从驾西幸》云："晓陌壶浆满，春风骑吹长。"《故主第》云："凤箫通碧汉，星斗辨灵源。"《送刘筠直禁中》云："雨势宫城阔，秋声禁树多。"《题阁》云："三壤月临仙掌露，九雏乌绕守宫槐。"又云："酒供砚滴濡毫冷，火守更筹沃滴长。"《禁中》云："万年宫省树，五色帝家禽。"[3]

可见伍氏的删节与合写不但是错题标目，而且还弄错了原意：一是将钱惟济误作"钱惟熙"，二是将刘筠的诗作算在了"钱惟熙"的

---

[1]〔宋〕阮阅：《诗话总龟》卷十二，人民文学出版社，1987年版，第145页。
[2]同上卷十三，第148—149页。
[3]〔清〕伍涵芬编：《说诗乐趣》卷十二，清康熙四十年（1701）华日堂刻本。

名下。今人郭绍虞不知伍氏此种处理,还误以为发现了"玉堂诗话"的新佚文:

> 《玉堂诗话》:《诗话总龟》前集引书目有《玉堂闲话》,而卷十二所引诸则,注云《玉堂诗话》,疑即《玉堂闲话》之易称。伍涵芬《说诗乐趣》卷四、卷十二、卷十三、卷十六诸卷所引,亦称《玉堂诗话》,细核其文,大率与《总龟》所引相同。惟卷十二仕宦门所引钱惟熙诗,科第门所引贺陈修诗,均《总龟》所无,岂伍氏见其原书欤?顾不见其采用书目中,抑又何也?[1]

郭绍虞辨析了《玉堂诗话》本为《玉堂闲话》别称或辑出本,但由于未发现伍氏大量转录《诗话总龟》内容这一事实,故产生了一些误解。首先是伍氏并未见到原书,所引"钱惟熙"诗乃是伍氏删节、合写加误刻所造成的误会。其次,该编采用书目本是后人重刻时的附会,伍氏本未列过采用书目。第四十二则至四十九则转录自《诗话总龟》,其中第四十四则题作《遁斋闲览》,考其原文本出《唐摭言》,较可靠之宋人曾慥《类说》亦归入《唐摭言》,《诗话总龟》题作《古今诗话》。可知此则转抄过程乃是其文原出《唐摭言》,后收入较早的诗话汇编《古今诗话》,《诗话总龟》又从《古今诗话》转录而

---

[1] 郭绍虞:《中国文学批评史》,商务印书馆,2010年版,第420页。

失其原文出处，最后伍涵芬据《诗话总龟》转录，且误题标目。第五十三则题《玉堂诗话》，考其原文实出自南宋罗大经《鹤林玉露》而有删节。从开头"宋陈修……"可见非从宋人著作直录，乃转录。此则与前则妄题出《玉堂诗话》者不同，据其内容[1]，原书当真有此则。本卷余下之第五十八、五十九及第六十二至七十一则皆转录自《诗话总龟》。

《说诗乐趣》第十三卷第三至十一则多出阮阅《诗话总龟》前集卷四十一。其中末则所题《金玉诗话》只《总龟》题出此书而早佚，更兼《谈苑》《倦游录》等亦早佚之书。第二十三至二十五、三十六至三十八、四十六、六十五、六十七至六十九、七十三至七十四等则亦是转录。虽然此卷转录现象不够集中，但是个别相邻诗话（如末两则）仍于阮编中亦位置相同可作证明。其中第二十三则题出《青箱杂记》，今亦可见原出自该书卷一。然考其文本细节，则与原著略异而全同于《诗话总龟》前集卷二十六"寄赠门·上"之首则，亦可证明伍氏乃是转录自阮编。其中所题如《南郡（部）新书》《古今诗话》《江南野录》等皆早佚，可证其转录。第十四卷第二则题作《直方诗话》，乃伍氏误看，阮编本作《冷斋夜话》。伍氏此条当是对《诗话总龟》前集卷九"评论门·五"某则之删节，原始出处本为《冷斋夜话》卷四"诗忌"条和卷五"诗用方言"条。阮编将原存一书的两条内容合写，伍编又因阮编而删节。第九则据伍氏意当作《欧公

---

[1]《四库总目》卷一四四从《永乐大典》将其收入并撰提要，谓其"多取郿俚之作以资笑噱"，正与《乐趣》此则相合。

诗话》,然《诗话总龟》此则无题,只其前则题作此书。可知伍氏当是臆断,考其原文实出北宋郑文宝《南唐近事》,可知阮编乃是漏题,伍题有误。第十则依前例当是伍氏失题,《诗话总龟》题出《古今诗话》,然今见曾慥《类说·王直方诗话》。可知阮编或是误题,又或其原出王书,后经《古今诗话》收入,阮编则是据后者收入。既然阮编同时大量收录了《古今诗话》和《王直方诗话》的各自内容,当不至于转录,故前说较胜,乃阮编误题。

《说诗乐趣》第十五卷第二至五、七、八、十至十二、十八、二十至三十、三十三、三十五、三十八至四十四及六十一则皆出阮阅《诗话总龟》前集卷三十三、三十四,且顺序多同,可知是转录。其中第二则文字与原文有异而全同于《诗话总龟》,更可知其为转录。第三则题作"古今诗话"当是一仍阮编题法,其实原出唐人孟棨《本事诗》,当是被《古今诗话》收入之后,再转录进《诗话总龟》。此只题《古今诗话》而不题《本事诗》亦是伍氏转录《诗话总龟》之一证据。第五则谓出《古今诗话》,今考其文原出宋人赵令畤《侯鲭录》,然文字及叙述口吻有异,全同者唯沈括《梦溪笔谈》。可知《诗话总龟》当从沈书收录而漏题出处,故伍氏转录阮编时只依其前则所题之"古今诗话"而妄作此题。郭绍虞关于"《古今诗话》中多录……《梦溪笔谈》……之文"的判断仅备一说,故其收入《古今诗话》佚文[1],似乎略显牵强。第十八则题出"谈苑"当指《诗话总龟》尝称

---

[1] 郭绍虞:《宋诗话辑佚》,中华书局,1980年版,第253页。

引之《杨文公谈苑》。然阮编此则本未明确题写出处，只其前第二则题出《诗史》，后第三则题出《古今诗话》。宋代江少虞《新雕皇朝类苑》卷六十三题其出自《倦游杂录》，或是其真实出处。第二十三则题作《鉴戒录》，《诗话总龟》中其前第二则题《诗史》后二则题《倦游录》，中间此三则无题。考其原文本出北宋钱易《南部新书》卷七，后世称引者如明人陈耀文《天中记》、清人王初桐《奁史》等亦作此题。可知此是阮编漏题，伍氏误题。第二十九则题作《南唐近事》，《诗话总龟》漏题，只其前两则为《南唐近事》，故伍氏据之。今考其文本出元人辛文房《唐才子传》卷七"李山甫"条而不见今存《南唐近事》，且原文所载乃李山甫唐咸通年间诗事，距南唐建国不啻六十余年，当不入《南唐近事》。可知阮编只是漏题，伍氏所因无据。第二十八、四十四则题出"朱定国诗话"实乃朱定国所编《续归田录》，将其作此称呼者唯有阮编，此亦是转录之一明证。

《说诗乐趣》第十六卷第二十至三十则中除第二十八则外，皆见存于阮阅《诗话总龟》前集卷四十"乐府门"。可知是转录自阮编。其中前五则乃原封不动之抄录，只首尾两则分别题出《云溪友议》和《古今诗话》。然其中间三则未见存于范摅《云溪友议》原书，可知阮编乃是漏题出处，伍氏仍之。今既已难考出处，姑以出自《古今诗话》为是。第三十二至四十一及四十六、四十八等则，多按《总龟》前集卷四十三抄录。其情况颇同于前所题《云溪友议》者，难考出处。只第三十九、四十则分别见存于王定保《唐摭言》和孙光宪《北梦琐言》，可证伍氏错题。第十七卷第二至七、九至十五则均出《诗话总龟》前集卷四十四"隐逸门",显然当是转录。其中第四则题作《古今诗话》,然《诗话总龟》未标出处,只其前后两则分别题作《古今诗话》和《郡阁雅谈》,故伍氏据之。然考其原文本出司马光《温公续诗话》,可知当是《诗话总龟》漏题,伍氏错据。或此则为《古今诗话》汇编,而为阮编默认为前题出处。不过《温公续诗话》本是常见书,即使此种假设成立,伍氏也有失察之过。郭绍虞据《宋诗纪事》和《说诗乐趣》所标出处辑入《古今诗话》佚文[1],似有不妥者。一是此两编当皆从《诗话总龟》转录,故来源单一,且阮编并未明标出处。其二既然我们如今尚能找到其原始出处,就不能轻率地沿用。当然,也不是说没有这种可能,毕竟《古今诗话》汇编《温公诗话》既在情理之中,也确有先例[2],故尚待出现新线索以作更准确的判定。第七则伍氏谓出《诗史》,然《总龟》此则漏题,只其前后分别题出《云溪友议》和《郡阁雅谈》。伍氏之误当由将其前第三、四两则之出处题作《诗史》。今人考其出处为《雅言杂载》[3],故题作《诗史》有误,郭绍虞据伍编辑入《诗史》佚文[4],有失察之过。第十、十一则题作《闲居诗话》,伍氏当据《诗话总龟》。然今考其文本出自《温公续诗话》,又郭绍虞以为此乃后人改窜《诗总》时羼入者[5],可知伍氏此题当改。第三十至三十九则皆出自阮编前集卷四十四、四十五之"神仙门"(只第三十二则出自卷四十

---

[1] 郭绍虞:《宋诗话辑佚》,中华书局,1980年版,第268页。
[2] 同上,第128页。
[3] 〔宋〕阮阅:《诗话总龟》卷四十六,人民文学出版社,1987年版,第436页。
[4] 郭绍虞:《宋诗话辑佚》,中华书局,1980年版,第468页。
[5] 郭绍虞:《宋诗话考》,中华书局,1979年版,第163页。

六），亦是转录。第十八卷第一、二则，十六至十八、二十五至三十三、三十六至三十九则转录自《诗话总龟》。其中第一则《总龟》前集卷十三本题出《古今诗话》，伍氏所题《诗史》有误。郭绍虞据伍编辑入《诗史》佚文[1]，有误。第二则出处标注无误，然其内容乃《诗话总龟》卷二十"咏物门·上"和卷八"评论门·四"两处某则的合写，本非原文如此，当辨。第三十一则题作《古今诗话》，伍氏当据《诗话总龟》中此则前第六则所题之《古今诗话》而来。阮编此则并未标注来源，伍氏当是推测。今考其原始出处实为《北梦琐言》，不过比较两者文字，可知《诗话总龟》之文本乃是摘录缩写自原书。所以可以推断或许是《古今诗话》的编者把《北梦琐言》关于某僧生平及诗作之详细记录改写为了主要记录某僧诗作的文本，随后《诗话总龟》又汇编了《古今诗话》此则诗话。今天比较两者文字，可以发现《北梦琐言》将某僧作某两诗的背景交代的十分清楚，而《古今诗话》只是节录了诗作文本，遗漏了创作场景，表面上精炼了许多，但却让诗作成了干瘪的文字，得不偿失。幸因《北梦琐言》流传至今[2]，故后世称引此诗者如《唐诗纪事》《全闽诗话》《五代诗话》等诗话汇编并未引用《诗话总龟》所存的简写版，而是直接引用了原著原文。第十九卷因录闺秀诗作诗事，故多从明人钟惺所编《名媛诗归》抄入。只第四、五、二十二、二十八、二十九数则见存于《诗话

---

[1] 郭绍虞：《宋诗话辑佚》，中华书局，1980版，第468页。
[2] 此则本不见今存《北梦琐言》原书，然据很早之《太平广记》收入并言出自该书，可知当是其佚文。

总龟》。其中所题"瀛洲集"内容只见阮编前集卷十,可知是转录,其余数则亦可连类及之,皆转录自阮编。第二十卷第三则及十八至二十二则转录自《诗话总龟》。其中第十九则题作《诗史》,然《诗话总龟》未标出处,只其后第三则题作《冷斋夜话》,且今尚见存于原著,可知当是伍氏误看所题。郭绍虞虽误据《说诗乐趣》辑入《诗史》佚文,但也表示了怀疑,以为当是伍氏误引[1]。

综上所考,伍涵芬《说诗乐趣》所汇编的一千二百余则诗话中,至少有596则从《诗话总龟》转录,而并非真看到早佚之书并从中直录。就具体著作而言,伍氏所录多有偏好,主要集中在《古今诗话》《诗史》《倦游录》《南部新书》《杨文公谈苑》《百斛明珠》《王直方诗话》《雅言系述》《摭遗》《翰府名谈》《唐宋遗文》《遁斋闲览》《江南野录》等散佚著作。同时,也包括一些尚存的著作,如《冷斋夜话》《韵语阳秋》《云斋广录》《青箱杂记》《北梦琐言》《唐摭言》《鉴戒录》等。此近半的转录比例说明了《说诗乐趣》成书的主要基础就是《诗话总龟》的明代刻本。

二、对其他诗话汇编(丛编)的转录

如前所述,《诗话总龟》提供了《说诗乐趣》近半的材料来源,是其成书的基础。在此基础之上,编者伍涵芬还参考了其他诗话

---

[1] 郭绍虞:《宋诗话辑佚》,中华书局,1980年版,第468页。

汇（丛）编。这些著作和《诗话总龟》一道，共同构成了《说诗乐趣》的主体部分，超过全书五成。

（一）对宛委山堂本《说郛》的转录

元人陶宗仪所辑《说郛》仿宋人曾慥《类说》，多收前人诗话及其他笔记类著作。其部分散佚后，又经明代前期郁文博补足，并为民国张宗祥刊行。但是，在整个清代，由于郁文博的补足本只有抄本而流传不广，实际流行的是清顺治三年（1646）李际期刊行的宛委山堂本《说郛》一百二十卷（以下简称宛本）。[1] 康熙四十年（1701）成书的《说诗乐趣》就应当使用的是宛本《说郛》，其各则所标注之出处也可印证此一推测。

细考《说诗乐趣》所收之具体内容及出处之标注，多有仅收于《说郛》者，故基本可断定其转录之事实。比如卷一第三十三则出自《玉涧杂书》者，后世之称引者（《五朝小说》《古今说部丛书》《石林遗书》等）皆从《说郛》[2] 而来，可推知《乐趣》亦是转录。第十七则题出"东坡诗话"之内容未如前则出自原本《说郛》所收之《玉涧杂书》，只收于宛本《说郛》卷八十一。今人刘尚荣已辨明其实出自"万历间茅维刊七十五卷本《东坡全集》六十七、六十八两卷（诗词题跋）"[3]，宛本

---

［1］ 杜泽逊：《文献学概要》（修订本），中华书局，2008年版，第243页。

［2］ 〔明〕陶宗仪等编：《说郛三种》，上海古籍出版社，1988年版，一百卷本第150页、一百二十卷本第956—967页。

［3］ 刘尚荣：《明版苏轼文集选本考述》，收入《苏轼著作版本论丛》，巴蜀书社，1988年版，第153页。

《说郛》据之伪作一所谓"东坡诗话"之书[1]。此可证《乐趣》的确是转录的，因为此则实出宛本《说郛》伪造之书，而非最早著录于《郡斋读书志》的《东坡诗话》(早佚)。与此类似者，尚有第二卷第九十五则题作"普闻诗论"者。

　　第三卷第十二则伍氏题曰"辅之诗话"，当意指《陈辅之诗话》者。第五卷第二十则于《诗话总龟》中本题其出自黄常明，今尚见于原书卷三，只宛本《说郛》将其归为《陈辅之诗话》，可知此书当是转录，且为伪书。第六卷第二则所题"懒真子录"实际只能涵盖该则前三句及六、七句，中间之四、五两句乃据毛诗郑笺(《毛诗注疏》卷十九)所加，末后"刘梦得云"三句出自《苕溪渔隐丛话》所引黄朝英《靖康缃素杂记》卷九"饧粥"条，可知此则乃是合写马永卿《懒真子录》卷二某则、毛诗郑笺两句和《苕溪渔隐丛话》前集卷二十三"熟食清明"中所引黄著《靖康缃素杂记》内容而成。今考作此种处理者并非始自伍氏，宛本《说郛》首先将《懒真子录》原文与毛诗郑笺加以合写[2]，伍氏以《说郛》此则为基础又增以《苕溪渔隐丛话》之内容，可见《乐趣》此则乃是转录加增补而成。第三十三至三十七则虽所题出处各异，且多有散佚而只存于宛本《说郛》者，可知当皆转录自李书。其中如《东斋记事》早佚，乾隆时方有辑佚本；《黄氏日记》《名马记》《两钞摘腴》等更是因少见而同存于宛本《说郛》，

---

[1]　罗宁：《重编〈说郛〉所收宋元诗话辨伪》，《华南师范大学学报》(社会科学版)2016年第6期，第39页。
[2]　〔明〕陶宗仪等编：《说郛三种》，上海古籍出版社，1988年版，一百二十卷本第1844—1845页。

可推知皆为转录。第六十八至七十四则伍氏题作"诗源"，今考其
文皆依次抄自宛本《说郛》中阙名《谢氏诗源》内容（《说郛三种》
第 3700—3701 页，下同），可知乃是转录。《谢氏诗源》宋元人多有
称引，且与李书内容重合，可知并非李际期捏造之书名或他书内容
之阑入。第六十二、六十三则为宛本《说郛》中所收"敔器之诗话"
相邻两则[1]，故伍氏据之题此出处。前则据《丹铅总录》卷九"人
事类"谓出自宋人姚宽《西溪丛语》，今尚见于原书卷下，可知当是
李际期将姚书内容阑入本不存在的"敔器之诗话"，伍氏乃受其误
导。后则本出《韵语阳秋》卷十，亦为李书收入，故伍氏亦是误题。
第六十五则谓出"东坡诗话"，今见于宛本《说郛》[2]，且其为今传
此书之唯一版本[3]，可知是转录。第六十六则据李书题作"金玉
诗话"（第 3738—3739 页），然其本出《西清诗话》卷上，题作"金玉
诗话"者只见宛本《说郛》，可知当是转录。第八十三则题出"豹隐
纪谈"者，仅见存于宛本《说郛》者，可知是转录李书（第 983 页）。
其后所题"臆乘"四则，即第八十四至八十七则，与李书所收该书之
原序（第 509—510 页）相同，亦可证转录之事实。第七卷第四十七
至五十一则同见宛本《说郛》（第 3725、3728、3730、3735、3885 页），
当转录自李书。第八卷第三十则所题之"豹隐纪谈"、第九卷第九
则所题之"玉涧杂书"，第十卷第六则所题之"玄散诗话"，第十一则

---

[1]　〔明〕陶宗仪等编：《说郛三种》，上海古籍出版社，1988 年版，一百二十卷本第
　　　3744 页。
[2]　同上，一百二十卷本第 3724—3725 页。
[3]　郭绍虞：《宋诗话考》，中华书局，1979 年版，第 164 页。

所题之"玉涧杂书",第十三则题之"续本事诗",已见前文考辨,可推其乃转录。其中宛本《说郛》所收之《玄散诗话》者实为抄自《琅嬛记》的伪书[1]。至于其原始出处今尚未见,或本是伪撰。《续本事诗》亦是明人一部取材于《诗话总龟》的伪书[2]。

第十一卷第十八则题出"东斋纪事"当是"东斋记事"之误,其材料来源本为宛本《说郛》所收之《东斋记事》。据今人王青考证,李书所收本为伪书(由宋人张淏《云谷杂记》割裂窜改而来)[3],可知伍氏转录《说郛》并未考辨其真伪,以致以讹传讹,当辨。第二十八则题作"汉皋诗话"是受宛本《说郛》滥收(伪造)佚文误导,李书所收《汉皋诗话》本为伪书,内容皆出自蔡兴宗《杜诗正异》[4]。第十二卷第十三则题作"桐江诗话",此书早佚,然曾广为《苕溪渔隐丛话》、宛本《说郛》等书称引,据伍氏习惯,当转录自李书(第3735页)。第十三卷转录自《说郛》者有第三十五则,其所题"牧竖闲谈"早佚,今仅存于《类说》《说郛》等丛编。因其同见于《说郛》之涵芬楼本卷七及宛本卷十九,可知当是转录,且来源较为可靠。第四十八则题作"谢氏诗源",当是转录自宛本《说郛》卷八十。第六十六则所题"紫薇杂记",其书本常见者,然其将"昭灵夫人"误作"昭陵夫人"(第535页)乃同于涵芬楼本《说郛》,可知伍氏当转录自郁文

[1] 罗宁:《重编〈说郛〉所收宋元诗话辨伪》,《华南师范大学学报》(社会科学版)2016年第6期,第35页。
[2] 余才林:《重编〈说郛〉本〈续本事诗〉辨伪》,《中国典籍与文化》2006年第1期,第63页。
[3] 王青:《〈东斋记事〉研究》,河北大学硕士学位论文,2018年,第5页。
[4] 罗宁:《重编〈说郛〉所收宋元诗话辨伪》,《华南师范大学学报》(社会科学版)2016年第6期,第42页。

博之明抄本《说郛》而非宛本。第十四卷第一则题作"玄散堂诗话",实转录自宛本《说郛》所收之《玄散诗话》,因其为伪书,实源自伪书《琅嬛记》。第十五卷第三十四则题作"清夜录"(早佚)。第六十则题作"诗话隽永",当指元人俞正己《隽永录》,其作此题者唯宛本《说郛》,可知伍氏皆转录自李书。第十七卷第二十二则题出"豹隐纪谈",当转录自宛本《说郛》(第984页)。第十九卷第一则谓出自"碧湖杂记",其书不存,当从宛本《说郛》转录(第946页)。第二十三至二十六则所题"林下诗话"乃据宛本《说郛》所收《林下诗谈》妄改名目而来。因《说诗乐趣》此四则顺序全同于李书(李书前七则只不抄三、四两则),可知当是转录(第3889页)。第二十卷第二则题出"豹隐纪谈",当是转录自李书(第983页)。

综上所考,《说诗乐趣》暗中转录自清初李际期刊行之宛委山堂本《说郛》者,至少有51则。虽较转录自《诗话总龟》者较少,但其所录自明人诗话如《诗文浪谈》《雪涛诗评》《夷白斋诗话》《存余堂诗话》《南濠诗话》《蓉塘诗话》等皆同见于《说郛续》。只因皆为常见易得之书,故未深究,恐亦多有转录。综合来看,《说诗乐趣》转录自宛本《说郛》及郁文博抄《说郛》及陶珽《说郛续》者,亦自不少,实为其较大来源。

(二)对其他著作的转录

《说诗乐趣》卷一第十四则题作"艺苑雌黄",此书据《直斋书录解题》为二十卷本,但至清代只存有一个十卷本。据《四库提要》考辨，其书“已亡，好事者摭拾《渔隐丛话》所引，以伪托旧本，而不能取足卷数，则别攘《韵语阳秋》以附益之”[1]。可见伍氏编著《说诗乐趣》之时，是不可能直录自原书的。若就十卷本伪作言，其内容当与胡仔《苕溪渔隐丛话》或葛常之《韵语阳秋》相重合，然细考之却非。故可知伍氏采辑来源所题之《艺苑雌黄》是十分可疑的，当从其他著作中找到其间接来源。详考《说诗乐趣》此则之实际内容，其最初来源并不是南宋严有翼《艺苑雌黄》，而是王安石《金陵语录》。只不过伍氏在编著时所看到的资料只标注了《艺苑雌黄》这个间接来源，所以在自己的著作中就直接题作《艺苑雌黄》以之为出处，而不题其转录之实际来源。这样恰恰给今人以线索，因为常见著作中误将《艺苑雌黄》当作原文出处者就可能是伍氏所用之书。在后世常见书中，其实大多数都是标注的正确来源，如《集千家注杜诗》和《南溪笔录群贤诗话》作“荆公语录”，《诗话总龟》作“金陵语录”，惟《仕学规范》《修辞鉴衡》《诗学体要类编》等作“艺苑雌黄”。然而后两种正文开头皆作“王介甫尝读……”，惟第一种作“王介甫尝论……”，故可知伍氏当从张镃《仕学规范》[2]转录而来。此处可补充者，在前辈学者郭绍虞辑佚《艺苑雌黄》中同时使用了《仕学规范》和《修辞鉴衡》而没有发现两者异文，径作“读”是其粗疏处，特表之[3]。本文以为当作“论”更符合文意。由此引

---

[1]〔清〕永瑢等：《四库全书总目提要》(第四十册)，商务印书馆，1931年版，第18页。
[2] 此书明代又有辑本曰《诗学规范》，故伍氏或转录自此亦有可能，然两者来源一致，可不辨。
[3] 郭绍虞：《宋诗话辑佚》，中华书局，1980年版，第582页。

申,大致可推《仕学规范》是《修辞鉴衡》和《诗学体要类编》二书的直接来源。第二种是《古今诗话》,此书据郭绍虞《宋诗话考》可知早佚[1],而此处径标原题,可疑。细考之,伍著此则内容历来称引者均谓自《西清诗话》而来。独《仕学规范》明言是从《古今总类诗话》(亦作《古今类总诗话》)转录。可见伍氏当是在编著时将"古今总类诗话"误作了(或简写为)"古今诗话"。

第二卷第一百一十四则所题《诗眼》早佚,其内容今见魏庆之《诗人玉屑》和蔡正孙《诗林广记》等诗话汇编,当是转录自其间某书。第一百一十五则题《六一诗话》,然原著实无此则。考其本为胡仔《苕溪渔隐丛话》前集卷二十"严维"条后半内容,前半开头曰"六一居士诗话……",中间有"苕溪渔隐曰……"字样,可知其此处整段文字是胡仔在引用欧阳修《六一诗话》之后加了较长按语,所以《诗人玉屑》在汇编此段完整文字时将《苕溪渔隐丛话》此条的开头六字以尾注标题的形式,题作"六一诗话"。魏庆之失察之甚可见一斑,而《说诗乐趣》之误则当是其转录《诗人玉屑》而未细考所致,故有此题。又魏庆之所录因有胡仔按语尚算直录《苕溪渔隐丛话》,而伍氏所录只有胡仔按语,故题《六一诗话》乃是大错。又因此则转录自《诗人玉屑》,可断前则亦当转录自此书。第三卷第三十五则题作《漫叟诗话》,其文本实为《苕溪渔隐丛话》后集卷二十九"东坡四"胡仔按语。《诗人玉屑》卷七"用事"在抄《漫叟诗话》一

[1]　郭绍虞:《宋诗话考》,中华书局,1979年版,第165—166页。

则后转录此则而未标出处。可知《说诗乐趣》此则乃是转录自《诗人玉屑》所收《苕溪渔隐丛话》中之胡仔按语。此又与前则相同。第四卷第五十六则所题之《隋朝遗事》，又称《大业拾遗记》。将其书称如伍氏者只见《唐诗纪事》和《全唐诗话》[1]。因伍氏此则之前十则皆题作《全唐诗话》，可知其乃转录自此书而另题其原始出处。第五卷十八、十九则同存于魏庆之《诗人玉屑》卷六"下字"节下"一字师"条，可知其转录自魏编。第六卷第一则出胡仔《苕溪渔隐丛话》，伍氏所题之《苏鹗演义》早佚，亦未见《说郛》所收该书佚文，可知是转录自胡编。第四十五则所题"藜藿诗话"早佚，今据其后数则皆自明人王世贞《苏长公外纪》抄入，而此则亦收入此书卷五，可知乃是转录自王编。第四十九则题作"困学纪闻"，乃是直抄胡应麟《少室山房笔丛》庚部"华林博议·下"中对南宋王应麟《困学纪闻》两则诗论的合写与补充。因胡仔径以"《困学纪闻》云"开头，此处可见伍氏汇编时只顾抄录，未详审文本的粗疏。故此则当依伍著体例题作"笔丛"方是。第五十则题"物类志"，今此则多为他书（如《丹铅总录》等）称引，因伍氏此前两则皆出自《丹铅总录》，可知伍氏当是一并转录。

　　第十二卷第五十则题作《翰林盛事》，然原书早佚，今仅见于《太平广记》《天中记》等书，伍氏或从此等著作转录。第五十三则题《玉堂诗话》，考其原文实出自宋人罗大经《鹤林玉露》而有删节。

---

[1]　〔日〕内山知也：《隋唐小说研究》，复旦大学出版社，2010年版，第54—56页。

从开头"宋陈修……"可见非从宋人著作直录，乃转录。至于转录对象只能待考。第十三卷第六十六则谓出《紫微杂记》当指宋人吕本中《紫微杂说》，其将"昭灵夫人"误作"昭陵夫人"同于褚人获《坚瓠集》，可知乃是转录自褚书。第十六卷第二十八则题作"明皇别录"当指唐人郑处诲《明皇杂录》，然考其文本较原文略有删节，当是转录。今与其文全同者可见郭茂倩《乐府诗集》卷八十，且其所题书名亦作"明皇别录"，可证伍氏当是转录自郭书。伍氏本卷前多引郭书内容故此则当是顺手抄录，此亦是转录之旁证。第二十卷第六则谓出《北梦琐言》，然所引诗句文字多有与原书相异处。唯明人梅鼎祚《青泥莲花记》卷十外编二"徐月英"条文字与伍氏全同，可知伍氏当转录自梅书。第七则题作《甘棠遗事》，此书部分内容今存于《青琐高议》和《青泥莲花记》等书，可知伍氏所辑从此两书转录。又因其后第十五、十六则明确题作"青泥莲花"，故辑自后书概率较大。第十三则题作"诗谈"，考其原文实出自南宋洪迈《夷坚志》，题出"诗谈"者今只见《青泥莲花记》卷十二外编四"周氏"之内容，可见伍氏实同第七则一样转录自《青泥莲花记》。第十四则虽题作《夷坚志》，亦同见于上书，可见本卷多有转录自该书者。

综上所考，伍涵芬《说诗乐趣》又有少量转录自其他著作者，亦多为诗话汇编，如《仕学规范》《诗人玉屑》《青泥莲花记》等。至于其他著作，则往往是连类及之。具体而言，伍氏是在抄录某书诗话的同时，将其书所称引的诗话一并抄录但隐匿该书这一直接来源，

径题书中所言之原始出处。现先将上述转录情况以图表形式直观
呈现于下,以见《说诗乐趣》成书材源之概貌:

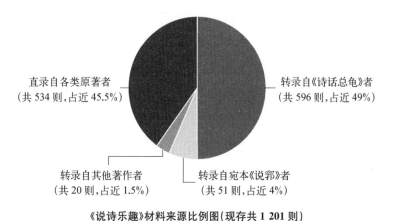

直录自各类原著者
(共 534 则,占近 45.5%)

转录自《诗话总龟》者
(共 596 则,占近 49%)

转录自其他著作者
(共 20 则,占近 1.5%)

转录自宛本《说郛》者
(共 51 则,占近 4%)

《说诗乐趣》材料来源比例图(现存共 1 201 则)

现又将《说诗乐趣》全书所有涉及隐匿出处(转录)且又错题出
处的现象加以汇总,用表格形式直观呈现出来,以见其书材料来源
错题之具体情况:

《说诗乐趣》转录且错题出处汇总表

《乐趣》卷、则	伍氏误题	直接来源 (实际出处)	间接来源 (原始出处)
卷一　第 14 则	艺苑雌黄	仕学规范	金陵语录
卷一　第 15 则	古今诗话	仕学规范	古今类总诗话、西清诗话
卷一　第 28 则	直方诗话	诗话总龟	冷斋夜话

续 表

《乐趣》卷、则	伍氏误题	直接来源 (实际出处)	间接来源 (原始出处)
卷一 第 29 则	直方诗话	诗话总龟	王直方诗话、冷斋夜话
卷一 第 38 则	古今诗话	诗话总龟	中山诗话
卷一 第 42 则	诗史	诗话总龟	冷斋夜话
卷二 第 26—28 则	珊瑚(钩)诗话	诗话总龟	古今诗话
卷二 第 29 则	珊瑚(钩)诗话	诗话总龟	郡阁雅谈
卷二 第 81—85 则	直方诗话	诗话总龟	冷斋夜话
卷二 第 86 则	南郡(部)新书	诗话总龟	温公续诗话
卷二 第 87 则	南郡(部)新书	诗话总龟	百斛明珠
卷二 第 115 则	六一诗话	诗人玉屑	苕溪渔隐丛话
卷三 第 4—5 则	直方诗话	诗人玉屑	古今诗话
卷三 第 6 则	翰府名谈	诗人玉屑	鉴戒录
卷三 第 12 则	辅之诗话	宛本说郛	碧溪诗话
卷三 第 35 则	漫叟诗话	诗人玉屑	苕溪渔隐丛话
卷三 第 41 则	闲居诗话	诗话总龟	玉壶清话
卷四 第 21—22 则	诗史	诗话总龟	冷斋夜话
卷四 第 39 则	"鉴戒野录"	诗话总龟	江南野录

《乐趣》卷、则	伍氏误题	直接来源 （实际出处）	间接来源 （原始出处）
卷四　第 40 则	"鉴戒野录"	诗话总龟	鉴戒录
卷四　第 72 则	直方诗话	诗话总龟	古今诗话
卷四　第 82 则	郡阁雅谈	诗话总龟	六一诗话、中山诗话
卷四　第 83 则	郡阁雅谈	诗话总龟	雅言杂载
卷四　第 90 则	广卓异记	诗话总龟	冷斋夜话
卷五　第 8 则	青琐后集	诗话总龟	冷斋夜话
卷五　第 20 则	陈辅之诗话	宛本说郛	碧溪诗话
卷五　第 23 则	北梦琐言	诗话总龟	摭遗
卷五　第 29 则	闲居诗话	诗话总龟	古今诗话
卷五　第 56 则	青琐后集	诗话总龟	零陵总记
卷六　第 12 则	直方诗话	诗话总龟	冷斋夜话
卷六　第 33 则	东斋记事	宛本说郛	云谷杂记
卷六　第 44 则	谈苑	诗话总龟	冷斋夜话
卷六　第 62 则	敇器之诗话	宛本说郛	西溪丛语
卷六　第 63 则	敇器之诗话	宛本说郛	韵语阳秋
卷六　第 66 则	金玉诗话	宛本说郛	西清诗话

续　表

《乐趣》卷、则	伍氏误题	直接来源（实际出处）	间接来源（原始出处）
卷七　第 25 则	小说旧闻	诗话总龟	青箱杂记
卷七　第 50 则	桐江诗话	宛本说郛	击壤集
卷八　第 5 则	"杂言"	诗话总龟	唐摭言
卷八　第 15 则	翰府名谈	诗话总龟	江南野录
卷八　第 36 则	摭言	诗话总龟	岁时纪事
卷九　第 10 则	丹阳集	诗话总龟	碧溪诗话
卷十　第 23—24 则	古今诗话	诗话总龟	王直方诗话
卷十　第 37—38 则	玉局遗文	诗话总龟	王直方诗话
卷十　第 54 则	"笔谈"	诗话总龟	王直方诗话
卷十　第 58—60 则	北梦琐言	诗话总龟	零陵总记
卷十一　第 16 则	冷斋夜话	诗话总龟	遁斋闲览
卷十一　第 18 则	东斋纪(记)事	宛本说郛	云谷杂记
卷十一　第 28 则	汉皋诗话	宛本说郛	杜诗正异
卷十二　第 3 则	倦游录	诗话总龟	中山诗话
卷十二　第 19 则	玉堂闲话	诗话总龟	玉堂闲话、诗史
卷十二　第 44 则	遁斋闲览	诗话总龟	古今诗话、唐摭言

续　表

《乐趣》卷、则	伍氏误题	直接来源 （实际出处）	间接来源 （原始出处）
卷十四　第2则	直方诗话	诗话总龟	冷斋夜话
卷十四　第9则	欧公诗话	诗话总龟	南唐近事
卷十四　第10则	古今诗话	诗话总龟	王直方诗话
卷十五　第5则	古今诗话	诗话总龟	梦溪笔谈
卷十五　第23则	鉴戒录	诗话总龟	南部新书
卷十五　第29则	南唐近事	诗话总龟	唐才子传
卷十六　第39则	诗史	诗话总龟	唐摭言
卷十六　第40则	诗史	诗话总龟	北梦琐言
卷十七　第7则	诗史	诗话总龟	雅言杂载
卷十七　第10—11则	闲居诗话	诗话总龟	温公续诗话
卷十八　第1则	诗史	诗话总龟	古今诗话
卷十八　第31则	古今诗话	诗话总龟	北梦琐言
卷十九　第23—26则	林下诗话	诗话总龟	荆溪林下偶谈
卷十九　第30则	唐纪	唐诗纪事	唐语林
卷二十　第19则	诗史	诗话总龟	冷斋夜话

由上表可知,《说诗乐趣》误题出处往往是由转录过程中有意、无意的错看实际来源所题出处所致。全书能够完全确认的错题出处者有68处,所以如前述之为人诟病就不足为奇了。

三、汇编特色与价值

　　清初伍涵芬所编《说诗乐趣》是清代最重要的综合性而兼及诗法议题的诗话汇编。其材料收集上一方面以《诗话总龟》和宛本《说郛》为媒介收集了较早诗话，另一方面对宋元明诗话也广泛收录，从而成为一部整个清代主要使用的诗话汇编著作。同时，其对前代诗法的收录丰富了传统综合性诗话汇编的门目，使其"综合性"变得更强。

（一）转录手段的大量应用

　　诗话汇编作为一种诗学文献形态，简单来讲，就是指对既有诗话（广义上的诗话，包括各类诗学资料）的收集、整理和编排。它伴随着诗话的产生而兴起，因为就诗话撰写的随意性和语录体而言，包括了对他人言行的辗转记录与收集。故北宋中后期就产生了诸如《唐宋分门名贤诗话》和《古今诗话》等诗话汇编类著作。随着诗话创作的兴盛、诗话观念的泛化，汇编既有诗话不但是诗话整理、研究的一种基本方法，还成为诗话编撰的一种新手段，即"以述代作"。而随着时间的推移，部分已经散佚的著作只存在于后世的诗话汇编之中，所以曾经的汇编成果又成为被汇编的对象，这就是"转录"。

　　伍涵芬《说诗乐趣》在汇编上的一大特色是转录，这在前人汇编中本亦常见,如《诗话总龟》和《苕溪渔隐丛话》之间的相互转录,以及《诗人玉屑》对前两者的转录。但皆比重较小,并未成为其主要资料来源。不过,随着原始资料的不断散佚,收入过大量诗学资料的诗话汇编就成为后世能用的唯一来源。故后人若要使用这些材料,就势必将转录作为自己的重要汇编手段。产生于清代前期的大型综合类诗话汇编《说诗乐趣》,若要采用宋代乃至更早的诗学资料,除当时尚能常见诗话外,当必须参考《诗话总龟》等前人汇编。

前人诗话汇编可供伍氏转录者颇多,如宋人之《诗话总龟》《苕溪渔隐丛话》《诗人玉屑》,明人之《菊坡丛话》和《诗话类编》等,皆大型综合类诗话汇编。然而经前文考辨,只阮阅《诗话总龟》是本书主要资料来源。造成此种原因者,首先在于伍、阮两编在材料性质上的相近。虽然前述五种大型诗话汇编都可视作综合性汇编,但具体材料的诗学偏向却较明显。胡编倾向于评论类诗话,总括之曰诗评;魏编倾向于作法类诗话,曰诗法;只阮编多录诗纪事之诗话,此为原初意义之诗话。今观伍编中转录自阮编所收诗话亦多为录诗纪事者,可知阮编当是因其合乎伍氏之取向而成为主要转录对象。《诗话类编》虽亦多收录诗纪事之诗话,但"议论则不著其姓名,事实则不著其时代,又并不著出自何书"[1],故伍氏无取。因为伍编在转录中好题其原始出处,而阮编恰多题其来源。《菊坡

[1]〔清〕永瑢等:《四库全书总目提要》(第四十册),商务印书馆,1931年版,第33页。

丛话》虽勉强能满足伍氏上述两个条件,但是其分门标准和方式和伍、阮两编不同,故伍氏亦无取。

除《诗话总龟》外,伍氏还从《说郛》等前人著作转录了上百则诗话。整个清代主要流行的《说郛》为万历末至天启间初刻的"宛委山堂本",其中多有伪书,故伍氏对此书的转录是一大失误。不过这也从侧面说明了自宛本《说郛》印行之后到民国涵芬楼本《说郛》印行前,整个清代对《说郛》误用、误引当是一普遍且不自觉之现象。

伍氏以转录为主要手段,充分利用了前人的收集、整理成果,大大提高了诗话汇编的成书效率。因为编者不需要在资料收集方面花过多的精力,而可更加专注于材料的挑选与体例的编排。在削弱编选著作的文献价值的同时,凸显了较高诗学创建方面的价值,也展示了编选者个人的诗学价值取向和体系意识。

(二)对明清两代诗学资料的收集

除转录之外,伍编仍延续了前代诗话汇编的直录方式,收集、保存了大量明代诗学文献。在这一千二百余则诗话中,明代诗话约有三分之一,其中尤可贵者乃部分少见乃至未见他书的诗学文献。如卷一所录《诗法要标》六则内容就颇为珍贵。明人此书今仅存三种抄本,皆藏韩国。伍编所收不但在文字上可以有校正价值,而且其收录之本身亦能说明该书在清初尚有流传之事实。同卷所录《马诚所诗说》三则亦仅见伍编,其有提及汤显祖者,作者当是明后期至清初人。今考此段时间有李贽友人马经纶（字诚所），李贽《续焚书》多提及之，《明史》有传。可推知此书当为明代后期马经纶论诗之著。另有伍氏自著之《香泉偶赘》《伍氏宗谱》等清代著作亦赖此书而存。

其次，伍编所收前代各类诗学文献为今人提供了可以参照和比对的文本。这些著作中的明代著作距伍涵芬著书的康熙四十年（1701）尚不算远，且又不为其他汇编所收录。故伍氏将其汇编就有了文献价值，其中主要著作有《王守溪诗说》《夷白斋诗话》《雪涛诗评》《南濠诗话》《蜀中诗话》《苏长公外纪》《汪瞻漪书笺》《皇明世说新语》《丹铅总录》《丹铅新录》《升庵词品》《尧山堂外纪》《画禅室随笔》《归田诗话》《少室山房笔丛》《唐诗释笺》《谭史》《名媛诗归》《震泽记闻》《青泥莲花记》等。清代伍氏同时之钱尚濠《买愁集》和黎士宏《仁恕堂笔记》等因距离更近，文献价值更大。此外宋人《野客丛书》《唐诗纪事》《韵语阳秋》等书因是直录，伍氏当见其原书，亦可供今人整理相关文献时参考。

（三）为清代诗话汇编提供参考

自伍涵芬《说诗乐趣》之后，清代多有以伍书所收诗话为基础，再添以时人诗话以形成新的诗话汇编。就此而言，伍编可以说起到了双重意义的参考价值。一是资料的引用，二是转录手法的借鉴。比如乾隆时蒋澜《艺苑名言》篇幅略小于伍编，其中有一半内容转录自伍书，另一半则多收后人诗话。且其书同样影响较大，诗学理论价值和文献价值亦不容忽视。类似著作还有蔡钧《诗法指南》、张象魏《诗说汇》、蒋鸣珂《古今诗话探奇》、杨霈《筠石山房诗话钞》、聂封渚《吟诗义法录》等，都或多或少地转录了《说诗乐趣》的内容（详见下节考证）。此种现象贯穿于整个清代，不断为后人学习和发扬，展示了清代诗学集历代诗学之大成的学术特征和品格。

第二节　清代诗法类诗话汇编对 《说诗乐趣》的转录

上节详细分析了清代重要诗话汇编——伍涵芬《说诗乐趣》的材料来源和转录情况。其成书过程之事实基本得以还原，书目标注之讹误也基本更正。不过，在其刊行至今的两百多年时间里，已经广为文献汇编者所征引，且常常亦是转录。这就让一些诗话归属的错误标注，影响了后人的判断。经过细致考证，就清代汇编而言，至少有七部诗话汇编转录了《说诗乐趣》所汇编的相关诗话。其中，有的是简单地直接转录，有的则是辗转自其他汇编的间接转录。而且，大多数都是将转录之事实加以掩盖，直言其成书本是从多种诗话中广征博引而来。当下，务必一一甄别各部汇编转录《说诗乐趣》的具体情况，方能对整个清代此类诗话汇编诗学材料的来源明确地认定。以此为线索，亦可全面梳理相关各个汇编的转录情况。

一、《诗法指南》的转录

乾隆二十三年(1758)刊行的蔡钧《诗法指南》是对《说诗乐趣》中诗学文献加以转录、利用的较早汇编。首先,其书多有所题出处直接说出《说诗乐趣》编者为"伍涵芬"者。此等皆《乐趣》中伍氏按语,故《指南》径作此题。至于不题书名,当意在掩盖转录之事实。其次,部分出处今仅见存于《乐趣》,亦是转录之一证据。如有题作《香泉偶赘》《马诚所说诗》《诗法要标》和《唐诗释笺》等皆是。以此为基础,全书多有早佚著作而见称引者如宋人《古今诗话》和《诗史》之类全不出《乐趣》所收之范围。可知,《指南》大量转录了《乐趣》内容。其余虽常见而为《乐趣》收入者,则亦有转录之嫌疑。其中最显著之一例者,在《指南》卷五第二十则题出《六一诗话》而实为《苕溪渔隐丛话》编者按语。《乐趣》转录此则时当受文头《六一居士诗话》云……"影响误题出处,《指南》之误则是转录《乐趣》而未察其详所致。卷四第四十九则所题"虞斋广录"乃《云斋广录》之误,亦仍《乐趣》所题之误。

《诗法指南》全书六卷,除所录诗例外,共汇编诗话381则。转录来源之最大者当为仇兆鳌《杜诗详注》中所录前人诗话。首先,部分诗论仅见存于自宋至清的历代杜集而原书不存,且《指南》只题人名而不及书名亦与此暗合。因为历代杜集多只题"某某曰"而未涉及具体著作。具体而言,诸如益王潢南、徐用吾、赵汸、史氏、张綖、卢元昌等皆为历代论杜而辗转收入《杜诗详注》者。所谓"史氏"一则本出《鹤林玉露》,《指南》当是沿用《详注》卷十四之题法。其次,《指南》多有直题作"仇沧柱(仇兆鳌)"曰,可明证其确实参考过《详注》。再者,《详注》中于诗歌各体皆有一处集中汇编前人论各体式者。《指南》分体汇编诗体论者亦多按《详注》所辑之原序直抄。如《指南》卷一之"五律论"中所题胡应麟、杨士宏、周弼三则依次见收于《详注》卷一《登兖州城楼》诗后所集评五律特征者。上述三人著作流传甚广,本无转录之必要。《诗法指南》当是为简便行事,方辗转录之。不过不题直接来源而径标原始出处,殊为不妥。同卷"五排论"所题高棅等数人诗论亦是《详注》卷一《临邑舍弟……》诗后之集评原序抄录。《指南》所论各个诗体尽皆如此,可见《杜诗详注》确为《诗法指南》所用材料之一大直接来源。

　　《诗法指南》数处有题出"闽谭诗法"者,据今人蒋寅考证,当指明末清初人游艺所编之《诗法入门》[1]。《诗法入门》本为一部诗法类诗话汇编,或可推知《指南》所录同收于《入门》者亦当有转录之可能。考《指南》卷一"总论"一目下多有直标人名而不及具体所出著者,此与《杜诗详注》相类。既然《入门》和《详注》作为直接来源本就未题出处,故后人转录它们的时候也就难标注出处了(据前文考辨,实出自陈美发《联璧堂汇纂诗法指规》而有增补,而陈编又是直抄自明人吴默《翰林诗法》)。《诗法指南》所题刘伯温、方正

---

[1]　蒋寅:《清诗话考》,中华书局,2007年第2版,第354页。

学、杨士奇、杨士弘、范德机、朱子等，皆全同于《入门》卷首所辑"历代名公诗论"。可证《指南》确实转录了《入门》相关诗话。其中卷六第七十五则谓出"杨尧臣"为"梅尧臣"之误亦同于《入门》，更是转录之明证。《指南》转录前人诗法汇编本袭自明人诗法汇编前后之间的转抄、改写习惯。其卷三、四所论诗歌格式亦多转录。此部分皆以诗格之名目开头，并未标注出处。细考之，近体四十五格和变体二十五格多有直录自明末王良臣诗法汇编《诗评秘谛》者。因为《秘谛》本就多汇编前人诗格，故《指南》所录《秘谛》的内容亦可视作转录。不过，《指南》在抄录《秘谛》的基础之上，多有对原文的增补，且多新立格法以充实前人。所以《指南》虽有转录，但对诗格理论的丰富之功亦不可忽视。

《诗法指南》全书381则诗话中至少有146则转录自前人汇编，约占全书四成，可见其仍是以直录自原著者为主。其转录之诗话虽少有文献价值，但较有针对性，如诗格者录自《诗评秘谛》，诗学总论者录自《诗法入门》所收《名公诗论》一节，各体之评论录自《杜诗详注》等，体现明确的编撰意识。其直录者多有少见者，则颇有文献价值，当受重视。如蔡钧祖父之《近轩偶录》、叔祖《梅庵笔记》及佚名《石舟日抄》、顾小谢《闽小纪》等清人笔记共数十则，皆得《指南》留存。

二、《诗说汇》的转录

刊行于乾隆三十年(1765)的张象魏《诗说汇》是一部篇幅颇大

的诗话汇编。共有五卷,前四卷为前人诗话之汇编,共935则,卷五多为单篇诗论。时人刘绍攽(1707—1778)《诗说汇·序》谓编者"胸罗万卷,博而能精",似乎暗示全书广泛录自各类著作。编者自序亦言:"取前人所为诗说及散见于诸书者……择其尤者录焉。"并且,张象魏还详细罗列了各卷之"引用书目"。这都意在说明其当时直录自各类原著原文。但是,根据细致考察,《诗说汇》所辑诗话绝大多数都是转录自前人汇编成著者,当一一析出以见其成书之实际情况。

据编者自序所言之"首取说杜,所以正其始",可知卷一当多集中论杜者。历代杜集多相沿用、增广前人之集注,《诗说汇》亦仅从元人高楚芳《集千家注杜诗》此一书转录而来,并非从所标注之来源直录。卷首第一则尤为显著之一例。其文虽题出《复斋漫录》,但实为两段诗论之合写。前半出自《复斋漫录》对唐人李肇《国史补》的抄录,而省略了其对本出《国史补》的说明;后半出自《王直方诗话》记录的黄庭坚给王直方书信的内容,转录自《诗话总龟》而省略了黄、王出处。此种嫁接虽或算一种创见,但径题出《复斋漫录》则殊为不妥。前人所引之《复斋漫录》与今存《能改斋漫录》虽为一书而文本颇异,此种题法极易使人误解前者另有异文。至于此种合写之机缘,全在高楚芳《集千家注杜诗》卷二末尾此两则之相邻收录。不过高楚芳只是汇编而并未合写,不似张象魏妄改。自此之后,各则皆有序见收于高书亦是转录之明证。基于此种顺序上的高度重合,即使部分常见著作之内容,亦可断定乃转录而非直录。《诗说汇》卷一前六十二则皆依次转录自高楚芳《集千家注杜诗》卷二至二十，只有少数不按原序者。其后论杜数则及论王维数十则又尽皆见收于清人赵殿成《王右丞集笺注》。虽顺序不与原书相牟，然多有直标"赵松谷（赵殿成字）曰"者，可旁证张象魏一定参考了赵书。此部分多有标常见书者如《诗人玉屑》等，但据前后文关系，可知是转录。综上，《诗说汇》转录自高、赵二书者共八十六则以论杜、王二人。

《诗说汇》除转录上述两部别集所汇前人诗论外，其后尚偶有转录元人萧士赟《分类补注李太白诗》。不过，编者只将其穿插于卷一后半部分所转录自《说郛》所收各书之内容。卷一自第八十七则至末尾之一百八十五则，以及卷二前二十九则，除数则转录自萧著外，皆转录自宛委山堂本《说郛》及《说郛续》。其中就具体来源而言，卷一第九十一至一百一十三则（有两则除外）漏题出处，考其文本全同于宛本《说郛》所收之《本事诗》。唐人孟棨《本事诗》虽乃常见书，但《诗说汇》所收皆全同于宛本《说郛》对原著之选录，且顺序一致。可知其当是转录而非直录。其后所录五代王定保《唐摭言》二十则亦如宛本《说郛》之抉择及顺序，亦是转录。其余诸如各种明代笔记、小说如《天爵堂笔余》《异林》《新知录》《戏瑕》等皆同收于《说郛续》，明以前者则皆见收于宛本《说郛》，当为转录。其间虽有唐宋常见如《石林诗话》者，因其前后皆为转录，亦有转录之嫌。自此之后，直至卷三之第一百一十四则，共三百四十三则皆按伍涵芬《说诗乐趣》原序依次转录。经考，《乐趣》原书两千余则诗话中,除第二十卷外,《诗说汇》共选抄、转录了其书前十九卷的内容。其中多有沿用《乐趣》错题出处者就是明证。另外,编者在《说诗乐趣》基础之上,又多有妄题书名者,亦当明辨。如题《夷白斋诗话》误作"白斋诗话"或"夷白诗话",《雪涛诗评》妄改作"雪涛诗话",《遁斋闲览》误作"异斋闲览",《鉴诫录》误作"鉴诫野录"等。又多有《乐趣》标注明确而漏题出处者,此等皆张象魏编著过程中疏失之处。此皆暴露出材料层层转录、辗转传抄的做法往往会使相关内容与原著原文差之毫厘而谬以千里,大大降低自身之文献价值。

或许是为了掩人耳目,紧接着所转录之《说诗乐趣》的内容,又有题出《云溪友议》和《摭言》等亦见于《乐趣》者,这样,读者会误以为前后题出相同出处者当皆是直录自原著原文。但是,仔细甄别文本细节和各则诗话之排序,可以断定其后皆转录自北宋大型汇编《太平广记》。譬如前三十余则同见于《太平广记》卷一百一十九,之后数十则又皆见收于其书相邻数卷。不过,此尚未为明显转录者。其后第一百六十则起,直至次卷第四十三则,同见于《五代诗话》。根据对比可知,其所用者多出王士禛《五代诗话》原稿,偶有郑方坤所增补者。可见《诗说汇》当同时参考了两者而加以转录。其中卷四第十五则题出《雅言系述》而其书早佚。细考其文,实乃《郡阁雅言》和《雅言系述》两则诗话的合写。不过,因两者本皆记录五代诗人王元的诗作,故难以看出拼接痕迹。具体言之,《诗说汇》此则前半部分介绍王元的基本情况,接后录其诗歌一首。

然而,就原来两部著作言,《郡阁雅言》在介绍王元之后本录另外一首诗歌,而《雅言系述》则未对王元有较详细的个人介绍,主要是记录其一首诗歌。今可推想,《诗说汇》当是在面对此两条诗话时,加以删并以见自己的倾向,也就是说更看重《雅言系述》所录的这首作品。不过,其不应该将已经加工过的文段妄题出处,且是已佚著作,此殊有作伪嫌疑。而之所以有此删并,当以其本从《五代诗话》卷七"王元"目下同时汇编了此两则诗话之机缘而来。只不过,《五代诗话》并未删并,只是《诗说汇》私意妄改。卷四后半部分除有数则转录自《太平广记》穿插其间者,全部转录自宋人胡仔《苕溪渔隐丛话》。其所列书目虽多常见者,然其辑录之顺序基本与《丛话》前集卷一至五十八卷全同,且多有相邻而一并收入者。《丛话》前集本自汉魏而及宋人,按时间顺序罗列各代各家之相关诗话。《诗说汇》既按其原序,则与其自序所言"首取说杜,所以正其始"相矛盾。因为卷首已有论杜者,此部分转录自《丛话》者又有数十则论杜者,颇为重复。

张象魏《诗说汇》前四卷共辑诗话 935 则,无一例外,全部皆转录自前人已有之汇编而非直录自原著。转录虽为清代诗话汇编之常见手法,然全部转录自前人成编者仅见此一例。并且,其转录各书之原始来源皆互相重合,譬如所题《石林诗话》者有自《太平广记》转录者,有自《说诗乐趣》转录者。这就混淆了其分别转录的事实,使人不易察觉。且卷首煞有介事罗列引用之书目,亦使人怀疑其多意在掩盖转录事实,殊为不妥。

三、《艺苑名言》的转录

　　蒋澜《艺苑名言》刊行于乾隆四十一年（1776），略晚于前面的《诗法指南》和《诗说汇》。蒋澜自序曾言：

　　　　余自弱冠学为诗，见说之有益于诗者，辄手自抄写……所录半数散佚。癸巳夏日，偶取案头所存者阅之，辄有会心不忍释手。爰聚历朝说诗诸书，详加采择……[1]

据此而言，蒋澜早在弱冠就从各类著作中收集抄录了大量诗话，其后又在最近加以增补。今已无从可证其书何处为旧有资料，何处为新近辑入者。但是从其卷首所列"采录书目"中，大致可以推测出相当一部分来源并非真能从原著收录。如《艺苑雌黄》《雅言系述》《王直方诗话》《诗史》等书早佚，定当从他书转录，又其多为《说诗乐趣》所收，故可怀疑当是转录自《乐趣》。不过，因为在《乐趣》和《艺苑名言》之间，已有两部著作（蔡钧《诗法指南》和张象魏《诗说汇》）明显转录了前者的内容，所以蒋书也可能是从此二书转录，而非《乐趣》。今观其"采录书目"末后有所谓"蔡及心《蔡氏杂

---

[1]　〔清〕蒋澜编：《艺苑名言》，清乾隆四十一年（1776）自刻本。

抄》",结合其相应内容皆见收于蔡钧《诗法指南》,或真有转录自蔡编者。不过是否如此及程度如何,尚需细考,未可猝定。

首先,《诗法指南》全书汇编诗话近四百则,就转录自《说诗乐趣》者不多,且皆为卷一之内容。《艺苑名言》各卷所录则多有按《乐趣》原序转录,而与《指南》所录不侔者。可知此一部分定是《名言》从《乐趣》直接转录而来。比如,《名言》卷一多有《乐趣》卷二之内容,且未见《指南》收录。不过,《名言》很多地方的称引方式又明显是受《指南》的影响。故并不可以排除部分内容的确从《指南》转录而来。两相比较,凡是同见于《乐趣》《指南》内容者,当自前者转录;只见于《指南》者,当自后者转录。综合言之,《艺苑名言》既转录了《说诗乐趣》的部分内容,也转录了《诗法指南》的相关诗话。比如《名言》中所题"闽谭诗法"者,只《指南》作如是称谓。还有题出"蔡氏杂抄"者,亦皆为《指南》中编者未题出处者,其实多出前人著作而或有增补,本无其书。

《名言》除转录上述两书外,又有将转录之内容攫为己有者,更加欠妥。如其书卷六"白发春风"条后之按语,实出褚人获《坚瓠集》补集卷六"春风世情"条。无论褚书此则是否自撰,《名言》皆不可直作按语。又如卷六末则正文题作《逊国记》,其后按语谓出"明诗余论"。细考之,两者皆出自钱谦益《列朝诗集》卷一"建文惠宗让皇帝"条。原文本为完整之一则,蒋澜刻意将其拆作正文及按语,此种做法实属无谓。

总体而言,《艺苑名言》篇幅不小,共汇辑诗话近八百则,涉及转录者亦近三成。不过,转录对象颇为有限,主要是《说诗乐趣》和《诗法指南》。其余皆从其当代主要诗学诗话、诗歌总集等直接汇编而来。故文献价值较同类转录成书者较高,亦成为后世转录之一对象。如未见著录之《田氏岁抄》等,为后人转录而流传。

四、《古今诗话选隽》的转录

卢衍仁《古今诗话选隽》二卷,又称《诗话选隽》,有乾隆四十五年(1780)抱青阁刊朱丝栏套印巾箱本、光绪间抱青阁刊本、台湾"中央"图书馆藏乌丝栏抄本。卢衍仁,字绍履,号东园(阮元《两浙輶轩录》卷三十六)、东岘山樵[1],约乾隆时浙江东阳县(今浙江省金华市东阳市)人,岁贡生,赠中宪大夫掌贵州道监察御史[2]。其人能诗,与同里诗人叶蓁(1743—1786)交厚。且热心公益,倡建东阳白云书院[3]。有《白云集》和《东园诗抄》。

是书卷首有叶蓁序,谓其"行笈中复出示手录诗话如干条,采葺从旧、畦町顿新",似以为其当从各类前人诗话精择而成。然据详考,全书除所题"东园所见录"及《金华诗录》十余则外,皆转录自前人成编。其中,卷上基本转录自刊行略早的蒋澜《艺苑名言》,且顺序不变;卷下则进一步溯源,转录了蒋编转录的直接来源——伍

---

[1]　陈建华、王鹤鸣主编:《中国家谱资料选编》(第六册),上海古籍出版社,2013 年版,第 649 页。
[2]　洪铁城主编:《经典卢宅》,中国城市出版社,2004 年版,第 195 页。
[3]　中国人民政治协商会议浙江省东阳县委员会文史资料工作委员会编:《东阳文史资料选辑》(第三辑),中国文史出版社,1986 年版,第 11 页。

涵芬《说诗乐趣》，亦多按原序。所以说卢编之成书实质上是在蒋、伍两书的基础之上，只略加增补而已。卢衍仁转录时偶有变换原文名目，且时常抄错，可见其为掩人耳目但欲盖弥彰之误。如其卷上第六条标题作"俞紫芝诗"实抄自《艺苑名言》卷一第十二则"俞秀老诗"，只是变换了一下了俞氏称谓而已。卢衍仁将原书此则末附之蒋澜按语与原文合写，故未直接抄录蒋著所题出处——《石林诗话》，尚算严谨。卢衍仁转录过程中，偶有误看，若不指正，很容易给后人以误会，以为原文另有异文。如卢衍仁将"汪季青"误抄作"江季青"即是一例。

据此，今人认为其收存"亡佚之书"如"明诗余论"等[1]，实皆他书所存，卢书仅转录而已，无甚文献价值。综合言之，全书本就篇幅狭小，又以转录为主，故价值不大。但是，其中十余则直接从他人著作汇编而来，当为亲见原著者，或有一定价值。全书结构基本同时承袭了《艺苑名言》和《说诗乐趣》的模式：先论诗体诗法，后录诗事诗作。故两卷之间只有并列关系，并不构成一个完整的整体结构。体系安排上无甚创见，只能算作摘抄性质的诗话汇编而已。

五、《古今诗话探奇》的转录

乾隆四十九年（1784）刊行的《古今诗话探奇》，编者蒋鸣珂在

---

[1]　蒋寅：《清诗话考》，中华书局，2007年第2版，第411页。

自序中声称《诗话选隽》取材不够广博("惜乎集隘"),于是"即案头所积,任意展阅,录其最为奇绝者",加以增补。不过,今就此书采辑之来源仅在蒋澜《艺苑名言》等而言,也难以"广博"视之。

《探奇》共两卷,汇编诗话226则,就篇幅言似不可谓能补前人之"集隘"。其中,转录之明确可断者当为稍早蒋澜所编的《艺苑名言》。如其卷上第二十六则所题之"归愚诗话",其文本第一句出沈德潜《说诗晬语》卷上,为沈德潜并论五、七绝之一句。其后罗列两首李白诗例,各加简短评语。除后一评语又见清高宗弘历御选《唐宋诗醇》所收沈德潜议论外,其前句评论则失考出处,当亦为沈德潜议论。由此可知,"归愚诗话"并非《说诗晬语》之异称,或是另有一书,抑或据沈德潜议论加以杂糅而随意私拟之名目。此文段因同见于蔡钧《诗法指南》而只标姓名,未列书名,可知《指南》乃首次合写沈德潜议论者。不过蔡钧尚属谨慎,未妄立书名。《艺苑名言》在转录《诗法指南》的过程中,则妄增了一个"归愚诗话"的名目。其当是为与《说诗晬语》相区别,但此又可能使后人徒增误会,应直言辑自《指南》为佳。经过此番梳理,可知《古今诗话探奇》确实转录了《艺苑名言》的相应内容,而非直录所标之书。或许,所标注之书根本就不存在。《探奇》中多有出处早佚或少见者,皆与《名言》暗合,可知转录者不少。又有所题"谢氏诗源"者,本无其书,乃宛本《说郛》伪撰[1]。前人如《说诗乐趣》本直录之,《名言》卷四第

---

[1]　罗宁:《重编〈说郛〉所收宋元诗话辨伪》,《华南师范大学学报》(社会科学版),2016年第6期,第35页。

九十三则则将其略加改写。《探奇》卷下第一百零八则全同于《名言》所改者。有题"明诗余论"者,亦皆不出《名言》所收之范围,亦当为转录其本出钱谦益《列朝诗集小传》之内容,非真有其书。此种不考源头之转录往往过度依赖直接来源,故时有错题。如其卷上第三十四则所题《诗益嘉言》当指南宋魏庆之《诗人玉屑》,今考其书本为汇编,而此则并无标目。其实,据宋人曾慥《类说》和朱胜非《绀珠集》等,皆出自已佚著作《唐宋遗史》。可知,即使依《探奇》标注习惯,以当作《唐宋遗史》。之所以题出《诗益嘉言》,乃转录《艺苑名言》时,仍其旧题而已。

《探奇》卷上按时代顺序,分人罗列相关诗话。考其所题多有早佚者,如《潘子真诗话》《雪浪斋日记》《西清诗话》和《诗眼》等,皆同收于胡仔《苕溪渔隐丛话》,可知当是转录自此书。且其汇编思路及顺序亦同于《丛话》,亦是转录之旁证。就所录文本言,多有同于《丛话》而与原文有异者。如其卷上第六十一则题出"彦周诗话",但是较宋人许顗《彦周诗话》原著多出末句乃《丛话》编者胡仔所加之按语。连同前述转录自《艺苑名言》者,《探奇》主要从此两书转录的内容超过全书七成,余下者皆为直录。中有如题作《诗纯》数则,似为明清人笔记而未见著录者,或有文献辑佚之功。

六、《古今诗衷类选》的转录

佚名《古今诗衷类选》全书五卷,各卷内含三至四门,共十八门。各门所汇诗话少至数则，最多者四十则，共计229则。此书作为诗话汇编，篇幅略小。然其材料来源亦有今人少见乃至罕见者，涉及书目多有少见者，颇具文献价值。除此之外，《类选》又多从当时易得之各类汇编中或明或暗转录所需材料，今当一一析出，以还原其书成书过程之真相。其可能引起后人之误会者，亦可据此番考辨而修正或提前避免。

《古今诗衷类选》所辑二百多则前人诗话，除直接从原著原文汇入约八十则外，余下部分皆从其他汇编辗转而来，超过全书六成。其中，至少有一百则乃暗中转录，且时有误题。《类选》明确标注转录出处者多出两部笔记：明人蒋一葵《尧山堂外纪》和清初褚人获《坚瓠集》，约十数则。另有二十多则同出于蒋、褚二笔记而未标出处，固难定其直接之来源。据全书转录自其他汇编者皆标间接之原始出处而隐匿直接来源，未标者皆因蒋、褚二人本未说明出处。故《类选》亦一仍其旧而只录文本，不考辨、标注出处。唯个别为二人偶然提及出处者，《类选》才据之标出。如卷四中"标举"门第十四则题出"瞿存斋诗话"，当指明初瞿佑《归田诗话》。然除原书名外，后人只称作《存斋诗话》和《妙集吟堂诗话》[1]。唯褚人获《坚瓠集》七集卷一"梧竹轩"条称作"瞿存斋诗话"，可证《类选》转录之实。褚书原文本为《归田诗话》卷下"梧竹轩"条内容的简写并加编者按语，《类选》此则眉批抄自褚书此则原文中之按语。可见，

---

[1] 朱易安：《明代的诗学文献》，《南京师范大学文学院学报》2003年第1期，第178页。

《类选》将褚人获按语作为眉批是意识到将其当作"瞿存斋诗话"内容之不妥。不过《类选》并未考察瞿书原文而据间接来源而妄题出处仍属不妥,宜使后人误会《归田诗话》另有别称和异文。

　　《古今诗衷类选》之暗中转录自既有汇编之最多者,为康熙四十年(1701)刊行之大型诗话汇编伍涵芬《说诗乐趣》。《类选》数处题出《香泉偶赘》,然此书本为《乐趣》编者伍涵芬自著之笔记,并未单行[1]而仅见收于《乐趣》。今传所有清人汇编之有此题者皆不出《说诗乐趣》所收《偶赘》之范围,可知《类选》此数则当从《乐趣》或其转录者辗转而来。然《类选》所转录者,前人除《乐趣》外皆未能全部涵盖,可推知当是从《乐趣》转录而非再有辗转之出处(如《诗说汇》等)。进一步考察,《类选》所收前人诗话者多有早佚著作,皆为《说诗乐趣》转录他人汇编之内容,其中错题者亦如《乐趣》之误。更可证明《类选》转录《乐趣》之事实。如卷一"抱负"门第三则题出《唐宋遗史》,其书早佚而见存于阮阅《诗话总龟》等汇编。今考其文段,当是转录自《说诗乐趣》中对《诗话总龟》前集卷二十六某则的转录及改写。诸如此类者尚有所题出自《直方诗话》《诗史》《小说旧闻》和《古今诗话》等。此类出处皆为早佚而同存于《诗话总龟》并为《说诗乐趣》转录者,所以皆可断定《类选》编者并未见到原著而是转录而来。其将《王直方诗话》题作"直方诗话"也和《总龟》《乐趣》做法相同,可见其文献之流传当属一脉。其中,第一

---

[1]　〔清〕伍涵芬编、杨军校注:《说诗乐趣校注·前言》,齐鲁书社,1992年版,第3页。

卷"抱负"门第四则将本属《唐宋遗文》的内容题作"唐宋遗史",此种误题亦与《乐趣》相同,是受其误导而致。

从所题出处的异常,可推知《古今诗衷类选》又有转录自其他汇编者。如全书第一则谓出《郫侯家传》,然其书明末之前早已亡佚[1]。考其文段实出宋人朱胜非《绀珠集》卷二,可知《类选》亦有转录自是书者。卷二"袭旧"门第四条所题"复斋漫录"乃南宋吴曾《能改斋漫录》的早期版本,其实为一书[2]。后世汇编谓出《复斋漫录》者皆当以胡仔《苕溪渔隐丛话》为源。《丛话》当是据其书早期版本汇编。又有其书虽存,但汇编者亦不考原文而径从间接著作转录者。此当是编者为图简便而为之。这种减省手段颇失严谨,易人误会另有异文。不过,其文本之间的差异往往透露了文献辗转的轨迹。如《类选》卷二"纪事"门第二十则谓出《侯鲭录》,然与今存原文有异而同于《苕溪渔隐丛话》前集卷三十。其后《诗人玉屑》和《诗林广记》等汇编所录文本皆同于《丛话》。兼顾《类选》本多有转录《丛话》情形,可知此则亦从此转录而非录自当时所存之原著。就《类选》所录文本言,最早录之者乃曾慥《类说》。今可作两个推断:一是今存八卷《侯鲭录》本为明人刻本之综合者[3],《类说》和《丛话》等或从较早版本直录;二是《类说》和《丛话》等在

---

[1] 罗宁、武丽霞:《〈郫侯家传〉与〈郫侯外传〉考》,《四川大学学报》(哲学社会科学版)2010年第4期,第65—73页。

[2] 许庄叔:《〈下水船〉词订律》,《贵州师范大学学报》(社会科学版)1987年第4期,第28页。

[3] 李丹:《赵令畤〈侯鲭录〉诗学思想研究》,暨南大学硕士学位论文,2012年,第15—16页。

抄录原著时妄改文本,后世汇编又只从此两者转录而不考原文,故一仍其误。然无论如何,皆可断定《类选》的文本是转录自《苕溪渔隐丛话》而非原著。再如,卷二"袭旧"第三则题出《艺苑雌黄》,然原书二十卷已佚,今存其书十卷本乃明人据当时尚存文本拼凑他书内容而成[1]。《类选》此则当从《丛话》转录而非据之原著。诸如此类尚多,如题出《桐江诗话》《西清诗话》《老杜补遗》《遁斋闲览》《洪驹父诗话》等皆见存于《丛话》,大致可断其当转录是书。再者,《类选》本有汇编《丛话》编者按语者,亦是其参考胡编之明证。不过其将之直谓之"渔隐诗话"或使人误会真有其书或与上述转录者来源不同,实则皆出自《丛话》。此妄立名目之法欠妥,当如卷三"较量"门第九则题作《渔隐丛话》,方是正题。

除上述汇编,《类选》另有少量转录自他书者。如时代较近之康熙间赵吉士笔记《寄园寄所寄》。卷二"纪事"门第十八则题出"玉堂丛语"。明人焦竑《玉堂丛语》其书虽存,然《类选》所录之文同于《寄园》而与原著有异。且《寄园》所录本为原文之删节,《类选》亦为此删后之文,可知确为转录。又《类选》全书多有转录自《寄园》者,正可相互印证。另此文段本出明人廖道南《殿阁词林记》卷十五,《玉堂丛语》乃是汇编并注明了此出处。若《类选》编者直录自《丛语》,恐亦会径题原始出处,方合全书标注习惯。既题《玉堂丛语》,当是《类选》编者误将其当作原始出处。其余如题出

---

[1]　〔清〕永瑢等:《四库全书总目提要》(第四十册),商务印书馆,1931年版,第18页。

《三异人书》《客中闲集》《文撮》《墨畲钱镈》《仰山脞录》《说统》和《遵闻录》等，多为罕见之明人笔记、小说，又皆同见引于《寄园》。由此可推《类选》所录皆为转录。《类选》中所题出自《鹤汀私抄》《竹窗杂录》《刘钦谟岳台集》《金凤外传》等亦皆少见书，当转录自明末徐𤊻《榕阴新检》。其中《竹窗杂录》本为徐𤊻著作，然其书不存，今仅见于《榕阴新检》[1]，故有此断。余者有题"青琐诗话"和"玄散堂诗话"等皆为宛委山堂本《说郛》所收之伪书，其实皆另有出处。可知《类选》还转录了宛本《说郛》。最后，由部分条目顺序的相邻可知《类选》还有转录明人梅鼎祚《古乐苑》的痕迹。

经过上述考辨，《古今诗衷类选》的成书除少量材料直录自各类原著以外，超过八成内容转录自现成汇编和笔记。并且，多为有意掩盖转抄之事实的暗中转录，几占全书六成。这不但损害了自身的文献价值，而且容易误导后人。《类选》转录对象主要是《尧山堂外纪》《坚瓠集》《说诗乐趣》《苕溪渔隐丛话》等，又兼及其他汇编。直录部分多为清人著作，最晚至乾隆前期王应奎之《柳南随笔》。其中如《管窥录》《山居夜话》《琐琐录》等书，皆未见前人称引。据其内容，当为时人笔记类著作，颇有文献价值。

七、《吟诗义法录》的转录

聂封渚《吟诗义法录》四卷，共汇编前人诗话 458 则，刊行于光

---

[1]　陈庆元：《徐𤊻著述编年考证》，《文献》2007 年第 4 期，第 84 页。

绪三年（1877）。其书虽自序有言："偶取所藏论诗之书，各钞数则。"但是，实际上其所用之材料来源十分有限，并非其所暗示的就各书只选取"数则"。根据详细考辨，当是从既有汇编转录而来。就卷一声明"录《全唐诗话》七十则"而言，其末尾11则乃从清人孙涛《全唐诗话续编》转录。聂书不但未标注直接出处，而且直接使用了孙编引用时的所注出处，给人以直录自原书之误会。且《全唐诗话》和《全唐诗话续编》本不当混，聂书之标注误中有误。卷二多有出自明人诗话之少见者，今仅见收于明人陶珽《说郛续》，可知亦是转录而非录自原著。如张蔚然《西园诗麈》、田艺衡《香宇诗谈》等。另有所题出《桐江诗话》（聂书误作"横江诗话"）、《金玉诗话》等宋人早佚诗话，当自宛委山堂本《说郛》转录。

　　如前所考，清人诗话汇编多有转录当代伍涵芬《说诗乐趣》者，聂书亦不例外。不过，细考其所转录者，除部分有确从《乐趣》直接转录者外，也有辗转自稍早之其他汇编者。譬如，卷二第七十则同见于蔡钧《诗法指南》和蒋澜《艺苑名言》，本为《指南》编者据各家诗论自撰者。《名言》收录之，题出"蔡氏"。聂书因未题出处，本难定其到底所据何书。但其后则未题出处而直作"按"云云，实为《艺苑名言》卷一"诚斋六言"条及其后编者按语之合写。此种虽或可视作聂封渚之创见，但其间将杨万里诗误谓作杨慎名下，可见其转录、合写之疏失。不过，其亦有真直接转录自《说诗乐趣》者，主要集中在卷二，顺序亦依原著转录。《吟诗义法录》二、三卷多有论杜诗者，偶有与《诗法指南》相重合。不过，经过仔细比对，多有出入，实直接转录自仇兆鳌《杜诗详注》，并非转录自《指南》。比如，卷二第七十八至八十三则所录张綖、王嗣奭论杜者，在《详注》卷二中本为紧邻三则，可为转录之旁证。

《吟诗义法录》在材料汇辑上的特点，主要在直接转录《说诗乐趣》的同时，还从前代其他转录者（《艺苑名言》）收集了一些资料。这就使诗学文献的流传、演变情况变得更加复杂。

经过本节详细梳理，可以发现清代诗话汇编中至少有七部著作不同程度上转录了《说诗乐趣》的内容。从中可见，一是《说诗乐趣》作为一部清代十分重要的综合性诗话汇编，为后来相关著作提供了一个巨大的诗学资料来源；二是清人汇编较前人更喜欢利用现成资源加以利用。究其原因，一是《说诗乐趣》在一定程度上涵盖前代诗话汇编的同时，又多收元明至清初的大量诗话，可以为后人提供更多的诗话资源；二是前代诗话多有亡佚，清人汇编既难以看到原著，就只能转录现成汇编以图便利。不过，这种转录现象的大量出现往往易给后人误会，故尤当注意。《说诗乐趣》本就是一部大量转录前人成编的诗话汇编，自康熙后期刊行之后，流传颇广。以其为资料来源之较早者，有乾隆前期蔡钧的《诗法指南》和张象魏的《诗说汇》。蔡编主要转录了《乐趣》卷一对于诗体特征及作法的相关内容，约数十则。张编其书本无体系，只按转录对象而略分次序，其抄《乐趣》三百四十多则皆按原序，数量尤大是其特色。乾隆后期蒋澜《艺苑名言》也是一部在清代刊行、流传颇广的诗话汇编。其转录对象则同时包含了《诗法指南》和《说诗乐趣》。据此或可推知，蒋澜当是在参考《指南》的基础之上，发现了《乐趣》收有更多未被《指南》转录的内容，故又上溯其源，直接转录《乐趣》。以《艺苑名言》为节点，其后又有两部汇编转录了其相关内容，一部是卢衍仁的《古今诗话选隽》，一部是为增补《选隽》的蒋鸣珂《古今诗话探奇》。两者之区别在于，前者分上下两卷同时还转录了《名言》的来源——《说诗乐趣》，此种做法和《名言》同时转录《诗法指南》和《说诗乐趣》如出一辙。后者则在转录《名言》的同时转录了宋人胡仔的《苕溪渔隐丛话》。同为乾隆时成书的佚名《古今诗衷类选》也部分转录了《说诗乐趣》，但与此数种不同者在转录对象颇多，并不限于一两种汇编。最后，是光绪刊行的聂封渚《吟诗义法录》，其转录方式与《古今诗话选隽》相同，主要转录自《艺苑名言》和《说诗乐趣》。总之，《说诗乐趣》是清人诗法类诗话汇编之一大来源，《诗法指南》和《艺苑名言》在其间起到了中间媒介的作用，尤以《名言》为甚。

第三节　清代其他诗法类诗话汇编的
转录及其诗学意义

清代诗话汇编的转录现象以伍涵芬《说诗乐趣》最为典型，其后又有一大批汇编或直接或间接地转录了其相应内容。它们在一起构成了一个系列性的清代诗话汇编之转录现象。在此之外，尚有部分诗法类诗话汇编不受《乐趣》及相关著作的影响,不约而同地对前人汇编加以转录。这些独立著作对于转录手法的运用,进一步说明了转录现象在清代诗话汇编(尤其是诗法类诗话汇编)的普遍性。

一、《雅伦》的转录

费经虞《雅伦》汇编前人诗学资料颇富,且来源广泛。然篇幅既大,则难免时有疏漏,故《四库提要》议其编次未为精密。除了认为全书本身之结构体系和具体内容不够完善之外,《提要》还指出了费编在文献来源标注上的错误:

> "源本"类(门)中论诗句所始一条乃挚虞《文章流别》之文,今尚载《太平御览》中,而引为孔颖达《诗疏》。"葛天八阕"一条乃刘勰《文心雕龙》之文,乃引为梅鼎祚《古乐苑》。[1]

察其语气,当意在说明费经虞并未指出所辑诗论之准确出处。就其"论诗句所始"一条本出孔颖达《毛诗注疏》卷一,只不过孔疏中引用了挚虞《文章流别论》部分文段,故四库馆臣误以为《雅伦》此条全文皆为挚文。又所指"葛天八阕"一条言,《雅伦》只标"梅禹金

---

[1] 〔清〕永瑢等《四库全书总目提要》(第四十册),商务印书馆,1931年版,第34页。

云",当指出自梅鼎祚《古乐苑·前卷·古歌辞》。其实际情况乃是费氏转录了《古乐苑》中所引《文心雕龙·明诗》部分文段以说明诗歌之起源,而并未参照、查对刘勰原著。故费氏题错在于只标间接来源而不题原始出处,不是一般意义上的错题。可见《四库提要》的考辨皆有误会,今当明辨之。

所谓"转录",主要指编者对汇编著作中,对所用材料只题原始出处而不题直接来源的做法,或可谓之"暗中转录"。上述转录尚算明录,暗录则情况更为复杂,亦贻人更多误会。经过详细考辨,《雅伦》在汇编前人诗论中广泛使用了此一手法,而其文献来源之标注舛错正与此密不可分。《雅伦》作为一部巨大篇幅之汇编类著作(约四十万字),其实际成书情况远较普通汇编复杂,绝非如《提要》之浮泛指摘可道明。只有理清其书普遍涉及之"转录"手法,才能说明其辑引文献之准确来源、再现费经虞著书过程之原貌。今考《雅伦》全书所辑诗论,除部分辑自前人各类原著外,多有转录自常见之诗话汇编、诗歌总集等。今当一一辨出,以修正其误标出处者。

(一)对前人总集的转录

较之其他诗话汇编主要从各类诗话著作中采辑诗学材料,费经虞《雅伦》之有特色处,在此之外多有转录自前人所编诗歌总集中的诗论。而总集中的诗论又往往是对前人诗论的汇编或改写,这就直接造成了《雅伦》转录现象的出现。今考其详,费经虞所用总集主要有宋人郭茂倩《乐府诗集》、明人梅鼎祚《古乐苑》、冯惟讷《古诗纪》、高棅《唐诗品汇》等。如卷一第七条：

> 《吕氏春秋》云，夏孔甲作为《破斧之歌》，实始为东音。有娀二女作歌一终，曰"燕燕往飞"，实始为北音。禹巡省南土，涂山氏之女候禹于涂山之阳，乃作歌曰"候人兮猗"实始为南音，周公、召公取风焉以为《周南》《召南》。周昭王南征荆右，辛馀靡长且多力，为王右。还返涉汉，梁败，王陨于汉中。辛馀靡振王北济，王乃封之于西翟，因追思故处，实始为西音。《诗纪》云，西音在秦，为秦声，汉赋云"起西音于促柱，歌江上之余哽"，江左六朝为《清商曲》，唐有《伊州》《凉州》皆在西方，西属金，金主声，故乐曲盛于西也。[1]

该条分两部分，前所引《吕氏春秋》云者为正文，后引《诗纪》云者只以两行小字之格式附后。据考，其前半部分与《吕氏春秋》只有内容上的相似，而并不是引用的原文。其原文在《吕氏春秋》第六卷第三篇《音初》曰：

> 夏后氏孔甲田于东阳萯山。天大风，晦盲，孔甲迷

---

[1]〔清〕费经虞、费密等编：《雅伦》卷一，清雍正五年（1727）刻本。

惑,入于民室。主人方乳,或曰:"后来,是良日也,之子是必大吉。"或曰:"不胜也,之子是必有殃。"后乃取其子以归,曰:"以为余子,谁敢殃之?"子长成人,幕动坼橑,斧斫斩其足,遂为守门者。孔甲曰:"呜呼!有疾,命矣夫!"乃作为《破斧》之歌,实始为东音。禹行功见涂山之女。禹未之遇而巡省南土。涂山氏之女乃令其妾候禹于涂山之阳。女乃作歌,歌曰:"候人兮猗。"实始作为南音。周公及召公取风焉,以为《周南》《召南》。周昭王亲将征荆,辛馀靡长且多力,为王右。还反涉汉,梁败,王及蔡公抎于汉中。辛馀靡振王北济,又反振蔡公。周公乃侯之于西翟,实为长公。殷整甲徙宅西河,犹思故处,实始作为西音。长公继是音以处西山,秦缪公取风焉,实始作为秦音。有娀氏有二佚女,为之九成之台,饮食必以鼓。帝令燕往视之,鸣若谥隘。二女爱而争搏之,覆以玉筐。少选,发而视之,燕遗二卵,北飞遂不反。二女作歌一终,曰"燕燕往飞",实始作为北音……[1]

相较两段文字,《雅伦》所辑基本上是《吕氏春秋》原文的缩写。而缩写者并非《雅伦》编者费经虞等人,实为南宋王应麟。其《诗考》中,有与《雅伦》完全一样的文字:

---

[1] 〔汉〕高诱注,〔清〕毕沅校,徐小蛮标点:《吕氏春秋》,上海古籍出版社,2014年版,第118—121页。

《周南》《召南》 ……涂山氏之女候禹于涂山之阳，乃作歌曰"候人兮倚（猗）"，实始作为南音，周公、召公取风焉以为《周南》《召南》。（《吕氏春秋》）[1]

《破斧》 《吕氏春秋》夏孔甲作为破斧之歌，实始为东音。[2]

《燕燕》 同上，有娀氏二女作歌一终，曰"燕燕往飞"，实始作为北音。[3]

仔细比对上引三段文字，可知费经虞实从《诗考》汇编者也，而非自《吕氏春秋》直录。《诗考》三段文字皆由王应麟简写《吕氏春秋》而来，并重新做了编排，成为相关诗题的注解，而与原来作为一篇文章的一部分不同。然费氏所辑"西音"部分既然未见于《诗考》，恐所据另有出处。据考，可在冯惟讷《古诗纪》找到与《雅伦》基本一样的文字：

《辛馀靡歌》 《吕氏春秋》周昭王南征荆右，辛馀靡长且多力，为王右。还反涉汉，梁败，王陨于汉中，辛馀靡振王北济，王乃封之于西翟，因追思故处，实始为西音。西音在秦，为秦声，汉赋云："起西音于促柱，歌江上之余

---

［1］〔宋〕王应麟：《诗考·齐诗》，明津逮秘书本。
［2］〔宋〕王应麟：《诗考·逸诗》，明津逮秘书本。
［3］同上。

唉。"江左六朝为《清商曲》,唐有《伊州》《源州》,皆在西方。西属金,金主声,故乐曲盛于西也。[1]

同样,此段文字是对《辛馀靡歌》来源之讲述,同样由著者注明是来自《吕氏春秋》并做了缩写处理,稍有差异者在冯惟讷的缩写程度不如王应麟。至此,我们找到了费氏《雅伦》第一卷第七条之实际来源,其前半部分当是对王应麟《诗考》和冯惟讷《古诗纪》两者的合写。

　　以上所辨乃转录之较复杂者,又有转录对象颇明晰者,如卷一转录自《古诗纪》者尚有第九条(转录自卷九),十一、十九、二十、三十五、三十九至四十二条(上皆自卷一百四十五、一百四十六、一百四十七)。其中,第十一条题作《竹林诗评》,原始出处本为明人朱奠培(自号竹林懒仙)《松石轩诗评》,《古诗纪》当是误题,后又为《雅伦》所据。第十九条所题《困学纪闻》有误,原书并无此条,实为明人谢榛《诗家直说》卷二某则。《古诗纪》题其出处不差,当是费经虞转录时误看。第四十、四十一条本为王应麟《困学纪闻》从原书(北宋胡寅《斐然集》和南宋陆游《渭南文集》)摘出而合写作一条,《古诗纪》据之抄录。后《雅伦》又将其又拆分,方是今天所见之面貌。卷一转录自《古乐苑》者则有第十七、十八条、二十一至二十三条、三十五条(转录自衍录卷一、二),第二十八条(自卷四十八)。第三十六

──────────

[1]〔明〕冯惟讷:《古诗纪》卷十,清文渊阁《四库全书》本。

则题作《珊瑚钩诗话》，今尚见其原文，但考费氏所辑文本之节录情况，当转录自《古诗纪》或《古乐苑》。其余转录者，有第十一则题作《宋书·乐志》，然其文实是对原著的节录，当从《乐府诗集》卷六十一转录。第三卷第九则今原书未存，当转录自《唐诗品汇》。

（二）对诗话（诗法）汇编的转录

前人诗话（诗法）汇编不但将分散各处之零散著作汇为一处，还保存了大量散佚著作，故理当为后来汇编者做参考之用。《雅伦》所转录者，除《唐诗纪事》和《诗人玉屑》等典型诗话汇编外，还从宋人诗法丛编《吟窗杂录》中撷取了众多内容以说明诗歌创作的具体技法。比如卷十五第二则和第三则前半部分，以及第六则同见《吟窗杂录》，当是转录。第六十一至六十三，第九十二至九十四，九十八至九十九，以及第一百零六则，转录自《吟窗杂录》。其中第九十四则题作"或曰"，今存《吟窗杂录·诗中密旨》。第九十九则题作"虚中云"，然其只前后两端录自虚中《流类手鉴》，而中间一部分实从《吟窗杂录·二南密旨》摘出，费氏误题。第十六卷第四、五、七则转录自《吟窗杂录》。

卷二"徐彦伯涩体"条所引"或曰"一则，考其文本当转录自宋人计有功《唐诗纪事》，原始出处为《朝野金载》，其文今存曾慥《类说》。计编将之抄入《唐诗纪事》时略作删减，《雅伦》与其文本一致，可知乃转录。其中，另有两处计有功在删节原文时而有误者当辨："鹍阁"（《雅伦》卷二）、"鹦阁"（《唐诗纪事》卷一）当作"鹍橱"(《类说》卷四十),"进士效之"当正之曰"后进效之"。

《雅伦》转录自《诗人玉屑》者颇多,卷十二第一条题出"魏文帝《诗格》",其文曰:

> 魏文帝《诗格》云:文以意为主、以气为辅、以辞为卫。[1]

细考其文,未见于《吟窗杂录》所收之魏文帝《诗格》。其最早只见于唐人杜牧《答庄充书》,乃杜氏之论,其文曰:

> 凡为文以意为主、气为辅,以辞彩、章句为之兵卫。[2]

后又见于《后山诗话》,只言为魏文帝之言论而未题著作名目:

> 魏文帝曰:文以意为主、以气为辅、以词为卫。子桓不足以及此,其能有所传乎?[3]

后世称引此段者如《诗人玉屑》等,所录文字与宋人陈师道《后山诗

---

[1] 《诗人玉屑》作"魏文帝曰"。〔宋〕魏庆之:《诗人玉屑》,中华书局,2007 年版,第168 页。

[2] 〔唐〕杜牧:《答庄充书》,《樊川文集》卷十三,上海古籍出版社,2007 年版,第 180 页。

[3] 〔宋〕陈师道:《后山诗话》,《历代诗话》本,中华书局,1981 年版,第 311 页。

话》全同而无后句，或可知是从后山而来。然而，今传《后山诗话》本"有后人误编入之疑"和"真赝杂糅"[1]的情况，所以也可推测是《后山诗话》的后世编撰者将《玉屑》未题出处而只言"魏文帝曰"的一则诗论的抄录，并加以引申而生造了一则陈师道的诗话。《诗人玉屑》和《后山诗话》谓出"魏文帝"本是无据，《雅伦》在转录《玉屑》此则的时候又添一"诗格"之名目，更是妄增。

　　第十五条"迁叟云"和第二十条"司马温公云"诗论重出，考其缘由，乃是前则转录自《诗人玉屑》只题"迁叟"所致。今考此卷中第一条、第八条后半部分，第十至十九，三十八至四十，四十三至五十，五十二至五十三，五十九至六十，六十五至六十七，六十九至七十六，九十五至九十六，以及第一百零一条，皆转录自《诗人玉屑》。其中第六十七条题作"中山诗话"，然其卷前一句出自今存原书，后两句实出自宋人黄彻《碧溪诗话》卷十，《雅伦》所题有误。因为此三句为《玉屑》卷七相邻之两则，费氏在转录的时候没有注意到文献来源已经发生了变化，于是有此一误看。第七十条据宋人《西清诗话》出自杜甫，费氏只题"或云"，或是对此说法不敢轻易苟同。第七十二条题作"三山老人云"，然魏庆之《玉屑》原文此条本谓出自《苕溪渔隐丛话》编者胡仔按语，今尚见于原书后集卷二十。胡、魏两书后则皆出自《三山老人语录》，费氏当是将后则标目误看作为此则之出处，故其皆误题作"三山老人云"。第七十六条所题"西

---

[1]　郭绍虞：《宋诗话考》，复旦大学出版社，2015年版，第22、24页。

斋诗话"乃宋人祖士衡《西斋话纪》[1]之讹称,当辨。第一百零一条为阮阅《诗话总龟》将《冷斋诗话》卷六"象外句"条和卷四"诗言其用不言其名"条之合写,今存于阮编前集卷四十八。其后又为《诗人玉屑》卷三收入并加以简写。费编似转录自《玉屑》,故文本与原始出处大相径庭,今特表出。本卷其后第一百零七至一百一十七条皆转录自《诗人玉屑》卷七"属对",其中首则只题"或云",当是因为魏编此处只言引用自《复斋漫录》而未言原始出处(本出《后山诗话》)。第一百一十四、一百一十五两条分题"刘昭禹云"和"《碧溪》云",今考其实共为《诗人玉屑》卷三"句法·两句纯好"一则之内容,原出《碧溪诗话》卷六而有删节。费编是根据魏编一分为二而成。

以上只是"制作"门下"命意""用事"两目对《诗人玉屑》转录情况的考辨。以此类推,因为其后之"下字""炼句""属对""工力"和"针砭"等目皆与《玉屑》部分门目相重合,故多有按其原序抄录者,此不赘言。总之,《雅伦》转录自《诗人玉屑》者当在百则之上,魏编实为其一重大材料来源。

(三)对明代诗法类汇编的转录

明人好将前人诗话及汇编中的内容据为己有,只改变其顺序以成一新的诗法类汇编。《雅伦》在转录前人总集和诗话汇编之

---

[1] 罗振玉撰述、萧文立编校:《雪堂类稿》丙"金石跋尾",辽宁教育出版社,2003年版,第326页。

余,也同时使用了明人诗法类汇编中所收的前人诗论。具体而言,《雅伦》主要转录了明初曾鼎的《文式》和谢天瑞万历成书的《诗法大成》。此两部著作皆为综合运用宋元以来各类诗法著作相应材料,按照编者自己的诗法讲解之思路而成书者。如前所述,其所用材料本就辗转而来,情况颇为复杂。今考《雅伦》所用之唐宋诗格、诗式之内容固然自《吟窗杂录》撷取,而元明两代诗法讲解的材料则主要从上述两书转录而来。

具体而言,卷一第三十五则题作"诗法一指",当是《诗家一指》之误,转录自谢天瑞《诗法大成》所收《诗家一指》之内容。卷十五第五、七则,及第八则的前半部分及第九则当转录自曾鼎《文式》。其中第七则题作"陈某云",当是沿袭前人说法,认为《文式》编者乃陈绎曾。据今人考辨,当题曾鼎,费氏所误题当正之。其后多出转录自《文式》而题陈绎曾者皆当题作"曾鼎"。第九则费氏题作"诗则",然《文式》原文本为两则,分别题作《诗则》和《一指》,自"如构宫室"处分之,费氏抄录时有误。其《诗则》内容今见明初赵撝谦《学范·作范》,然未能照抄《文式》所录之原文,将《诗则》引用的文字误作其原文,当辨。后者当另起一则,题作《诗家一指》方是。第一百二十五、一百二十九和一百三十一则转录自《文式》,其中前者题作"《一指》云",考其原文本出旧题范梈《木天禁语》,因《文式》卷上于费氏此段所收之首句末尾题作"一指",故《雅伦》据之而误。且费氏更甚处在将《文式》此句后本未认作《诗家一指》的内容也算在《一指》的名下,更是大误。末者题曰"或云",今考其文本原出旧题杨载《诗法家数》，又为《文式》收入时略加改写，故可知费氏乃转录自《文式》。卷十七第二十八则题作"严沧浪云"有误，因其与第二十七则同收于《诗法大成》，可知皆转录自谢编。前则原出《诗法一指》（前文多处出自此书者亦有谢编转录，此可互相印证），后者原出元人《名公雅论》。

据上所考，《雅伦》对《文式》和《诗法大成》的转录可见一斑。结合此两者的具体文本内容，费氏在诗歌技法上的讲解较集中地使用了相应内容，正在情理之中。只不过明人此类著作既已多有转相传抄而不考辨具体来源的情况，《雅伦》不该继续延续此种有失严谨的做法，以免给后人造成不必要的困扰。

总之，《雅伦》作为一部篇幅颇大的诗法类诗话汇编，再加之面面俱到的诗学讲解思路，都决定了其材料来源的多样性。从转录现象角度来看，费氏也先后用到了当时易得的各类诗歌总集、诗话汇编以及诗法汇（丛）编。就此而言，可见即使是转录，也需要编者广泛地寻找自己所需的材料来源，并不是简单地"便宜行事"。

二、《唐风怀·诗话》的转录

顺治间张摠《唐风怀·诗话》分 23 目（原文称"则"），各目数条至十数条不等，共 254 条。其中明人著作往往易得，当是直录自原著。所录元代诗法者多从明人诗法汇编转录而来，其中尤以嘉靖间王用章之《诗法源流》为主。所录宋人诗话则主要转录自当时易得之《诗话总龟》《诗人玉屑》和《仕学规范》,多非录自原著。

"原本"目首两条题出《诗法正论》,末附"傅与砺述"字样。据今人张健考辨[1],此处文字所属著作多称作《诗法源流》,如日本延文四年(1359)刊五山版诗法汇编《诗法源流》、明初洪武间高棅《唐诗品汇》、赵撝谦《学范》、宣德间朱权《西江诗法》等,或汇编之、或称引之,皆谓出自《诗法源流》。另正统间史潜《新编名贤诗法》称作《诗评》,成化间黄溥《诗学权舆》称作《总论诗法》,略晚于赵撝谦之徐骏《诗文轨范》称作《诗源至论》。唯成化元年(1465)怀悦《诗法源流》和嘉靖间(1522—1566)王用章《诗法源流》两部诗法汇编将此篇诗论称作《诗法正论》,又其三处字句各本皆有出入,而张揔《唐风怀·诗话》与王编全同,可知张编所涉《诗法正论》内容乃转录自王用章《诗法源流》。其后第五则所录揭曼硕述《诗法正宗》亦主要见存于王编[2],可为转录之旁证。第三、四条分题作"黄常明"、《东轩笔录》,然考其实皆原出黄彻《碧溪诗话》。张揔之题皆因其本转录自阮阅《诗话总龟》:阮编后集卷二十二将张编第三条题作"黄常明"而非《碧溪诗话》;第四条出自阮编后集卷二而未题出处,阮编原文只前条题作"碧溪"(此条当是漏题"同上"字样),而其后条所题之"东轩笔录"当是张揔转录时错题出处之根源。

"品地"目中第五条题出《诗谱》,因其文字较大多数版本多出

---

[1] 张健:《元代诗法校考》,北京大学出版社,2001年版,第226—227页。
[2] 明人尚有朱绂《名家诗法汇编》和胡文焕《格致丛书》收录此书且题同一撰者,皆自王编而来。

"自然流出"四字,而此数字皆仅见于宛本《说郛》所收之《诗谱》,可知其转录自此。"风派"目中第八条所题之《吕氏童蒙训》中论诗部分早已散佚,今只见存于前代《苕溪渔隐丛话》等汇编,考其文字当转录自《诗人玉屑》卷五。"体制"目第二条题出《古今诗话》,然实出已佚之宋人任舟《古今类总诗话》。张揔或从尚存之汇编《仕学规范》等书转录而来,其所题"古今诗话"乃是"古今类总诗话"之讹变。"神韵"目第二、三条和"题例"目第四条题作"黄氏诗法",考其文字当指王用章《诗法源流》所收《诗法》,其本题"黄子肃先生述"是为编者所据。其具体情形与前引《诗法正宗》和《诗法正论》相同。此目末条及"体例"目第十二条和"律法"目第十一至十三条所题"臞翁诗评"似指南宋敖陶孙(自号臞翁)《诗评》,然考其实皆为严羽《沧浪诗话》内容,未知编者误题所据为何。此与"体制"目第三则本出《沧浪诗话》的内容题作"陈氏诗式"相同。"气象"目首条谓出自储泳,今仅见元代旧题范德机《木天禁语》杨成本等少数几个版本,且其间文字颇有互异处。若非编者杜撰,似可视作一异文。第七至十四条虽所题出处各异,然因同见于《诗话总龟》前集卷四至六,当是转录。末条所题"后山集"未见今存原书,今存《诗话总龟》和《诗人玉屑》。前者谓出《古今诗话》,后者虽失题然其次条谓出《后山集》。由此,可知编者当是转录自《玉屑》而误看出处。因此条之前皆转录自《诗话总龟》,或可推知编者在汇编此六条诗话时主要来源是阮编,同时又将魏编加以参考。

"造语"目所题《古今诗话》三条因原书已佚,可知是转录。又其前后相邻四条虽所题来源著作尚存，然因皆同见于阮阅《诗话总龟》，可知此数条当皆转录自阮编。其中所题"丹阳集"和"葛立之"皆为《诗话总龟》汇编《韵语阳秋》时私拟之名目，此为转录之旁证。"炼字"目第三及五至七条同见于元人王构《修辞鉴衡》卷一"五言第三字七言第五字并要响"目下，可知张揔当转录自此。然第六条与王编文字颇异，当是张揔在转录王编同时参考了原著，故用原文替之。其间取舍可看张揔选编之诗学眼光，并非简单转抄。因其所选之原文多出一"诗眼"之概念远较《修辞鉴衡》所录之泛谈"炼字"似更有针对性。第四、六、八、九四条同出于旧题杨载之《诗法家数》，可知张揔当是转录自此书。且第八条未见存于所题之今传《韵语阳秋》，当是《诗法家数》首创，乃是编者误题。其后两条转录自《诗人玉屑》，再后三条转录自《诗话总龟》，皆从字句表述之差别可证。"读书"目第二条所题《雪浪斋日记》早佚，考其文本乃转录自《诗话总龟》或《苕溪渔隐丛话》。第三至八条中前四出自《诗人玉屑》卷五"初学蹊径"，后二出自同书卷十四。然其中所题"东皋杂录"条只前半部分论杜转录自《诗人玉屑》所收已佚之《东皋杂录》，后半韩愈、黄庭坚所论皆非《东皋杂录》之内容。今考将此三段诗论合为一处者乃旧题元人揭曼硕之《诗法正宗》[1]，又考其表述全同于明人王用章《诗法源流》所收之《诗法正宗》，可知实转录自王编而非《诗法正宗》原著。故编者所题出处当是在同时参考

---

[1]　张健：《元代诗法校考》，北京大学出版社，2001年版，第318—319页。

《诗人玉屑》和《诗法源流》两部汇编的情况下，误将部分内容的出处题作已经过后人增补之后的新创文段之出处。此可引申者在后人辑佚《东皋杂录》时，切不可将此条后半本分内容误收，否则当是阑入。第十条题出《陈辅之诗话》，今考其文仅见于《仕学规范》卷三十六，可知编者当转录自此编。第十一至十五条同见于《诗话总龟》后集卷八、九，其中所题"丹阳集"（当意指《韵语阳秋》）条本出《碧溪诗话》，编者当是将阮编此条后第四条所题出处误看作此条出处。《雪浪斋日记》条原书已佚，可证其乃转录，且其末附"碧溪"字样当指原出黄彻《碧溪诗话》，然其未见存于原书，乃仍是误看《诗话总龟》卷九后集原文此条前所题"碧溪"字样，误将阮编前条出处认作此条出处，而阮编此条漏题出处正是误导编者的原因。第十四条"欧公"云云，虽原出《后山诗话》，然较其字句实转录自《诗人玉屑》卷五。第十五条未题出处，原出《碧溪诗话》卷九，或从《诗话总龟》后集卷二十五转录。

　　"用事"目首两条及第五、十一、十二条同见于《诗人玉屑》卷七，可知张揔转录自魏编。第六、八、九条同见于张镃《仕学规范》，且第八条本出《西清诗话》卷上而只《仕学规范》谓出自"名贤诗话"，可见确是转录。"标胜"目第二、四、五条字句与《诗话总龟》全同而小异于原著，可知是转录。第四条直谓"东坡"云云，实原出《碧溪诗话》，编者漏题了真实出处。第七条题出《韵语阳秋》，然其将原文"溟涬"误作"冥涬"与《仕学规范》同，可证其为转录。第八条所题《古今诗话》早佚，且与第九条同见《诗话总龟》前集卷四相邻两条，可知是转录。第十条所谓"谢茂秦"云云，除末句外原出宋人陈善《扪虱新语》下集卷一"诗有格高有韵胜"条。谢榛《诗家直说》卷二在称引陈著之后加以个人意见，不过亦非编者所录之末句。其后明人冯惟讷《古诗纪》卷一百五十二别集第八和周子文《艺薮谈宗》卷五在汇编谢榛诗论时妄改原文，是为《唐风怀·诗话》直接依据，可知编者或转录自冯、周二编。第十一至十七条同见于《诗人玉屑》，且其中四条皆见于其书卷十二，可知当为转录。第十八条所题《古今诗话》早佚，当转录自《诗话总龟》。

"摘瑕"目首条谓出"吴子书诗话"，当指南宋吴聿《观林诗话》。其如张捵之称引者出自《仕学规范》卷三十六，可知亦是转录。第二条谓出"严仪卿"，然实出南宋姜夔《白石道人诗说》，编者所题有误。第四至九条同见于《诗人玉屑》，且七至九条皆收于其书卷十一，可知是转录。其中有题《古今诗话》者，其书早佚，可为转录之旁证。第十至十三条同见于阮阅《诗话总龟》，且其间所题《零陵总记》和《撼遗》早佚，可知当是转录自阮编。"师友"目第一及三至五条同出于《诗人玉屑》，当是转录。第六条题出《全唐诗话》，未见。考其实出自《诗话总龟》前集卷十一所收《唐宋遗史》，编者此题有误，且是转录自《诗话总龟》。第七、十条一谓出"丹阳集"，一谓出"葛常之"，皆《诗话总龟》汇编《韵语阳秋》时私拟之称谓，可知编者乃转录自阮编。第九条题出"菊庄考证"所据乃因转录自《诗人玉屑》（编者魏庆之号菊庄）卷十一"考证"目下第一条诗论。然其实原自《沧浪诗话》"考证"目下之内容，魏庆之仅是汇编而漏题出处，

并非其考证。编者据魏庆之漏题而妄加名目，当辨。"感悟"目第
二、五至七及十一、十二条转录自《诗话总龟》，第三、四及八至十条
转录自明末叶廷秀《诗谭》。"宫闺"目第四至六条同出于《诗话总
龟》，且前两条皆出前集卷二十三，可知是转录自阮编。末条题出
"唐史"有误，当原出已佚之《唐宋遗史》。"方外"目第四至八条及
十一条皆转录自《诗话总龟》，其间题出《西清诗话》者实是原文为
阮阅所改写者可证。所题"诗说"亦是《诗话总龟》转抄《苕溪渔隐
丛话》时对宋人胡总偌《诗说隽永》的省称，亦是转录之一明证。
"工苦"目第二条转录自《诗人玉屑》。第八、九及十一条因所题出
处或早佚，或为阮阅《诗话总龟》对相应著作的省称，皆可证其转录
自阮编。"唱和"目第四条谓出"刘煦唐书"，然实是明人何良俊《语
林》卷九对唐人李肇《国史补》卷下和《唐诗纪事》卷二十六部分内
容的合写。编者之误题源自《语林》此条后有"刘煦唐书"字样，当
辨。第五条虽题作"宋祁唐书"，然实为《语林》缩写《新唐书》卷一
百九十六"秦系"条之文，可知是转录。第八条题出《极玄集》，然原
著未见此条。编者误题皆因转录《语林》卷九相关内容时误将后文
"极玄集"字样当作此条之出处。据考，实原出《唐语林》卷三。第
十二条转录自《诗话总龟》前集卷六。第十三条题出《室中语》，乃
转录自《诗人玉屑》卷五所收《室中语》一条，第十四条转录自《仕学
规范》卷三十九所收之《蒲氏漫斋录》内容，编者所题有误。

　　综上所考，《唐风怀·诗话》所汇编之254条诗话中，转录自他
书而非直录原著者至少120余条，约占全书一半之篇幅。其中，主

要转录对象有宋代《诗人玉屑》《诗话总龟》《仕学规范》,元代《修辞鉴衡》和明代王用章的《诗法源流》、何良俊《语林》等。由此可见,《唐风怀·诗话》虽然篇幅很小,但是在资源获取的广度上颇大,涵盖了自宋至明的多部汇编。就文献保存价值而言,其远较前述汇编部分仅从少数著作撷取资料者为优。

三、《诗述》的转录

张揔《唐风怀·诗话》跟随唐诗总集《唐风怀》的刊布而广为流行,故后人多有征引、转录其所收诗话以为己用者。此与清人汇编转录伍涵芬《说诗乐趣》相同,乃是转录之叠加现象。只不过,转录张编者较少,除有王渔洋《诗问》对其多有称引、暗用者,又有李其彭《诗述》多转录张编之内容。不过,李编除了内容上的转录之外,在名目设立上也对张编多有借鉴。李编所立四十八目也基本涵盖了张编的二十三则(目)。所以,综合来看,可以说《诗述》是以《唐风怀·诗话》为基础,对其增补改动之后而成的一部后出转精之新著。不过,因为李编不似张潜《诗法醒言》那样明确表示其是增删《雅伦》而成书者,所以《诗述》单就取材而言,仍然属于本书定义的"转录"。

《诗述》转录之一大特点在于,以《唐风怀·诗话》为主干而加以增补。比如某一目下往往是张编所收前人诗话和李其彭自辑的混合,只顺序上略无先后。其次,根据各目下所辑之具体内容多有散佚著作,且多同见收于仇兆鳌《杜诗详注》,可断其多有从《详注》

取材以为《唐风怀·诗话》之补充者。另外,李其彭其他诗法类汇编如《绝句述例》和《诗解》等本就从《详注》取材,所以《诗述》取资于《详注》也是顺理成章之事。

除此之外,其书所题出处多讹误处,也是其转录时疏忽所致。比如"次韵"目下首则题出"郡阁野谈"当指北宋潘若冲《郡阁雅谈》,此书早佚,今考其书主要见收于阮阅《诗话总龟》。然而,《总龟》本来题此则出自《古今诗话》,只其后则有题出《郡阁雅谈》者。据此可知,李其彭当是转录《总龟》此条而误看,故有此误题,疏失之甚。此则后又有题出"室中语"一则,其书亦佚,仅见存于魏庆之《诗人玉屑》。故李其彭此则亦是转录。此则之后又有题出《石林诗话》一则,本为常见书。但详考此则具体内容未见今存之原书,仅见于顾炎武《日知录》卷二十一"古人用韵无过十字"条下。顾书此条之前有谓"叶少蕴《石林诗话》"云云,故李其彭以为顾书此则亦出宋人叶梦得《石林诗话》而错题。李其彭在汇编常见著作相关内容时未考原文的做法实在有失严谨,可见全书之质量不当过誉。因为李氏对于材料的选取和标注未加考辨而直接使用,实在有失清人严谨、重学之优良时风。

四、转录现象的诗学意义

转录是清代诗话汇编成书的常用手法,因为清人在专人、专地和专代诗学文献的收集过程中往往不能见到已经散佚的原著,只能借助前人汇编的既有材料加以利用。宋代的《诗话总龟》《苕溪渔隐丛话》和《诗人玉屑》等大型汇编,为清人收集宋人及这之前的诗学文献提供了较大的便利。清人《全闽诗话》《全浙诗话》和《五代诗话》等大型汇编就借助了上述著作才得以成书。这种转录手法作为一种普遍成书方式,既是受传统诗学理论特质影响所致,也同时塑造了中国诗学的很多特征,具有多方面的诗学意义。

(一) 诗学文献的延续

我国诗学文献异常丰富,从早期散布在经、史、子部的论诗之只言片语,到汉魏以来各种诗歌总集中的序跋、评语。这些诗学文献虽然不是集中于专门之诗学著述,但也数量可观,且多真知灼见。自宋代学术意识昌盛,形式随意、撰著便利的诗话逐渐包含了世人对诗歌的几乎所有理论和看法。这种趋势使诗话录诗纪事为主的原生性质发生变化,于是,广义的诗话就涵盖了与狭义诗话并列的诗评和诗法。由此逆推,诗话范畴的无限制扩大,促使宋人将诗话产生之前的各类诗学文献也归置于诗话汇编之中。这种做法虽然违背了历史发展的事实,但是对诗学文献的延续和收存,却起到了巨大意义。比如,宋人将释文莹《玉壶清话》中论诗之语辑成《玉壶诗话》,就是一种将"诗话"名目安到前人笔记之上的典型作法。此举虽然违背了作者原意乃在撰写笔记,且易使人误会文莹真有此著,但是对诗学文献的留存之功是不当忽视的。其后,北宋后期成书的《古今诗话》在收录当时为数不多的诗话内容的同时,从各类正史、别集中辑入论诗录诗之内容,同样具有文献收存价值。北宋末成书的《诗总》比《古今诗话》更进一步,不但所收诗话数量更多,而且详细罗列来源书目,并标注了大多数诗话的具体来源,而其中很多著作都已散佚,于是《诗总》就成了后人可随意资取的十分珍贵之诗学资料宝库。

清代诗法类诗话汇编不是前代诗话汇编那种为收存诗学文献而生的资料汇编式著作,而是一种将现成诗学文献为己所用的"以述代作"式诗学著作。所以,这些清代汇编者总是利用当时现成易得的各类诗话汇编所收内容来充实自己的诗法讲解之各个门目,而不会去刻意收存少见难得的诗学文献。而且,自宋代以来的各部诗话汇(丛)编基上本已经将前代诗学文献搜罗殆尽,足可应付清人讲解诗法之用。反言之,诸如《唐诗纪事》和《诗话总龟》等前代汇编本身就对当时可见的各类诗学文献加以拣择,是用主流诗学价值观衡量过的"可造之材",后世学者在诗学价值观并未完全颠覆前人的情况下,也不会意识到前人资料收存范围"狭隘"的可能性。也就是说,诗学文献的延续和诗学思想与理论的惯性是一致的,诗学文献和诗学思想是传统诗学的历史性和逻辑性两个层面的存在。

具体而言,清代诗法类诗话汇编基本上是在同一个诗学文献宝库里去撷取所需资源而成的,只不过因编著者的个人偏好和手边现成资料的差异而各有不同。但是从根本上来看,其资源利用的共通性是诗学文献延续性的基本特征。比如前面分析的清代八种诗话汇编类著作都不同程度地转录或间接转录了清初重要综合性汇编《说诗乐趣》的内容。再如《说诗乐趣》虽然主要转录了阮阅《诗话总龟》,但也有少量诗话转录自《诗人玉屑》。而成书更早的《雅伦》则由于主要取资明人胡文焕《诗法统宗》的原因,更多地转录了《诗人玉屑》的相关内容。可见两书不约而同地使用了《诗人玉屑》所收之宋人诗法之讲论,并且多有早佚著作,体现了诗学文献另一种形式的延续性。再有就是作为《说诗乐趣》第二大转录对象的宛本《说郛》,收录和伪造了大量宋人诗话。这些内容也同时被张燮承《小沧浪诗话》等其他汇编所引用。就文献来源失实这一现象而言,也是一种特殊的诗学文献之延续。毕竟,宛本《说郛》的作伪是对前代诗学文献的另类延续,清人汇编的以讹传讹也是这种另类延续的一部分。

(二)诗学思想的惯性

　　诗学文献的延续除了个别偶然性的选择之外,主要当归因于诗学思想的惯性。因为,历代学者不断收存诗学文献的过程本来就包含着各家的拣择行为。秉持着一定的诗学理念或看法,各家所收诗学文献都是经过不断拣择之后的结果。早在宋代诗话汇编刚刚兴起的时候,转录现象的普遍出现就是当时两宋三百余年间某种诗学共识的证据。比如作为后人的胡仔虽然批评了前人阮阅《诗总》的分门别类之方式,而改用以人为纲的结构方式编成《苕溪渔隐丛话》。然而,其在材料收集方面大量转录了《诗总》当中涉及各家诗事诗评的内容。宋末《诗人玉屑》专注于宋人议论诗法之汇编,又从阮、胡二编转录了大量所需材料。这是宋人诗学思想大体一致的旁证。

清代诗学本就是传统诗学的总结期,其集大成的时代特征是诗学思想惯性的最好注脚。今人张寅彭针对此种现象指出:

> 此时古、近体诗的一般法则格式,在理论上已经基本没有新义、剩义可供探究了,所以此类著作多为归纳、总结前人成法,用来教授初学。[1]

清代诗法类诗话汇编既应指导后学而成,显然不需要本已无可创新的理论探讨。于是,对前人既有汇编中相应诗话的转录就成了自然而然的方法。比较极端的例子就是乾隆初成书的张潜《诗法醒言》完全以清初《雅伦》为基础,对其所立门目及具体材料加以增删而成。显然,乾隆时期的张潜对于明清之际《雅伦》的大多数一般性看法和论断基本全盘接受。两者之区别仅仅是因为编著宗旨,前者偏重应试而后者意在介绍传统诗学之全貌。故编著体例上有所差异,而其内涵之诗学思想无甚差别。

(三)诗学批评的惰性

诗学文献的延续主要是因为历代诗学思想的惯性使然。既有

---

[1] 张寅彭:《清诗话中的诗情诗艺》,《文汇报》2019年3月15日,第W12版。

的诗学文献如果足以说明和用于当时的诗学理论探讨,那么,诗学思想就没有颠覆性的创见。如果这种诗学思想惯性过大,就会使后世诗学始终在"变"与"复"的两极对立中寻求平衡而难有创见。诗学批评就会呈现出一定的惰性,显示出传统诗学的预势。

　　清代诗学虽然理论往往中正和平、面面俱到,但是其功绩主要是对前人诗学的总结和融合。而作为指导后学的诗法类诗话汇编,恰好发挥了自身的汇编之特长。不过,其对于诗学批评的微弱意义也正是转录现象所导致的惰性所致。比如,清代诗法类诗话汇编中所立门目相近的地方往往也会使用相同的材料来说明。北宋欧阳修"三多"之说(看多、做多、商量多)基本为所有汇编的通论诗法之部分所引用。而且其各自的文献直接来源基本不是其原始出处《后山诗话》,而是从《诗人玉屑》转录而来。此种诗学指导之方式颇为简陋,并不能起到有效提升创作水准的作用。此在宋人或许只是随意言之,但是在清人则转相引用以为经典诗论。可见后人在诗学批评上更多的是对前人的膜拜和全盘接受,缺乏创造性的引申甚至是颠覆。

第四章
清代诗法类诗话汇编的体系意识

就清人诗话汇编而言，在前人已经广泛收集前人诗话的基础之上，对其进行一定顺序的编排就成了最重要的工作。这既是诗学材料的整理方式，也能体现汇编者的诗学理念和学术眼光。如果面对丰富的诗学资料，不能有序、合理地加以整理、编排，势必降低诗话汇编本身的学术价值，并进而影响其使用与流传。如大约北宋之季成书的《古今诗话》即是一例，其书早佚，且不见诸家著录[1]，或在南宋已不流行。今就宋人曾慥《类说》等书之摘录、引用内容，可推知其当是一部诗话摘抄，全无体系意识可言。故其整本著作为后出转精之他著所转录、涵盖而湮没也就很自然，其文献价值当是远大于诗学理论意义。后来者如阮阅《诗话总龟》、胡仔《苕溪渔隐丛话》和魏庆之《诗人玉屑》等诗话汇编都大量征引、转录了《古今诗话》所辑诗话。诸如此类的诗话汇编在宋代尚有《诗

---

[1] 郭绍虞：《宋诗话考》，中华书局，1979年版，第165页。只《宋史·艺文志》"文史类"著录有李颀《古今诗话录》七十卷，或即此书。

事》和《诗谈》[1]等,恐亦是因摘抄性质早佚。不过,中国古典文献中历代类书和《世说新语》的分类方法似乎早就为诗话汇编者所注意,故较早的《唐宋分门名贤诗话》就采用了按类编排的方式来结构全书。所以,今人谓其"上承《世说》与《艺文类聚》,近接《册府元龟》与《太平御览》,把分门别类之法用于诗话编纂,而下启一代后人"[2]。而这部我国最早的诗话汇编直到明代前期还在朝鲜刊行,可知此类分门别类的汇编远较简单摘抄类更易翻检、流传。

与分门别类诗话汇编并行,在当时学唐、崇唐风气下宋人又编选了三部与此风气密切相关的汇编:专人汇编之方深道《集诸家老杜诗评》、蔡梦弼《杜工部草堂诗话》和专代汇编之计有功《唐诗纪事》。这无意中开启了后人"专题诗话汇编"的先河,并在后代拓宽了专题的领域,除上述专人、专代之外,还有诸如地域、体式、著作等。此类汇编虽然依据不同的主题而各有所"专",但就编撰思路或宗旨而言则相当一致,意在收集、留存尽可能多的相关主题的诗学文献,或为某个时代、某个地方、某位诗人等。此类专题性汇编正与前述之分门别类式的综合性汇编相对:后者不是事先秉承一定之标准(主题)在大量前人诗话中加以拣择,而是在广泛占有、收集相当数量的诗话之后,为便于后人翻检、查阅,对既有材料加以分门别类地呈现于读者。实际上,单就专题之"题"和分门之

---

[1] 刘德重、张寅彭:《诗话概说》(修订版),安徽教育出版社,2009年版,第102—103页。

[2] 蔡镇楚:《〈唐宋分门名贤诗话〉:中国最早的诗话类编》,《文学遗产》1997年第5期,第111页。

"门"而言,并无本质区别。两者都是一种分类意识,前者全书仅有"一类",后者则为"多类"。比如《苕溪渔隐丛话》主要各卷以人为纲,分别辑录各家诗话,即可视作若干小型之专人汇编之合集。其中论杜者共十三卷230余则,实际数量较宋人两部论杜之专题诗话汇编还多。此两种汇编的实质性差异在于成书过程和编著思路,而不在于具体所用之材料。因为,就材料而言,其本来就是各类汇编的共同资源。

专题汇编和分门汇编虽编撰意识各异,但互有渗透。就诗话汇编之体系意识言,分门类大多强于专题类。自元明以来诗法讲解的深入和推求,丰富了以往诗话汇编录诗纪事、品评诗人诗作的内容。如《诗话总龟》主要以诗事题材为标准分门汇编,《苕溪渔隐丛话》编者胡仔则讥其"未知诗之旨"并以为诗歌"不可分门纂集"(该书自序)。宋人自江西诗派好讲诗法,于是自北宋中期沿及宋末留存了大量零散讨论诗法的诗话类文献,《诗人玉屑》以此为基础,前半部分汇编诗法,后半部分汇编诗评(此部分可作《苕溪》之补编)。此书尤可贵者,在将宋人所论之"笼统诗法"加以系统化,从各个方面细致化地讲解诗法,这给清人诗法类汇编提供了巨大的借鉴意义。具体而言,《玉屑》全书二十一卷1 039则诗话中,前十一卷近500则共分四十二目:诗辩、诗法、诗评、诗体、句法、唐人句法、宋朝警句、风骚句法、口诀、初学蹊径、命意、造语、下字、用事、压韵、属对、锻炼、沿袭、夺胎换骨、点化、托物、讽兴、规诫、白战、含蓄、诗趣、诗思、体用、风调、平淡、闲适、自得、变态、圆熟、词胜、绮丽、富贵、寒乞、知音、诗病、碍理、考证。其中,前两目可视作诗法之总论,"诗体"讲诗歌体式,"句法"以下四目皆论句法及摘句,"口诀"及后目皆类唐人诗式,为作诗之注意事项(宜忌)。"命意"以下十目乃诗法之正讲,讲解作诗过程中各个方面(程序)的方法和经验。"托物"以下则涉及诗歌创作的题材、思路及风格特征的选取和把握,又回到了总体性的诗法讲解。此种分门别类式地将诗歌作法加以详细剖析与讲解,再加上后半部分数量不少的历代诗人之品评,整体上呈现出了相对完整的体系意识。此种成就既是空前,也为后人诗话汇编的综合性体系意识提供了很好的借鉴对象。

明人王昌会《诗话类编》虽意在强调诗话"录诗""存诗"的作用,但是也认识到了前人诗法讲解的价值,即使其不涉及对诗歌的留存,也一并收入。其在《凡例》首则说道:

> 编名《诗话》,义取兼资。若有诗无话、有话无诗者,录可充栋,俱无取焉。惟"体格""名论"二类,多以辩驳胜,则间有有议论而无诗句者。[1]

王昌会这里的"体格"和"名论",前者讲解诗歌体式及格法,后者为历代名家总论诗法者。可见此类综合性汇编已经不能完全按照

---

[1] 〔明〕王昌会编:《诗话类编》,《明诗话全编》(第八册),凤凰出版社,1997年版,第7923页。

《总龟》的思路，仅仅收录诗纪事而兼及品评摘句之诗话，而是在诗评、诗事的基础上汇编诗法、诗体文献资料，大大丰富了诗话汇编材料的综合性。正是诗学文献资料类型的多样化，又促使编者的结构意识务必跳出单一或简略的分门排比局限，在更广阔的诗学视野中来处理材料的编排问题。时至清代，诗法类诗话汇编除了继续前人的单一或综合型体系意识之外，又逐渐发展出了论说型的体系意识。清人不满足于对诗学资料的简单分类或专题集纂，试图超脱资料收集之意旨，而进入为我所用、以述代作的境界。不过需要补充的是，体系意识只是一种历史现象，其强弱并不是评判各部诗法类汇编学术质量优劣的唯一标准，甚至不是最重要标准。本书只是从还原其逐渐成熟和强弱变化的情况中，试图了解各个具体著作的成书方式和过程。这样，才有助于后人把握清代诗学的时代特征和学术品格与偏好。从而，便于今人去从整体上理解我国传统诗学的文化特质，构建面向未来的中国诗学。

第一节　体系意识的从无到有

　　单就诗法讲解而言，元人已有较为全面的体系意识，不过其以自撰为主，而非汇编。例如早期诗法类汇编——北宋李淑《诗苑类格》更多的是不同"诗格"的罗列，几无体系意识。因为自南朝以来诗法本就只以条目式的诗格诗式形式存在。明人用元人之材料充实当时比较成熟的传统诗法体系，是一种创举。并且开始将诗法和一般诗话汇编加以融合,启示了后人。清人将此种趋势加以发扬,同时充实了综合性诗话汇编和诗法类汇编。

一、几无体系意识的摘抄类汇编

诗法类诗话汇编作为诗话汇编中的一种,类似《古今诗话》这样的摘抄式诗话汇编,也有一部分摘抄式的汇编。既是摘抄,当是无甚体系意识可言。这既是由于汇编者本身体系意识的薄弱,也当归因于前人诗法讨论本身就不够系统。自南朝后期近体诗的逐渐产生和成熟,诗人学者开始讨论诗歌创作中的声韵(四声八病)和对偶的问题,这是中国诗法讲求的开端。从现存相关文献可见,这些问题都是十分具体的方法和规则讨论,本无所谓"体系意识"之必要。自此以后,诗法理论本身并没有系统化的趋向,今人蒋寅总结道:

> 晚唐、五代至北宋,层出不穷的诗格、诗话著作使诗歌技法的探讨在逐步深入、细密的同时,也日益流于琐碎苛细。[1]

既然材料本身已经琐细,那对它们未做任何加工而仅仅是加以摘

---

[1]　蒋寅:《至法无法:中国诗学的技巧观》,《文艺研究》2000年第6期,第69页。

抄的汇编就自然完全没有任何体系意识可言，本质上只是读书笔记而已。刊行于康熙二十八年(1689)的钱岳《锦树堂诗鉴》就是清代此类汇编的典型之作。该书共分十二卷，各卷并无任何名目分类意识，皆是直接抄录。具体而言，其卷一除偶有自撰诗法穿插者，皆为《魏文帝诗格》《续金针诗格》《金针诗格》《文苑诗格》、王昌龄《诗中密旨》和皎然《诗式》六书之摘抄。并且钱岳还删去了各原书书名及其中各则之小标题(名目)，这就更加凸显了其摘抄性质，而将各则之间的可能关联进一步加以弱化。比如卷一抄录王昌龄《诗格》"藏锋体"及以下共十体与"落句体"并列就破坏了原著的层次安排。其实，原著十体之上本有小标题"常用体"正与此后"落句体十一"相并列。并且，钱岳的摘抄也颇随意，恐是其个人爱好所致，未能显示此种删节之后的重组意识。其中重复抄录"八病"之说，仅仅是因为同时收录了《魏文帝诗格》和《续金针诗格》中的相应内容，并无一定之目的性。部分地方还割裂了原著既有顺序，显示出较大的随意性。如其所录《金针诗格》的内容就分布在前三卷不同的地方，与其他著作的内容相互穿插。

　　相对《诗鉴》十分随意甚至有损原文本意的摘抄，乾隆二十四年(1759)刊行的《名贤诗旨》(一卷，顾龙振《诗法指南》之一种)就有着较强的针对性。今观其所收，皆前人诗话中之言及诗法总论者，意在补充《指南》所收各具体诗法讲解之著作，为其作一"总论"。《名贤诗旨》位于《指南》卷五，其前四卷分别收录自《魏文帝诗格》以下直至元人之各类诗法(格)，可以证明此种推测。不过就此书卷内本身之结构言,亦是相互并列之简单摘抄。全卷大致按所用材料来源,绝大部分内容依次抄录王世贞《艺苑卮言》、魏庆之《诗人玉屑》和张镃《仕学规范》的内容,也是漫无体系意识之汇编。但是,同样是针对有限几部著作的汇编,乾隆五十七年(1792)成书的杨大壮《诗诀》则较前两者具有较强的编撰意识。其书三卷分别辑录了《诗益嘉言》(《诗人玉屑》别称)、《随园诗话》和《说诗晬语》相关内容。以《玉屑》为首,且集中摘抄其前半部分论及诗歌作法者。其后两卷涉及之两书中,前者以录诗纪事之诗话为主,后者以品诗论人之诗论为主,著作性质有异。杨大壮则以"与《诗益嘉言》相发明"(杨大壮自序)为标准,实际上是与《玉屑》所收诗法相关的内容才予以收入。这种编撰方式和思路虽然仍以摘抄为主,但是全书各卷之间形成了一个较强的联系性和相关性,更具整体意识。相较之下,前述十分简单的几部诗法摘抄,其所摘前人各书内容相互之间联系微弱。其编著者常常随意增删,这不但损坏了各个原著的文献原貌,也证明了自身结构的随意性。

在清初,还有两部沿袭明人拉杂成书习气的两部诗法类汇编:陈美发《联璧堂汇纂诗法指归》和游艺《诗法入门》。前者根据明代吴默的诗法丛编《翰林诗法》和曾鼎《文式》为材料来源,打破其所收元人诗法原著之本来还略成系统的结构,随意调换各个门类的顺序而成一摘抄式诗法类汇编。后者则直接以前者为来源,再次更换陈书既有顺序,其实际仍成一性质一致的摘抄式汇编。只不过《入门》在并列各则材料的基础之上,又增"诗法""诗窍""诗式"

三大目,似略有区分诗法讲解之不同层面之意识。故其又较《指规》略有成书之体系意识,或是后出转精之必然。不过。此种分类十分笼统,并无实质上的指导意识,仍属摘抄式诗法类汇编。此类汇编中,唯有李其彭《廿一种诗诀》中《诗学浅说》一书,在如前述各书那样单纯摘抄的同时,自己增添了一些门目并用各种资料加以充实。其书共二十一目,做法同于一般摘抄者有"诗家四则""十科""九要""三体""四炼""五忌""四不入格""六义""八病"等。这些部分完全是简单的摘抄,无论是各目相互之间还是对整个著作的意义,都主要是材料的提供,并无前后论述上的必然关联。至于其他部分,诸如"正体诗格"和"外诗杂格"等,内部都详细讲解了各种体式的特征,显然不能随意调换顺序,体现了一定的结构意识。再如其卷首三目之"韵法""粘法"和"调四声",相互之间也有着一定的联系,编者将其集中在一起,也是论说意识的一种表现。不过,该书仍以摘抄为主,只是个别地方相邻门目之间有着一定的关联性,难言有一定的体系意识。

二、略有体系意识的就体说法类汇编

我国早期文人诗歌,以五言古体为主,故当时尚无明确之诗歌体式的区分意识。自近体诗渐兴,有了古、近体的差别,作家们才开始有意识地将两者区分开来。当时诗法之讲解,也主要围绕近体格律的讲求。自明代复古诗学大盛,除了古近体之差异,也同时对古、今乐府和七言古体长篇以及其他体式严加区分。并且还比较系统地总结了各体各代的风格特征和写作方法，比如吴讷《文章辨体》和徐师曾《文体明辨》皆是此类理论的代表性著作。此风延及清人，诗话著作多有分体论诗者。清人部分诗法类汇编也借鉴了此种思路，以诗歌体式的分类来分别汇编各体之作法，于是体现出了略微明显的体系意识。比如，乾隆四十一年（1776）所刊李其彭《廿一种诗诀》中所收之《诗解》和《绝句述例》就是典型之作。前者除卷末所附"论李杜"一目（前人关于"李杜"比较）外，以古、近体的七种类型来结构全书。虽然各类内部仍然是相互独立的诗话摘抄，但是该书的整体结构异常清晰且较全面。阅读者不但能够有针对性地学习和参考，而且还能从中了解到传统诗学的大致分体情况。这就完全摆脱了摘抄类成书方式的随意性，对编者有更高的编撰意识之要求。《绝句述例》似乎是以为前述所论绝句尚有不足者，于是单独另成一书。是书不但介绍了五七言绝句的基本特征和作法，还在"述例"部分用罗列诗例的方式分析了各体不同的作法。虽然分门不广，但是就五七言两体绝句而言，在诗法讲解上有一定的层次意识，与摘抄者截然不同。

再如顺治十八年（1661）成书的马上蠙《诗法火传·左编》，是清代最早的一部按照诗体分类的方式来讲解诗法的汇编。全书十六卷除末卷"诸家总论"乃笼统论诗法者（同于《名贤诗旨》），前十五卷依次以"古歌谣""乐府""古体""近体""杂体"的顺序来分论各体之"法"。第一卷题曰"古歌谣"，讲解的是诗歌文人创作兴起之前,为各类正史、杂史及其他史学资料上记载的偶然性诗歌创作。古歌谣只是一个概括的说法,马上巘援引前人做法,依据各作题目,具体将其分为十六类:歌、谣、曲、箴、铭、书、石刻、辞、繇、吟、诗、讴、诵、谚、谏、赞。如前文所述,马氏用"原论—分体—综要"的论述体例来讲解各体。本卷"原论"辑《文体明辨》一则来说明古代各类歌谣的基本情况,主要是起释名的作用。"分体"就是按照前面十六种分类来分别讲解各体,各体目下亦多有相关说明。每体讲解具体方式是于各类之目下首列诗体,后加两行小字说明句式(各句言数)、篇式(句数)和必要注释,然后是辑录前人或自著对此题此作的一则说明或评价。如"商铭"题下注曰"杂言、六句,体似文,出《国语》",评曰:"词中'嘻嘻之德''嘻嘻之食'云云,盖以食比德,见小而不足矜矜,反取尤也。"考此种讲解方式,实际上只是说明了各体的具体体式,至于相应作法当是寓于其中的意思。需要特别说明的是,本书只是原书的"左编",意在讲解理论,至于诗作文本则放在了"右编",左编只罗列诗题。"综要"部分辑前人诗论及自著者七则,意在说明前述各体的后世流变,或者说是后人对它们的继承和拟作情况。其中最后一则乃马氏本人对前面论述的总结,意在说明各体创作上的一些具体要求,是对前文主要说明体式而少讲作法的补充。

第二至十二卷分体讲解了乐府共八类:祭祀乐歌(卷二)、鼓吹歌辞(卷三)、舞曲歌辞(卷四)、琴曲歌辞(卷五)、相和歌辞(卷六)、清商歌辞(卷七)、杂曲歌辞(卷八、九)、新曲歌辞(卷十至十二)。考其对乐府的分类方式参考了宋人郭茂倩《乐府诗集》的方式而略有出入,马上巇都做了相关说明。"原论"部分辑录了前人对于乐府整体上的一些介绍和评价数则,在此处有概括性论述的意思。马氏对于这些前人议论多有圈、点、评、注,意在将其理论意义和价值更加清楚地阐发出来,充分体现了作者的学术意识。如其辑录《乐录》一则,注释了文中"伶"字;圈注了"古曰章、今曰解"等数十字,意在说明这是读者尤当注意者;在"作诗有丰约、制解有多少"之后引用明人胡震亨《唐音癸签》数十言,以两行小字的形式对其进行补充说明;点注了"艳在曲之前"等数十字,亦是强调之意;最后又增补了前文提到内容的一些具体实例,有补充说明之意。"分体"部分则按照前述分卷方式分别讲解八类乐府。"祭祀乐歌"题下首先说明了本卷选录此类相关诗题的情况,然后就是像前卷讲解古歌谣那样,只录诗题并做适当讲解,诗作文本内容从略。本卷有特点者在除讲解汉乐府外,又顺势讲解了后代自魏、晋直至五代后梁的祭祀乐歌情况,不过不如讲解汉乐府之详细,直接辑引或改写前人诗论以为说明而不列具体题目并作注解。所以马氏本卷末的总结中对这样的结构安排做了相应的说明:"不足采讽,故略叙篇目,以存众制。"这里意思很明显,对后代各朝模拟的汉代官方用于祭祀的乐府歌词的讲解是为了将各体源流演变的完整历史呈现出来,这也是对书前"辑志"中"体制求其极详"和"阐(乐府)源流"等著述意旨的践行。

第三卷题曰"鼓吹歌辞",分黄门鼓吹、骑吹、横吹、短箫铙歌四部分,后附警严曲数种。前两部分讲解方式如前卷之汉后各朝,较简;后两部分则较详,与前卷汉乐府之讲解方式相同。此卷第四部分较多辑引了时人董说的《汉铙歌发》,这是应当指出的。第四卷将"舞曲歌辞"又做了细致的分类:雅舞、杂舞,后者又分为巴渝舞、鞞舞、铎舞歌、巾舞歌、拂舞歌、白纻舞歌、槃舞歌、幡舞、唐各朝舞、宋舞、散舞。马上蠲对每种都有详细讲解,具体方式与第一卷相同。第五卷将"琴曲歌辞"分十一类讲解:畅、操、引、弄(附"拍")、调、歌、怨、曲、杂琴曲、唐琴曲、宋琴曲,后附琵琶曲等。各类具体讲解方式与第一卷同,且将后人拟作亦加说明,意在说明源头的同时,也分析其流变。如第六部分讲解"歌"类,题下罗列自《南风歌》始至汉代《大风歌》和《四皓歌》等共十数首,皆是文人诗尚未兴起之前的偶然创作,但却是此体的正体,之后接着罗列的十数首则都是后代文人的拟作。马氏这种源流并重的诗体发展观念在当时复古和新创各有偏重的诗学风气下是比较可贵的。第六卷将"相和歌辞"分十类:相和引、相和曲、吟叹曲、四弦曲、平调曲、清调曲、侧调曲、瑟调曲、楚调曲、大曲。第七卷"清商曲辞"分五类:吴声歌、西曲歌、江南弄、上云乐、梁雅歌。第八、九卷将"杂曲歌辞"按时代分为:汉曲、魏曲、晋曲、宋曲(以上卷八)、齐曲、梁曲、陈曲、北魏曲、北齐曲、北周曲、隋曲(以上卷九,末附其他数类)。其中汉代主要是乐府前述各类以外的作品,汉后则是文人的乐府拟作。第十至十二卷将"新曲歌辞"分为两类——被于声歌之曲和不被于声歌者(歌行与其他)——都是唐人的拟乐府诗作。每类下各题都有较详讲解,体例与第一卷相同。第十二卷末有"综要",辑前人诗论十数则,意在总结前文对整个乐府的讲解。马氏虽未另做总结,但仍然对所辑诗论多加圈点注解,意在提示读者尤当注意之处或进一步阐发前人的理论。

第十三至十五卷分别讲解古体、近体、杂体。各卷基本体例同于卷一,皆采用"原论—分体—综要"的基本思路来进行论述。其中古体分三言、四言、五言、六言、七言、长短句六类;近体分五律、七律、拗体律诗、排律、绝句、六律六类;杂体分三韵、和韵等共七十八类。各类的具体论述较简,不再就具体题目而作讲解,而只是辑引前人诗论来讲解该类诗歌的作法,基本与第二卷论述汉代以后祭祀歌辞的方式相同。第十五卷卷末附有"诗句为题"的前人诗例约两百题,马上巘意在以之为诗体之一类者。这种观点,恰与后人常常将文人诗盛行前的歌谣类作品根据其题目尾字来命名诗作格式的思路一致。如第一卷将《康衢谣》《齐人谣》和《白云谣》等之类归为"谣"类,故马氏将前人用古人诗句为题进行诗歌创作的诗歌看作一类,但是考察马氏罗列的近两百个诗题及其具体句式、篇式都可归为律诗各类,实际上没有立目的必要。当然这和第十五卷杂体分类的不同标准也是对应的,凸显的是"杂"的包容性和综合性,附在卷末还算得体。第十六卷"诸家总论"乃全书之尾卷,如果说前面十五卷是各种诗体的并列式讲解的话,本卷则是从总体上来讨论诗法,故所辑诗话皆是前人脱离具体体式的泛论诗歌作法之内容。就所辑具体内容而言,和同类其他著作的来源大体相近,没有特别值得称道者。然马氏有其特色者,在于除了多加自己诗论以为补充说明外,又多对前人诗论圈点评注。综合来看,马书的体系意识明晰,首先以"分论—总论"的形式结构全书,然后又将主体部分的"分体论"分为五个部分分论五大体式。各个体式内容再用"原论—分体—综要"的思路来详细讲解各自诗法。此种严密而周道的系统化讲解,将前人或笼统、或琐细的诗法讲解模式推进了一大步,是清初此类汇编的优秀代表。

与此相类,又有乾隆二十五年(1760)刊行的潘松《问竹堂诗法》。是书篇幅远较马书小,但在诗法讲解的思路上颇为相近。其书正文八卷加卷首,共九卷。与马书不同的是将"总论"放在了卷首。而且此处对于诗法的笼统性讲解也略有程序意识(见本书第一章分类考述),并非简单摘抄。正文分体论诗法者,又有"原始—标法—铨品—附诗"四个步骤,可见讲解之层次性。而且就此"四步说法"之模式似较马书的"三步法"更加详细,可以视作一种创新和进步。不过,上述两书,前者着重"乐府"的讲解,后者则重点放在近体,皆有不够全面处。相较之下,大约成书于康熙后期的佚名《诗林丛说》,更加全面地分别讲解了各体诗歌的渊源、特征和作法。

佚名《诗林丛说》七十三卷,其中有三十七卷的分体讲法占了全书一半篇幅,是其主体部分。其余诸如统论、诸家名论、诗题、诗韵、诗余、诗人姓氏尚未和其构成必然之关联,可视作作法讲解之补充。全书首两卷题曰"统论",可知意在总体论述。第一卷共辑前人诗论七则，都是对诗史的描述，但各则侧重各有不同。第一则辑明人胡应麟《诗薮》中对历代诗体流变的评述。第二则辑明初宋濂《答章秀才书》，主要是宋氏对历代诗人师承沿袭的演说。第三则是南朝沈约的《宋书·谢灵运传论》，主要是讲述在诗骚传统影响下近代文人诗创作的历史。第四则是《北史·文苑传叙》，讲北朝诗史。第五则明人高棅《唐诗品汇·总叙》，讲唐诗史；第六则清人宋荦《漫堂说诗》一则，讲论宋代诗史；第七则宋荦为《元诗百家选》所作之序，讲论元代诗史。经过分析，可以知道编者第一卷的意图就是在讲解诗史，而所辑材料虽然丰富但基本没有重复论述的地方，这就很好地达到了编者想要表达的意思而毫不芜杂。卷二前四则录《文心雕龙》之《体性》《情采》《比兴》《物色》四篇全文，之后是两段前人论诗歌体式者：晋人挚虞《文章流别论·明体》和宋人严羽论"诗体"。所以此卷主要是对诗歌体式的讲论，当然都是总体性的。其中所辑《文心雕龙》后三篇似与此主题无关，但细考其议论，都与诗歌体式特征有着一定的联系。如《物色》整篇固然是讨论诗人在外在世界的感触下进行创作的情况，但刘勰发现不同诗体的作者随着自己对外在世界关注方式的变化——其实就是诗歌体式不自觉的偏好，自然就引起了历代诗歌体式的流变，用刘勰的话，就是：

> 诗人感物，联类不穷。流连万象之际，沉吟视听之区。写气图貌，既随物以宛转；属采附声，亦与心而徘徊。

这就涉及对"体"的讨论，和整卷的主要论题是一致的。具体来讲，如其所言："及《离骚》代兴，触类而长，物貌难尽，故重沓舒状。于是嵯峨之类聚，葳蕤之群积矣。"就是由对象变化引起体式变化的例子。概括言之，诗史论和诗体论构成了本书的总论。这样的总论意在讲述历代诗歌的基本发展情况，让人对我们日常所理解的"诗歌"有一个比较基本的了解。该书后面的内容基本都是在此"总论"范围内来展开论述的。

第三、四卷分别讲解"古歌谣辞"和"琴曲歌辞"，其实就是先秦两汉时期为各种经史类著作记载的、文人诗创作盛行之前主要靠口耳相传的诗作。所以本书将其列在诸体之首，以为源头，与第一卷第三则沈约《宋书·谢灵运传论》"虞夏以前，遗文不睹，禀气怀灵，理无或异。然则歌咏所兴，宜自生民始也"正相对应。就编著方式言，两卷相同。对于题解都省略处理，卷首各辑一则诗论，前者述前人对类似文献的谨慎对待的情形，当意在说明本书的选择态度。但是细考后文所列篇目，多有取自杂史者，与首论抵牾，恐编者只是意在参考。后者是前人对"琴"乐器的文化内涵阐释，也是参考性的资料，而不是题解之类的一般性说明。这之后便是罗列各体所属相关诗题，题下为题解，内容是讲解该题的作者和创作背景。此种论述方式与马上嵥《诗法火传·左编》相关部分的论述方式相同，以罗列题目为主，唯马氏尚多每题之句式、篇式说明。如第三卷讲解"黄泽谣"，题下录："穆天子东游黄泽，使宫乐谣云。"可见其对各体说明之简要。所以本书的诗法意识在这里显得更加淡化，更多的是倾向于诗歌体式知识介绍。第五卷讲解"骚体"，论述方式与前两卷不同，没有具体体式说明或罗列，只辑十数则前人诗论分别说明了其源头、体式特点、流变和对后世文学的影响。第六卷至十五卷讲解乐府，卷六题曰"历代乐府始末"，论述方式同卷五，通过辑录前人三篇文章讲解乐府发展的历史。之后七卷分别讲解各体之特点：郊庙歌辞（卷七）、凯乐歌辞（卷八）、燕飨歌辞（卷九）、舞曲歌辞（卷十）、相和歌辞（卷十一）、清商曲辞（卷十二）、汉魏六朝杂曲歌辞（卷十三），共七类七卷。此七卷论述方式基本一致，与第三、四卷相同。各卷卷首辑吴讷《文章辨体》各相应体式之"序说"以为基本说明，只卷十因吴氏无此分类而引徐师曾《文体明辨》之相关内容，卷十三则完全没有序说。考吴讷序说本不是对各体式的特征讲解，而大多只是对各体源流演变的介绍。所以本书虽辑引吴著而又明确在各体题目下标曰"题解略"，说明辑吴氏序说非为解题也。这样编著的效果就和每卷后文主要罗列诗题及题解相对应，不是在说明各体各题的体式特征，而是在讲论文体史与文学史。因为诗作的罗列——以诗题附题解的方式，从汉代乐府的兴起、盛行，直到明代，这显然是在呈现历史而不是在指导创作。正如前文所说，这淡化了马上巘在《诗法火传·左编》中诗体讲解暗含诗法的意识。就此而言，《诗林丛说》诗体学的性质更强一些。当然，此书的编著方式也说明了这一点，因为其乐府部分的编著是以吴讷《文章辨体》这样一部文体学著作为基础，然后参照了其他诗体学著作和乐府总集而成的。本书也对吴著进行了一些修正,体现出了自己的诗格分体的特点。如吴氏将"辞赋"视为一类而命曰"赋",本书则将"骚体"视作诗歌体式发展的一环,而将"赋"排除在诗歌之外,这实际是两者对楚辞、汉赋是否属于诗歌这一文学大类看法的分歧。卷十四题曰"解艳趋和诸释略",意在对乐府诗作中一些专门术语的讲解,然后抄录一些作品以为示例。并附"古今乐府诸选",罗列了几部书名,题下附作者,但不全。卷十五"诸家论乐府",辑前人诗论数十则,主要内容是对乐府体式特点的分析和作法(拟法)上的讲解。这样的补充实际上克服了引前文诗体讲解上只有描述和呈现而无分析讲解的缺陷。综合来看,很多针对具体作品的分析以整体汇辑的形式放在此卷而没有放在相应诗题之下,在淡化了本书诗法意识的同时,让全书体例显得十分整饬,有利于读者对全书结构和编著思路的准确把握,可谓得失参半。本卷还有一些是对乐府相关资料的补充,因为前文的整饬罗列,不便过度展开讲解,所以也就编在本卷,有补充、扩展的意思。

　　第十六至三十八卷按句式分类讲解各体诗歌,其中有四言古诗(卷十六)、五言古诗(卷十七)、七言古诗(卷十八)、歌行(卷十九)、五律(卷二十、二十一)、七律(卷二十二、二十三)、排律(卷二十四)、绝句(卷二十五至二十七)、六言诗(卷二十八)、和韵诗(卷二十九)、联句诗(卷三十)、拟古诗(卷三十一)、集句诗(卷三十二)、杂句诗(卷三十三)、杂言诗(卷三十四)、杂体诗(卷三十五至三十八),共十六类二十三卷。总体来看,都是自汉代以来的文人诗创作。我们先有必要详细解析本书对各类体式的讲解，然后再做适当的总结与归纳。第十六卷讲四言古诗，首辑吴讷《文章辨体》中关于四言的序说，梳理了历代四言古诗源流演变情况。然后是辑录胡应麟《诗薮》相关诗论数十则，前面是补充前文的历史梳理，后面是对历代具体诗作的评论。考后者其实是对前面诗歌历史概括性论述的细化，也就是说按照时代顺序具体评论诗作的过程本身就是在讲述此体的发展史。胡应麟诗论之后又辑徐师曾《诗体明辨》关于四言古诗"正、变二体"的论述，似当置于本卷所辑胡应麟关于汉代四言分为两派的相关论述前后。当是编者恐打乱本卷中间部分全部辑录胡氏诗论之体例，故辑在《诗薮》对具体诗作的评论之后。最后为《诗薮》所摘前人四言之"精工奇丽"者，当是供人参考借鉴之意。整卷虽然论述线索看似单一，但实质上内蕴丰富，充分体现了诗法类汇编的长处：诗学文献的合理安排使原本意义指向单一的诗论成体系地表达了丰富的诗学理论。就本卷而言，使读者既全面了解了四言古诗的发展历程，也清楚了其发展过程中体式风格的特点和变化，是诗歌史实与评论、诗体知识、诗法规则这三者的综合。第十七卷讲五言古诗，前面部分与上卷同，以"总—分"的思路讲解五古，只不过"总"的部分多了一篇《文心雕龙·明诗》。"分"的部分多了一则宋荦《漫堂说诗》对于宋代五古的论述，当然这里可以看出编者在大力肯定作为明代复古派诗学重要代表人胡应麟的诗学理论的同时，也认识到该派对宋诗抱有极大偏见的缺失。所以很明显编者是在为了全面构建五古发展历程,在看似简便地汇编胡应麟著作同时,用心去寻找一则可以补充胡著的诗论。这里既体现了汇编作为一种著述方法的优势,也可以看出编者在汇编过程中为了找到一则合适的材料而需要广泛、深入地研读前人著作的较高学术能力。本卷这之后的内容是辑录前人各家对于五古作法各方面的议论,有风格特征的要求、学习前人的"取法""篇法"等。最后是各家对于杜诗五古的评论。考编者后面这两部分的安排,意在讲解五古的作法,但总体来讲这里的诗法讲解缺乏系统性且可操作性较差,即使可能是编者诗法观念的实际体现,也不免淡化了对于初学者的指导性。参照所有此类汇编针对诗歌初学者的编著意旨,本书在这个地方似乎有所欠缺。自此卷以后,至二十八卷,各卷讲述方式皆与第十七卷五古大致相同,都是前面讲解该体发展历史,后面讲作法。前者有对该体源流演变全面梳理者,有就其发展史上特别重要的历史节点的分析;后者有直接讲作法者,有评论作品而展示作法者,还有专讲杜诗作法者。

以上各卷之中间很大篇幅都是以辑《诗薮》对于历代诗作、诗风的评论,可以说是本部分编著手法上的一大特点——以《诗薮》为主要汇编对象。二十九卷之后各种诗体因为都是流行度不高的小众体式,所以在讲解上没有前面主流诗体那么详细,在主要辑录《文章辨体》和《诗体明辨》等文体学著作的相关介绍的基础之上,辑录其他诗论家的议论以为补充。虽然简略,但是通过体式特征的讲解来指导诗歌创作的基本思路和前面各卷还是基本一致的。

　　第三十九至四十八卷题曰"诸家名论",虽然各卷没有标题,但各卷都是围绕各自主题来汇辑前人的诗论,十数则至二十多则不等。很多内容正如编者标明,都是转录自王昌会《诗话类编》。就内容言,主要讲诗法。第三十九卷主要说明诗法的必要性,并对诗法做笼统的说明。如卷首第一则全文辑录《诗话类编》第三卷"诸名家杂论"中的第一则内容,本书编者一仍王氏体例,未标其来源,经过考察,该则诗论实际上是对元人旧题揭傒斯《诗法正宗》全文删改十数字而成,基本保留了全文原貌。该文主要有两部分,前面是强调讲求诗法的必要性,后面是用"五事"——诗本、诗资、诗体、诗味、诗妙,来对诗歌创作的方法做了笼统的概括。这之后的诗论都是诸家对于诗歌创作的大体论述,与"五事"相类。细考本卷内容,除末尾五则外,皆转录自《诗话类编》第三卷而顺序略有差异。但是很多内容在此书中不题转录自王编而只标王著所标之来源,这就给读者以本书是从原著辑引而非转录,这种编著方式是不严谨的。何况王著本身有可能对原文删增,也有可能误引,这都会误导读者。较突出的有这样一个错误:本卷第五则题曰"又曰",似乎此则当与前则诗论来源一致,而经过我们考察,前则题曰"山谷曰",此则实际来源是明人徐祯卿《谈艺录》。之所以此处出现如此明显的错误,完全是由于本书在这里是转录的王著,而王著本身却又是没错的,因为王著此则的辑引来源和前则是一致的。简单来讲,就是王著没错,因为本书在转录王著时没有顾及其顺序,所以造成了类似于断章取义的错误。最终,这也就影响了本书的学术价值，因为至少说明本书的编者在参考前人材料方面是不严谨的。不过，综合本卷对王著的抄录和编者最后增加的五则诗论，其论述主题还是一致的，所以说编者的编著意识还是很明确的，并非简单的抄缀可比。

第四十到四十二卷主要辑录后人对从《诗经》一直到明代诗歌的评论。其中第四十卷是唐代以前诗歌，第四十一卷是唐诗，第四十二卷是唐以后的诗歌，并同时涉及唐、宋诗比较和一些前代诗歌选本的问题。这一部分辑引来源颇广，而不仅仅限于从王昌会《诗话类编》转录。自四十三卷以后的六卷则又回到以王编为基本资料来源的做法上，也就是说以转录《诗话类编》相关诗论为主，内容是诗法的具体讲解。编著方法虽然在变化，但编者的编著结构是统一的，"诸家名论"就是利用汇编前人诗论，来逐步将诗法具体化。细考此六卷内容，整体结构上并没有体现明确的诗法论说程序或体系，其中较明晰者只有各卷相邻诗论所针对的问题相同，又或因辑引来源于一处而顺势罗列，皆是以类相从之意。我们从这里可以看到，编者对于诗法不同维度的讲论认识是不够的，没有将前人诗论合理安排，所以此部分的标题也只能从《诗话类编》借用第三卷"诸家名家杂论"这一标题敷衍。此六卷又可分前后两部分，各三卷。前三卷主要转录了《诗话类编》第三卷"名论·下（诸名家杂论）"绝大部分内容；后三卷主要转录了《诗话类编》第一卷"体格"和第二卷"名论·上"的绝大部分内容。这里可以看出本书的体例在袭用其来源标题的同时却违背了来源本身的结构，将"体格"也置于"诸家名论"之下。这体现的正是编者自己意在将体格的分析也归为诗法讲解的意图，与王昌会首论体格、次讲诗法的汇编思路是不同的。此部分充分展示了本书编者在转录王昌会《诗话类编》的时候，标注辑引来源的错乱和芜杂。

经过上述考述，除了该书"分体讲法"的思路是全书的主要成书结构之外，各部分内部的诗话汇辑也无不体现了相互合作以共同说明相关问题的努力，尽管尚未精严。所以，可以说在用诗歌体式这一诗歌自身特征构建全书的诗法类汇编著作中，《诗林丛说》对各类诗学材料的精心编排与利用是最为用心的，体现了较强的体系意识。

第二节　综合型体系意识

借鉴综合性诗话汇编的分门别类手法，诗法类汇编开始融入普通诗话汇编。而常见之综合性诗话汇编也或多或少吸收了各种诗法讲解之门目。就此而言，此两种汇编的体系意识是一致的。

一、综合性诗话汇编

如前所述，诗法类汇编本是对前人诗歌作法零星讲论的专题性收集，是一种结构本较单一的专题性汇编。就此而言，其与专人、专代、专地等汇编并列。只不过，因其取材不限于此数种之专取诗话而兼及诗格、诗式、诗法，更显独特。但是，若诗法观念始终局限于对具体技法要诀的理解上，诗法类汇编就会一直停留在摘抄式汇编的阶段。因为后世的格式、技巧讨论总是愈加琐细、繁复而没有实质上的突破。诗歌体式分类的细化和深化，为诗法的讲求提供了理论上和事实上的基础。于是，诗法问题的探求者依托体式差异进行了个性化和系统化的诗法讲解之尝试。文（诗）体学和诗法学的结合，无疑提升了诗法学的理论高度。体现在诗法著作中，就是此类汇编有了初步的分门别类意识。不过，诗歌体式的数量（特别是常见者）始终有限，这就导致此类汇编很难翻陈出新。并且，体式差别源自历代诗歌自身的发展特征，以此构建诗学著作并非编撰者个人的创见。反言之，编者只能通过突出部分体式的方式来凸显自己的诗学理论特征，或在各体式内部变换较为微观的诗法讲解的思路和方法。所以说，就体说法的体系意识和成书方式固然为编者提供了便利，但也限制了其个人创造性。

面对此种新的困境，诗法类汇编又从早已有之的综合性诗话汇编借鉴了分门别类的编排方式，并且吸收、改造其部分名目用以教人作诗，从而形成了综合型的诗法类诗话汇编。从另一方面说，早已有之的综合类诗话汇编也逐渐增加了关于诗法、诗体的诗话内容，使自身曾经的"综合性"外延得以扩展。简而言之，就是其综合性变得更加"综合"。而且由于其为后学提供津梁的意识更强于收存诗学资料的意识，就显得更靠近后世诗法著作。针对上述两种推论，今人张寅彭总结道：

这类综合性的汇编诗话,综合各题中往往以作法为主,而诗法汇编之著往往也会稍带其他议题,故这两类实可并为一类。[1]

具体而言,通过梳理历代综合性诗话汇编的分门方式可以发现其逐渐"诗法化"的明晰线索。这也可以理解为何在宋代颇为流行的大型综合性诗话汇编在后代鲜有接续,因为它们都有了更为接近诗法的面貌,而与獭祭式的诗学资料汇编多有不同。至今尚存最早的综合性诗话汇编是半部九卷263则的《唐宋分门名贤诗话》,详其分门可知全以诗歌事类及作者身份为标准,几不涉及品评和作法[2]。稍后的阮阅《诗话总龟》基本延续了《唐宋分门名贤诗话》的分门方式,综合其前后二集之近百种门目,只"琢句""句法""用事""用字""押韵""效法"和"诗病"等数门涉及诗法者。且除首目外皆见于此书后集,而后集又多为后人增补者。可见,此类早期综合性汇编较少收录诗法类资料。后世延续《诗话总龟》者有明初单字汇编的二十六卷《菊坡丛话》,仍以事类分类为主,只于二十六目之中设"诗法"一目。晚明王昌会《诗法类编》三十二卷中虽只"体格"和"名论"两目汇编前人论诗者,但比例已大为增加。此两目共235则,其在全书3 015则中已经占据了不可忽视的分量,

[1] 张寅彭:《清代诗学文献体例谈》,陈广宏、侯荣川主编《古典诗话新诠论:复旦大学"鉴必穷源"传统诗话·诗学工作坊论文集》,中华书局,2018年版,第59页。
[2] 蔡镇楚:《〈唐宋分门名贤诗话〉:中国最早的诗话类编》,《文学遗产》1997年第5期,第111页。

诗法之比例远超前人。清人此类汇编则主要有康熙四十年(1701)刊行的伍涵芬《说诗乐趣》和乾隆四十一年(1776)刊行的蒋澜《艺苑名言》。此类综合性汇编往往篇幅较大,多者三千余则,少者也有千余则。诗学资料汇编的性质远大于诗学理论著述的性质,主要用于翻检、查阅,诗法讲解只是附庸。

与之相对,只有那些诗法讲解突破了附庸地位的综合性诗话汇编,才可归于诗法类汇编,而与上述综合类汇编相区分。简而言之,那些以"作法为主"的综合性汇编更接近诗法类汇编。这些著作最大的特点在于涉及诗法的名目占据全书主体部分,以前综合类汇编的以诗事类型、诗人身份之名目成了指导后学学诗的补充部分。清代此类著作较为典型的有顺治十五年(1658)成书的张揔《唐风怀·诗话》。其书成书有着明确的意旨是指导诗法,而且对于诗法的内涵和外延有着比较明确的认定。其在自序当中这样说道:

> 或问诗法于余,余曰:"诗不可以言言也。若夫以言言,则先民盖已详之矣。所阅唐宋以来,诗话不下百种,或泛揽而罕要,或曲证而多迂。因采择其要,列为二十则。读者讽绎焉,果知吟咏何从而起、性情何由而深,其所以裨益世道者何在、其所以维持风教者何居? 则《诗话》一编其亦不无小补也夫。"[1]

---

[1]　〔清〕张揔:《唐风怀·诗话小序》,清嘉庆元年(1796)雨花草堂刊本。

其对历代诗话的指摘实际是在为"汇编"这一方式张本,并非着意批判。更有代表性者,在于其对"诗法"此一概念外延的扩展。在张揔眼中,诗法不仅局限于具体技法、格式,还包括诗歌的心理学和伦理学起源,诗歌社会功用以及相应的内在发生机制。落实到其书的分门别类之方式,也确实实现了编者在序言中的意旨。全书不分卷,正文二十则并附"入门"三则,共二十三则。此处所谓"则"就是常见诗话汇编之"目"或"门"。"原本"意在说明诗歌之根本,包括发生和指归。"品地"以下五则从儒家思想赋予诗歌的伦理价值为起点,指出了评判诗歌的价值标准和方式,以及由此生发的风格特征。"体例""律法""造语""炼字""读书"和"用事"六则详细介绍了诗歌创作的不同方面,是"以作法为主"的具体表现。随后"标胜"和"摘瑕"两则一褒一贬,显然是在配合前文作法之讲解,不是一般汇编中的诗评。其后"师友"和"感悟"同样围绕诗法而设,讲解诗法之切磋和琢磨,属于诗法相关之议题。上述各部分存在着明晰的关联意识,远较简单分门别类之诗话罗列,更具体系意识。主体部分之后诸如"宫闺"之类特殊身份诗人的设置,当是沿袭前代综合类汇编一贯思路。"工苦"和"唱和"两则又与诗法略有关联,当是因其不属于诗歌创作的具体过程和方法而附论。"入门"三则(韵法、平仄法、粘法)则是近体诗的基本规则,属于常识,故以入门视之,不作诗法之正论。综合来看,《唐风怀·诗话》在借用前代综合类诗话汇编的基础之上,不但更换了前人的分门别类之方式,而且编撰思路也有了巨大创新。前人汇编所列各门往往借鉴历代类书思路已见前述,其本质上是对诗歌事类的分类,尚未进入诗学学科自身内核加以认识。前引张摀对诗法的剖析才算是摆脱了外部事类的表象,从诗学内部系统来构建传统诗(法)学。

与《唐风怀》相类,有嘉庆七年(1802)刊行的王嘉璧《酉山臬》。其书卷上"培本""镜原""悟境"和"体例"四目可与《唐风怀》前六则相对应,涉及诗学之基本理论,是为学诗作诗之基础知识和初论。卷下"备法""使事""压韵""辨音"和"用字"五目与《唐风怀》中间主体部分相对,是为诗法之具体讲解。"点窜""临文"和"传后"三目属于对具体诗法之补充,可作"诗法补论"。全书大致三个部分的划分和十二目的设立,在表面上虽然继承了前代综合类诗话汇编的成书方式。但是,具体的名目指称和相互之间密切的诗学理论上的关联,都使其书迥异于前人,有着比较严谨、有序的体系意识。

如果说上述两书的分门数量由于突出诗法而略显单薄的话,《廿一种诗诀》中所收李其彭汇编的《诗述》则有着不输前代综合类汇编的门目数量。《诗述》虽只两卷,但共分四十八目,在以诗法为主的基础上,也罗列了不少综合类汇编的不少门目。具体而言,首列"论原",意旨和前人相似。第二"品古",品评几位前代大家。第三"体法",沿袭明人,强调体式的区别意识。第四"诗题",分析古人命题之法,逐渐涉及诗法。第五"品地"及以下之"风派""宗尚""神韵"和"气象"五目论及诗歌评价标准及风格取向。第十"题例"由风格特征沿及因题命意。第十一"律法"及以下之"命意""诗义""用字""用事""对法""句法""句字""章法""用韵""次韵"和"押韵"

共十二目，正面讲解诗法。第二十三"师友"及以下之"唱和""感悟""读书""工苦""标胜""摘瑕""诗病""失粘""平仄"和"拗体"十一目亦是围绕诗歌具体作法的相关议题。"源本""异同""相似""模仿"和"脱化"五目实为一目，主要讨论对前人的学习和借鉴，也与诗法密切相关。"叠字""咏物""强作""诗名""乐府"和"歌行"五目主要论及诗歌体式。"总论""杂论""余论"和"补论"四目皆可视作"综论"。全书分目如上所述，似又过于琐细，此恰与前人诗法讲求之细化相呼应。但是，其的确在分门方式上更加全面，是充分借鉴综合类汇编分门的体现。细考其分目，多有与张揔《唐风怀·诗话》重合者，结合其取材多有暗中转录自该书者，可见李氏意在借鉴张编的基础之上做到更加全面、精微的分门方式。将两者门目详加比对，可知张编全书二十三则有十九则为李编借鉴，另有"体制"和"造语"两目在李编中分列作"章法""咏物""乐府""歌行"和"对法""句法""句字""叠字""拗体"等目，实际上是一种细化和深入。另李编剔除了张编的"宫闺"和"方外"两门，突出诗法之意识尤为明显。

二、应试教材式汇编

前述综合类的诗法汇编实质上是利用综合性汇编分门别类的形式，来指导后学如何学诗、作诗。这类诗话汇编摆脱了摘抄式汇编的零散、琐细和不成系统，也克服了就体说法的单调和局限。就其产生和发展过程言,是一个诗法内容在综合性诗话汇编中逐渐占据主导地位、"喧宾夺主"的过程。如上文所述,与此一过程相对者,也产生了一部分诗法类诗话汇编。具体而言,此部分汇编是在全面、详细讲解诗法的同时,吸取了综合类诗话汇编中可以对诗法讲解有补充、辅助作用的门目和内容。所以此类著作的结构特征也就带有了"综合"的色彩,而不再是单纯的诗法讲解。不过其究竟以各体诗歌之诗法详解为主,针对性强,故可视为作诗之入门教材。而综合类诗法汇编根据其分门别类之完整性和全面性,或只是诗学入门读物,或能上升到诗学概论的高度。

乾隆元年(1736)刊行的张潜《诗法醒言》在其"凡例"中明确表示:"古人诗话甚繁,止摘其有益于诗学者以为型式,余悉摈之不录。"如果说其所言"诗学"尚有笼统意味的话,"型式"二字则直接说明了对诗法指导的针对性,意在供人直接性地学习。以此为指导思路,全书十卷中集中讲解的都是文人常用七种(除"七排"外的五七言古、律、排、绝)诗体。卷二至卷四(三卷)分别从各个诗体特征和总体诗法、近体格式和律诗"起、对、结、调"四法三个方面,正面详解诗法。卷五至卷七(三卷)由前人品评而设"二十一品"。一是用以概括各类风格特征,二是用来作为衡量诗歌的价值标准。卷八泛论常用体式之外的其他体式,诸如乐府、四言、七排之类。其中,卷一和卷八"本源""时代"和"盛事"之类的名目,显然是对综合类诗话汇编名目的借用。

乾隆二十三年(1758)刊行的蔡钧《诗法指南》为因应科举加试

诗试而编。其书相较《诗法醒言》更加凸显了常用体式的讲解，并且作了更多名目上的补充。其书第一卷"总论"所辑四十六则前人诗论都是围绕学诗、作诗的相关问题的，可见蔡钧此处汇编前人诗话的意图明显。他不是在从诗学宏观层面来观照诗法，也不在于试图建立一个完整的诗学体系或为初学者勾勒一个诗学世界，而是直接指向后文对于应试诗作法的具体讲解的。当然，既然叫总论，就不能直接应试诗体之讲解，这样突兀生硬的对接会影响全书的结构条理性，所以在这两者之间又有"发蒙正规"和"五律论"两目。前者三则意在将总论各体诗格落实到律诗的做法，这就向应试五言八韵之排律更近了一步；后者十二则则是承接前者而对五律这种常用律诗的讲论。到这里再详细全面讲解应试诗也就不那么突兀了。上述内容我们将其看作本书第一部分，其实就是为后文做准备的引论。本卷后半部分可看作全书第二部分，首先是"五言排律论"十二则，皆录前人诗论之涉及排律作法者。紧接着便是"附注释唐人八韵诗"，虽说是"附"，但选诗不少，绝不是简单示例。况且蔡钧对各首诗歌做了详细的注释、圈点、眉批和逐句解说，所以已经算是标准的就诗说法了。该部分手把手讲解唐人应试诗及其近似之五言八韵排律诗作多达五十五首，我们理应将其视为本书主要部分，而这部分实际上也凸显了本书应试诗学的价值。现举其中一例唐玄宗李隆基《左丞相张说右丞相宋璟太子少傅源乾曜同日上官命宴都堂赐诗》，以说明其体例。首先录原诗如下：

赤帝收三杰，黄轩举二臣。由来丞相重，分掌国之均。我有握中璧，双飞席上珍。子房推道要，仲子讶风神。复辗台衡老，将为调护人。鹓鸾同拜日，车骑拥行尘。乐聚南宫宴，觞连北斗醇。俾予成百揆，垂拱问彝伦。[1]

首联上句蔡钧解曰"先总扣三臣"并作了相应注释说明其典故，下句解曰"次扣左右丞"，后为注释。此联眉批有曰"起庄重"，是对首联的综合评语。次联只有注释，眉批曰"入手不费力"，是由史实切入本题的意思。第三联解曰"合下一联，俱说左右丞相"，之后有注释。第四联解曰"二句点张、宋"，之后原书注解放于书眉，当是后来增补。第五联解曰"二句串合少傅、高祖，谓'四皓'曰'烦公等调护太子'"，上句有注释。第六联解曰"同日上官"。第七联解曰"写宴"，后有注释。尾联无解，只有注释。参照此书的分解来阅读原诗，我们首先可以了解到作者在五言八韵排律格式要求下写诗的命意和思路。在此基础之上，后人可以进一步摸索出自己创作该体诗歌的方法和套路。所以说本书正是通过五十五首这样的就诗说法之示例，来指导时人应试诗的创作的。本卷最后有"附杜五七言"一目，首先有一段序说，意在说明附录杜诗的原因，引文前文注解的都是与应试密切相关的诗作。考蔡钧之意，应该是想将历来

---

[1]〔清〕蔡钧编：《诗法指南》卷一，清乾隆二十三年至二十五年（1758—1760）刻本。

被认为在后《诗经》时代作为诗歌典范的杜诗,与当代科举所高置的五言八韵排律相联系,尽量找出两者的关联性。这样就说明了学习后者的必要性,也拓宽了其学习面,充实了本书的内容。此部分选录杜诗五七言律诗共五十余首,除圈点、注解及眉批一仍旧例外,增多了对每联诗句内容的解读。每首诗作之后,又皆有对于全诗的总体性解析和阐释,并做了诗歌作法的讲解,可取之处特多。第二卷讲解的是其他常用诗体:七言律二十则(附排律)、绝句十五则(分五、七言)、五古九则、七古十则、乐府歌行十则(附竹枝词)。此卷各体论述方式大致相同,所辑前人诗论都是围绕各体具体作法的,针对性强。具体内容有各体式的大致特点、具体作法,最后都有前人诗作以为示例。当然,因为这些诗体不是本书讲解重点,所以只是简单摘录而没有如前卷般的详细圈点评注等。此卷可以看作本书第三部分,是对前部分讲解应试诗的适当补充。毕竟本书命曰《诗法指南》而非"应试诗指南"。今人蒋寅认为"其书虽教人试帖,却遍举各体作品,俾人参学"[1],实为恰评。

　　第三卷题曰"近体诸格",意在罗列近体诗的具体写作格式,类似于现成的写作参考模板,共四十八格:破题格、一字血脉格、一字贯篇格、二字贯串格、数字连序格、钩琐连环格、单抛格、双抛格、内剥格、外剥格、前散后散格、前多后少格、兴兼赋格、兴兼比格、句相照应格、明暗二例格、接顶格、交股格、牙锁格、折腰格、偷春格、

---

[1] 蒋寅:《清诗话考》,中华书局,2007年第2版,第353页。

蜂腰格、应字格、诗家四格、诗家八格、四对格、巧对格、平仄各押韵格、借韵格、进退韵格、倒字押韵格、流水句格、错综句格、子母句格、扇对格、对句格、句中自对格、律诗侧律格、绝句侧调格、七言仄起格、仄对起格、平对起格、结句对格、叠字格、七言古律格、七言绝句古体格、拗体格、赓和格。详考各格具体内容，此卷所列各格主要参考了明人王良臣的《诗评密谛》。首先有数十种诗格直接抄录自该书，如"破题格"等；又有虽名目采用王著，但在具体讲解方面增加了相应解说，而这是王氏原书没有的。因为部分格目之下，王著只有诗例而无解说，如"兴兼赋格"等数种。还有就是蔡钧只是沿用王著格目而换掉原来解说及诗例者，如"明暗二例格"等。除了上面三种情况，蔡氏还增列了十数种格目，都是各体诗歌少用之式而名诗格者，如"七言绝句古体格"等，这就丰富了前人诗格的内容，较有参考价值。此卷末附"诗家八病"，是沈约"八病"说之内容。也是对诗歌形式的讨论，故附在此处。第四卷分两部分，前半部分题曰"变体诸格"，与第三卷可看作同一部分，都是对诗格的讲解。只不过前卷讲的是常用之近体，此卷讲变体。除首则总括说明"变体格"外，蔡钧共罗列了二十四格：三言格、四言格、五言六句格、五言五句格、五言八句变体格、六言格、七言三句格、七言五句格、七言六句格、七言七句格、七言绝句变体格、七言六句变体格、七言八句变体格、长短句格、三五七言格、一字至七字格、杂三五七言古体格、杂五七言古体格、葫芦韵格、辘轳韵格、平头换韵格、促句换韵格、句句用字格、回文格。此卷格目多为蔡钧新命名者,因题目本身已经说明了自己格式特征,故除个别必要者(如七言绝句变体格等),只在题下列举诗例。详考各名目,蔡钧所举皆是唐人诗例,意思是说杂体不包括文人诗兴起之前佚名作者的各种古诗,本书的杂体是相对于近体而言的。这样的处理说明了《诗法指南》此书的严谨性。后附"诗家解数诸法"全部辑自清人徐增《而庵说唐诗》中对于各近体诗的"分解"论法。可见《诗法指南》是赞同这种解诗方法的,因为本书第一卷对诗歌的解析就是这种方法的实践。卷四余下部分是从作诗的不同操作层面来讨论相应方法和要求的,分相题(二十三则)、立意(八则)两目。分别辑录前人诗论之涉及命题、审题和立意者。第五、六两卷上接第四卷之后半部分,分别从:炼句、炼字(以上第五卷)、用事、含蓄、夺胎、翻案、押韵、构思(以上第六卷)八个层面来讲解作诗之法。连同前卷两目,共是十个方面。此两卷皆杂取前人诗话、笔记、杂史等著作,每目之下或数则、或二十多则不等,内容秉承全书一贯之注重具体作法。唯第五卷末附有"警句"一目,大量抄录了宋元明人的名句,意在罗列示例。同时也弥补了前面各卷主要抄录唐人诗作的偏颇,意在为后学提供开阔的学术视野。此最后部分显然是对综合类诗话汇编分门别类方式的借鉴,丰富了全书的结构,显示出较强的体系意识。

同样是为因应科举诗试而成的李峻《诗筏橐说》,在体系意识上更加明晰:有意识地将作诗教材分四大板块予以讲解。这就将综合性汇编中的分门别类方式加以淡化,并融入板块分类中。其书篇幅较小,分"说诗体""说诗人""说诗法"和"说诗式"四个部分。全书以此为结构,显得异常整饬,十分方便后学当作教材使用。各板块之内则依据相应顺序依次收录相关诗话,相互之间皆安排有序,绝无舛错。不过,其板块分类之下并未再有分类,体系意识固然明晰,但又过于笼统,远不及蔡编之细致。清宣统三年(1911)刊行的邬启祚《诗学要言》将李氏的四大板块缩减为"学诗"和"作诗"两个板块,更加淡化了自身诗法讲解的结构意识。距离编者诗学教材的编著意旨更远,体系意识只比摘抄类诗法略强而已。成书于康熙四十七年(1708)的吴�《诗书画汇辨·诗学》则与李书相反,只有较为琐细的分门而无整体上的板块意识。其书十三目基本全部围绕诗法而设,各目之间前后论说之关联也不够严密。可视作一诗法通论之教材,操作性不强。

第三节　论说型体系意识

所谓论说型体系意识,是在综合性诗话汇编的面貌下,表现为各个门目之间及门目内各则诗话之间具有一定逻辑性的论说性排列方式。诗话汇编的成书结构,不是依据某种分类标准将既有材料加以区分整理以供参考者选取、摘录,而是在一定诗学框架下选取所需诗话填充到相应节目之下用以说明相应议题。并且在微观层面,各则诗话的选取也经过精心挑选与安排,用于相互协作以说明相应问题。这就与以往诗话汇编的成书情况有了巨大的思路差异,前者是收集诗话后加以整理以供他人参考,论说型汇编则是设想一套自认为完满的诗学体系,再用前人诗话代替自己对于具体议题进行论述、解说。所以可将此种十分强烈的体系意识命曰"论说型体系意识",而此种汇编也正是在处于中国古典诗学总结期的清代才正式形成和成熟。

此种论说型体系意识并非完全由清人突然创制,其最早的借鉴对象可追溯到南朝刘勰的《文心雕龙》。刘著很早就已经比较完整地为中国文学勾勒了一个大致的框架,体现了较强的体系意识。其已包含了后世主要的文学议题:文学起源论、体式论、创作论、鉴赏论。不过鉴于其书是笼统讨论所有文学,故对诗歌之学未能全面、专门论述,不能与清人论说型诗话汇编对诗歌的系统性论述相提并论。且刘勰论述时所面对的诗学事实仅限于当时较为成熟之五言古诗,未见后世文人诗创作的丰富实绩。故其论说之体系仅具借鉴意义,而更加符合整个中国古典诗学实际的诗学体系只能由清人建立。自刘勰以后之唐宋两代学者主要用力于诗歌创作,对于理论之探讨只见只言片语,未能有系统性的阐释。如唐人诗式、诗格和宋人诗话皆以条目、短论形式出现,专题论文亦只偶见单篇而未成著作。只有到了通俗诗学发达的元代,在教人作诗的过程中才体现了一定的系统性著作。不过此类元人诗法著作往往专注于作法指导而不能全面讲解诗学,故只能说丰富了诗法理论和诗法体系而为后人借鉴,尚不能如清人诗学体系意识之完备。明人除继承元代诗法及宋代诗话汇编外,出于商业利益又好刊行诗话丛书,此类丛书多将诗话、诗法、诗评混淆。此本为缺乏学术辨别力之表现,无意之中却启发了后人汇辑不同性质的诗学材料以达到既定学术目的的做法。

清代第一部具有论说型体系意识的费经虞《雅伦》就在其自序中提道:

> (费)密他日持海盐胡氏所辑《诗法统宗》归,经虞竟阅。训密曰:"先哲高论,人为一编,亦云备矣。若合而次之,更定义例,部分州聚,除削芜猥,收存精要,博稽旁证,使理事昭灿,开卷爽豁,诚风雅巨观也。"[1]

明人胡文焕《诗法统宗》是一部全面汇编历代诗法类著作的丛书,除涵盖宋代《吟窗杂录》绝大多数著作外,又增收大量宋元明人诗法,共计四十二种著作。从《雅伦》费经虞自序可知,胡文焕这样的诗法丛书虽然能够为读者提供十分全面的诗法讲解,但是显然不能相互配合以将诗法讲解得清晰、明了。况且此类之"全面"往往有过逾之嫌:一是各家之论多有重复,二是各家抵牾之处或未能浑融涵恰。此等皆是诗学类丛编难免之通病。费经虞以为要达到全而不乱的效果,就必须不光是将前人著作简单合编,还要加以合理安排(合而次之)。至于怎样安排则包括两个方面:一是全书体

---

[1] 〔清〕费经虞、费密等编:《雅伦·自序》,清雍正五年(1727)刻本。

系结构的设定与编排(更定义例,部分州聚);二是对于既有材料的去粗取精(除削芜猥,收存精要)。而诗话汇编的体系意识主要就体现在前者:打破各个著作既有结构,将其纯以材料视之,为我所用。清代诗话汇编中有数部著作皆意在突破前人综合型体系意识,用体系分明的论说型方式来组织材料,构建综合前代各家诗论以成一融通古今之中国民族诗学的通论。

一、论说意识的由粗到精

费经虞《雅伦》尝被今人称作"诗学百科全书"[1],一在其诗学文献资料收集之全,二在其体例之明确、系统和完整。清初承明人之余绪,好大量汇编前人成著以指导后学作诗,以获取商业利益。《雅伦》虽然在体系意识上完全突破了前人之综合型体系和丛编方式,但其对于资料尽可能多的收集与占有仍是明人习气。故《雅伦》被《四库提要》批评道:"意欲求多而昧于持择。"最终评价亦不甚高——"劳而鲜功"[2]。但是,此书在体例安排上所体现的论说型体系意识则明显突破了前人诗话汇编之窠臼。明代诗话汇编如单宇《菊坡丛话》、王昌会《诗话类编》之类皆为以诗事分类的综合性汇编,黄溥《诗学权舆》之类又过多专注于作法指导而体系单薄。

[1] 郑家治:《〈雅伦〉:一部被埋没的诗学百科全书——兼析四库馆臣对〈雅伦〉的批评》,《地方文化研究辑刊》2008 年第 1 辑,第 242 页。
[2] 〔清〕永瑢等:《四库全书总目提要》(第四十册),商务印书馆,1931 年版,第 34 页。

《雅伦》全书二十四卷,共分十三门,费经虞自序曾对《雅伦》的编撰体例有过较详细剖白:

　　声音之道,上通于天。赓歌遗文,载在《尚书》。雅颂篇什,录采三代。不求其源,何以知所自始,故序"源本"为书首。时不同风,人不一性,各出微情,悉谐灵诣,故序"体调"为第二。体众则规殊,情赜则法变,根据可援,方为典要,故序"格式"为第三。镕金写物,得范乃成;裁锦为衣,入度始合,故序"制作"为第四。深诠绝谛,入理丛谈,统具兼资,不可专属,故序"合论"为第五。凝神极化,非可浅浮,追古垂今,安能卒致,故序"工力"为第六。圣人删定,以后国史民间咏叹废绝者,累数百年。西京创五言之端,邺中诸子继之,六朝因之,下逮隋唐,以至今日,风气相别,辞旨不齐,而美恶俱在,故序"时代"为第七。人罹疢疾,则药石以攻之,学多疵类,则论说以救之,故序"针砭"为第八。古人风骨,不可强同,而远致宏词,通微涵妙,各有其本,别为标目,故序"品衡"为第九。负手行歌,望远送目,披卷偶获,辄有短言,亦可佐骚雅之鼓吹,使谈论而解颐,故序"琐语"为第十。长江返照,带之草色而后佳;杨柳夹堤,映以蝉声而多致,故序"题引"为第十一。包容众汇,本出圣贤,异乎群情,具有厚德,故序"盛事"为第十二。自江左制韵,守为玉科,然流传久误,众议

> 不同,且一统偏方,声音乖互,故序"音韵"为第十三。而
> 以"诗余"附其后,为十四。《书》云'无相夺伦,神人以
> 和',遂以"雅伦"名焉。

据费经虞所言,《雅伦》全书结构就是其诗学理念的展示,也就是说
其书是根据费经虞个人的诗学思想体系来安排体例和结构的。这
就与之前意在资料收集、罗列的诗话汇编的编撰意旨大相径庭了。
相较王昌会《诗话类编·题辞》所表明的结构方式,两书体系意识
之差异可见一斑,其曰:

> 每恨(历代各家诗话)有诗无话,有话无诗,事之分
> 门,辞多散述,单言只语,尚隰旁搜……(编者王昌会)渔
> 猎今古,裒采诗话,汇萃成编,上纬二仪,下骧八鸿。首飏
> 忠孝节义,次叙……[1]

具体而言,《雅伦》第一卷标题为"源本",共辑前人诗论四十六条,
后附费经虞己见一条并罗列历代各体诗歌之起源或定型时代"诗
源"。此卷所编就议论内容而言可分为两部分,大致以第十八条所
辑《文心雕龙》为界(此条共辑三则诗论),自此条首则以上共十八
条、二十三则,以下二十九条、三十四则。前半部分所论皆从诗歌

---

[1] 〔明〕王昌会编:《诗话类编》,《明诗话全编》(第八册),凤凰出版社,1997 年版,第
7922—7923 页。

发生的社会学角度讨论诗歌之"本源",来源多唐代及之前的经史类著作;后半部分所论是分析诗歌各种体式具体产生的情况和时间,来源多唐后学者之学术专著。后面各诗歌体式有两种分类标准,一是按文类来分,二是按句式来分。最后有费经虞讨论诗歌"源本"者一篇专论。第二卷以"体调"标目,除卷首两则前言外,分三部分,实际是按不同标准对历代诗歌体调进行区分、罗列。卷首引《诗法源流》之论"人各有体"之意,后为费经虞自撰文段,皆类似前言。费氏先说诗体有三种划分标准:时代、宗派、家数,然后讲到:"学者能辨别其体调、分其高下,始能追步前人",这实际表明了费氏将诗歌体调的详细区分同诗歌之学习紧密联系起来。后面分别以时代、诗体、作者为划分标准分三部分罗列历代诗歌各种体调。第一部分自"建安体"始至"元祐体"止,共十六体;第二部分自"选体"始至"江西宗派体"止,共八体;第三部分自"苏李体"至"钟谭体"止,共五十一体。各体名目之后先做简单说明,后列各家对该体之评论数则,末多附费经虞个人看法。

第三至十一卷皆论历代诗歌之"格式",即诗歌创作的制度性规定,它相较前卷所论富有个性色彩之"体调",具有"自生自化"[1]之客观性。如果说《雅伦》对"体调"的讲解主要是通过陈述诗歌实践活动,以为后人在学习作诗之初了解历代之文学事实。那么这一部分则是:在正面介绍有史以来所有文学作品背后隐性

---

[1] 饶龙隼:《中国文学制度论》,《文学评论》2010 年第 4 期,第 15 页。

存在的、具有根本意义上的文学规定性的最基本、最重要之诗学知识。所以我们也就可以理解何以《雅伦》用如此巨大篇幅（九卷）来罗列、分析古代诗歌的格式了。具体到各个格式，卷三讲楚辞，卷四至六讲赋，卷七讲汉乐府及拟汉乐府者，卷八讲文人诗五古成熟前各类古歌谣及后世拟作，卷九讲以五古为主之文人诗并兼及其他文人创作和五律，卷十讲五七绝和七律，卷十一讲排律及其他特殊格式。

第十二卷讲制作，也就是诗歌创作的具体步骤与方法。具体分为九个部分：命意、选辞、下字、用事、炼句、属对、成篇、列章、入调。命意、下字和用事三部分皆主要辑录前人诗论，意在论述此三者的必要性、方法及注意事项，后二末附费氏自著之相关论述各一则。"选辞"部分则只有费氏议论一则。"炼句"部分与"下字""用事"论述方式相同，而多罗列"六朝名句"和"唐人名句"。此两部分共数十句前人名句，当是示例之意。"属对"部分论述方式与"炼句"相类，唯所取示例分类颇多，自"天文地理"至"扇对"多达数十种，分类方法有按内容者，有按形式者，不一。此后数则诗论无目，意当为目录所漏列之"篇法"，其论述方式同于"炼句"。"列章"只一则费氏议论，未辑前人之论，与"选辞"同。"入调"首有费氏议论一则，强调了声调的重要性，实际上充实了明代中期乃至宋末严羽对诗歌格调提倡的理论。费氏开头声明："诗以格律声调为主"，可以说是对"格调论"最简单明了的阐释。然后将声调分为高、缓、平、清四类，并介绍了各自的特点，后面即为四种声调罗列了几对联句以为示例。

第十三至十五卷分别讲论：合论(十三卷)、工力(十三卷)、时代(十四卷)、针砭(十五卷)。各卷论述方式相同，皆是广泛大量地辑录前人相关诗论，每卷各多达数十则，故各占一卷(或半卷)之篇幅，只后两卷末各有费氏议论一篇。"合论"卷是辑录前人关于作诗方法的总体性看法，放在详细讲解诗歌做法的"制作"之后，可看做分步讲解之后的补充和综述，十分恰当。"工力"卷则又回到了具体的做法技巧，但这不再是如"制作"卷的正面介绍，而是辑录前人针对诗人在作诗上刻苦用力这一诗学现象所做的描述和议论。"时代"卷辑录前人各家心目中的诗歌发展史，有诗歌通史的推演，也有针对具体诗歌发展节点的凸显性议论，大体不出传统诗学贵古贱今之意。"针砭"卷辑录前人讨论诗病及其克服办法的诗论数十则：有列举诗病者，有讲述诗病之掌故者，有分析诗病情况者，有讲解相应应对方法者。末附费氏总结性议论一则，以诗病针砭之法与前论以格式、创作为主之作诗之法相对照，前者为"粱肉"而后者为"药石"。意在通过这种生动地比喻，说明此两者其实是学习作诗的正反两方面，相辅相成。最后说明了自己广泛辑引前人议论诗病的目的在于供今人借鉴，并进一步介绍了这种广泛借鉴的方法："未可执一而论之。引而伸之，触类而长之，使古人之神明如见而吾心之真解突出，方为有益。"

十六至十八共三卷题曰"品衡"，大意与唐人司空图《二十四诗品》(后简称《诗品》)近，此处的"品"包含有诗作抽象风格特征之形象描述和审美价值之评判。卷首辑前人三条相关诗论,后有费氏议论一篇约千余字。费氏首先论述了周代《诗经》风、雅、颂三种体式的风格特征,并以之为后世广泛多元的文人创作之源头。然后费氏用了形象生动的比喻来说明诗歌创作中多元化风格特征的合理性,并对诗坛追求单一风格的看法做出了批判:"欲执一人之见思以易天下之耳目,非愚则诬矣。"之后简要回顾了前人诗歌品评的历史,并说明自己的"品衡"是参照《诗品》又做适当修正而来的。费经虞在高度肯定《诗品》之后也指出了其不足:一是认为司空图的分类标准和维度还不够清晰,以致部分诗品之间不是统属于一个维度的并列关系,而成了不同维度的相互限定关系,即所谓"有孤行者,有通用者"——孤行者是可以用于直接规定具体诗作的风格描述和限定,通行者是用于对前者的进一步限定或细化;二是司空图的分类有重合处,应该做必要的区分,重合度较高如"委曲"与"含蓄"就是典型。然后具体说明了自己的修正思路:"因其原品损之补之,定为上、中、下品,引古人诗以立准。"虽然考其后文与目录,并未定品,但损补和引诗以立准还是做到了的。之后费氏以《诗经》为对象,将其诗句作为十七种风格特征的例句加以罗列,这种与后面正文相对应的做法,费氏也加以了说明:

先取《三百篇》而加测焉,《诗》虽经传,"六义"高深,不可以文辞取,不可以断截求,而出言有章,亦各区别,后人祖述,遂成格体。

这里的分类和列举既不致与后文相混而造成体例上的混乱——因为本书宗旨在于文人诗创作的指导而不是学习怎样模拟《诗经》，也说明了编著者自己一贯秉承和提倡的以《诗经》作为诗歌创作终极标准的儒家诗教观念。最后，费氏对后学面对前人不同风格特征如何学习提出了两点要求："稽之古人必寻源委；出于独见必合准绳"，这体现了费氏治学的基本态度。我们可以猜测：在明代复古派和沈德潜格调说之间，费氏《雅伦》或许代表着某种具有承接意义的共识。文末费氏说道："若夫粗辞俗字、鄙意芜篇，此在风雅之外——如蔓草荒藤原非花类，飞虫走鼠不入禽伦，又乌可相并而论哉？"沈德潜也这样说道："诗贵性情，亦须论法。杂乱而无章，非诗也。"[1]两者可谓易代知音。当然费氏此处本意是在说明：尽管诗歌风格特征丰富多样，但这并不能说明很多不合法度的"诗歌创作"就是风格多样性的体现，因为它们已经因为不符合诗歌的基本规定性——法——当然，这是儒家诗教学说所规定的，以《诗经》为终极标准。

　　费氏议论之后两卷内容则是连贯一致的，前后共罗列：古奥、典雅、雄浑、深厚、高老、俊逸、清新、幽秀、富丽、纤巧、轻细、自然、淡远、浓郁、峻洁、疏放、峭别、刻琢、奇僻（附），共十九品。每品目下有对该品的简要解释，费氏一面采用每品两字分开解释的方法做分解性说明，另一方面也用了前人诗论中惯用的类比方式对各

[1]　〔清〕沈德潜：《说诗晬语》，《清诗话》本，上海古籍出版社，1978年版，第524页。

品内涵做形象性描述。有时候为了区分,还做出必要的比较性说明,如"峻洁"目下曰:"海中孤屿,无客问津,峻也;竹孟蒲墩,尘埃俱远,洁也。盖有高韵而无古色,似典雅而实清新。"费氏首先用类比方式分开说明了峻洁内涵之两方面,然后将其与相似概念做了细致的区分,这确实比前人有些相关议题之议论明晰得多。除了简单的解释,费氏还适当提醒了学习某些风格特征时把握上的难度,这在体现了本书的诗法特质的同时,也暗寓了各种风格上主次关系,作为初学者应该主要学习哪些风格? 哪些风格并不适合初学者,即使老手也应该谨慎对待? 如"刻琢"目下曰:"刻琢是不好,为太露痕迹者言也。然世间自少此一种不得,李贺、卢仝辈足以当之。盖其格调字句皆磨炼而成,无自然萧散之致,倘类符谶与道中歌谣便堪捧腹。"费氏是对这种风格持审慎态度的,但也不是一概排斥,而是说明了其合理性和学习方面的尤当注意者。解释各品之后,费氏便罗列了前人作品以为示例,各目之下或数首、或数十首,不一,然以初、盛唐人作品为主,可见费氏持守格调之用意。

《雅伦》全书大致可以分为三个部分:一是学习诗歌创作的准备阶段,这部分内容以讲解基本知识为主,首先让后学明白诗歌的本质性特征和其发生及创制来源,这其实是想在后学的心中树立儒家诗教观念和标准意识。然后让后学了解并熟悉历史上各类现实存在的诗歌流派的基本情况,意在诗歌史实的讲述。格式部分共九卷,其中第三到八卷所论文人五言诗创作盛行之前的各体仍然属于第一部分,意在让后学了解本书主要讲论的古近体文人诗创作之外的前期各类诗歌的基本形态和演变情况。所以我们将一到八卷看作一个部分，意以说明这一部分是在为正面学诗诗歌作法所做的准备工作。第二个部分是第九卷到第十五卷，主要讲论的都是诗歌作法。其中九至十一卷虽然仍属于格式的讲解，但其讲解方式不再是了解情况，而是在展示其格式特点的同时，详细而又具体地说明了各体之作法。第十二卷的内容则是正面的诗法讲解，从"命意"到"入调"，将诗歌创作的各个具体环节都讲清楚。当然，仍是以汇编为主的方式来达到讲论目的。第三个部分是余下的十二章，可以看作对前文的补充说明。因为这些不再是诗歌创作具体活动中的必要环节，但却又是诗歌成篇之后作为一种广泛的文化生活或社会实践的必要组成部分，如对诗歌发表综合看法、诗歌的修改、品衡等。

　　不过，作为第一部论说型的诗话汇编，《雅伦》确有"编次此书，未为精密"之失。故《四库提要》对其分门方式及具体内容皆有所辩证：

　　　　编次此书，乃未为精密。如"源本"类中论诗句所始一条，乃挚虞《文章流别》之文，今尚载《太平御览》中而引为孔颖达《诗疏》。"葛天八阕"一条乃刘勰《文心雕龙》之文，乃引为梅鼎祚《古乐苑》。《左传》载："浑良夫被发而噪。"乃呼噪之"噪"，而以噪为诗之一体，谓始于浑良夫。杨慎虽有"五言律祖"，然齐梁但有永明体、宫体之名，无律之名,而以五言律诗始见齐梁。“排律”之名始于杨士宏之《唐音》,古无是称,而以为始见于唐。“体调”类中《西昆酬唱》乃杨亿、刘子仪诸人,亿序可证。而以为西昆乃唐李义山、温飞卿,又并韩偓入之,而段成式乃别立一体。王素有效阮公体诗,李商隐、杜牧均有拟沈下贤体诗,以及宋末四灵、江湖诸体,明末竟陵、公安诸体,皆漏不载,而别撰一“才调体”。“格式”类中每一体选录数篇,既非该举其源流,又非简择其精粹,殊为挂漏。又因齐已《风骚旨格》益为推衍,多立名目,而漫无根据。“制作”类中所选名句率摭拾诗话,然如何逊“金粟裹搔头”句,见黄伯思《东观余论》,乃引作考证,非谓此句之工。一概列之,殊未深考。所列对偶之法,尤繁碎。“合论”“工力”“时代”“针砭”四类,亦皆杂取陈言。“品衡”类中分十六格,各选古诗以实之,而皆不惬当。“盛事”类中多挂漏,亦多泛滥。“题引”类中论近人制题不雅,颇中其病。然所引诸式分类标目,质以古题,则多未惬当。“琐语”类中皆经虞之笔记,间有可取之语。大致于古宗沧浪,于近人宗弇州也。“音韵”类中冗琐与“格式”门同,且即格式中之一,别出一门亦无体例。其《礼部韵略》一卷,但有字而无注,题曰“雅论礼部韵略”,殆不成文。观其《附记》,盖经虞有此言,而其孙锡璜补入者。经虞又言“吴棫补叶、杨慎转注,亦当收采”,而此本无之,则又不知何意也。大

> 抵意欲求多而昧于持择,如游艺《诗法入门》所载律诗平
> 仄"一三五不论,二四六分明"之类亦均收入,宜其劳而鲜
> 功矣。[1]

尽管其中部分指摘尚有可商榷处,但毕竟可见费氏分门立目之法并非无懈可击,多有修订、辩白之空间。论说型体系意识除了体现于全书的宏观结构,也应体现在各个门目之内的微观材料衔接之上。也就是说针对每一个自身设定的诗学议题,编著者除了将前人诗话收入其间外,还能在具体材料的摘选、排列上下一番功夫。具体作法则是将相关材料加以删节、增补,然后让其彼此之间不再重复、抵牾,并进而能够相互配合形成一个连贯的论述过程。就此而言,《雅伦》似未能脱前代诗话汇编求全责备之惯性,论说过程中应有的体系意识不强。比如该书"源本"门内第四条为《礼记·王制》中一句:"天子五年一巡狩,命太师陈诗以观民风。"意在说明传统儒家诗学的诗教观,而这种观点在"本源"门前两条所辑之《尚书·尧典》和《诗·大序》中已经有了很清楚、详细的阐释,此处似有重复之嫌。又如"制作"门下"命意"一目第十五和二十条皆出司马光《温公续诗话》第十六条,此种重复固然是由于前者本从《诗人玉屑》转录而不知原出《温公续诗话》。但是亦可见费氏编著此目内容时只见其为论诗歌命意之诗话,而并未考虑其与前后各条之

---

[1] 〔清〕永瑢等:《四库全书总目提要》(第四十册),商务印书馆,1931年版,第34—35页。

论述关系和逻辑联系。如果其稍加审视,就会发现两者本出一源,全无二次收录之理。全书此种论述重叠,略显芜杂之处颇多,各卷各门皆有。又如"制作"门下"用事"一目中论述诗歌用事当自然而不使人知觉者,就汇编了邢子才、刘攽、王安石、蔡絛、周紫芝等数人之诗论,皆大同小异。然为显豁起见,此种重复实无必要。

不过,《雅伦》作为清代最早的诗法类诗话汇编,尚沿明人余习,似不当深加诋诃,毕竟其以述代作的论说意识和编著经验皆尚未成熟。况且,其部分细微之处仍体现着一定较强的论说体系意识。这些地方更给后人以启示,使此类论说型汇编成为清代诗话汇编之最有特色者。比如其"源本"门论诗歌之起源就分两个层面来论述:一是从诗歌发生的社会学角度讨论诗歌之"本源",二是分析诗歌各种体式具体产生的情况和时间。这就将理论探讨和历史事实相结合,充分体现了《雅伦》编者微观层面上的论说意识,不再是针对诗歌本源问题的简单资料汇编。总体而言,《雅伦》论说型的体系意识是对前人诗话汇编结构编排方式上的重大突破,虽然多有未为精密之处,然其首创之功实沾溉很多后来诗话汇编。比如乾隆间刊行之张潜《诗法醒言》就直接声称"此书悉遵《雅伦》以变通之"。虽然此处主要说的是材料上的借鉴,但如详考张编成书结构,其论说型体系意识的承续也是显而易见的。

张潜《诗法醒言》十卷,各卷之下只详列具体条目而无《雅伦》之分门。今据其细目可分十三门:本源、支派、统论、体式、制作、近体格式、近体"起、对、结、调"法、品衡、杂体、事类、音韵、题叙、体调。对比《雅伦》之十三门：源本、体调、格式、制作、合论、工力、时代、针砭、品衡、盛事、题引、琐语、音韵，张潜基本沿用了费氏之诗学体系，其中《雅伦》工力、时代、针砭、盛事诸门皆存于张编之卷九，即《诗法醒言》所概括之"事类"一门。两者体系的差异主要体现在诗歌体式的讲解部分：张潜突出了常用诗歌体式的作法讲解，弱化了其他体式的诗论。至于与通行体式关系较远的辞赋和一些特殊体式则直接略去，这在其书"凡例"之中也做了详细说明。张编之尤可贵者，在对《雅伦》"冗者删之，缺者补之"的编撰过程中，其做到了对论说型汇编之体系意识的进一步讲求。

如第一卷"本源"门第一条照搬《雅伦》"源本"门首条，为《尚书·尧典》中关于"诗言志"之论述。张编显然以其未能完全说明相应议题，故其第二条录时人吴园次诗论以为补充。又如"本源"第十三条抄录《雅伦》卷一第三十五条：

> 《古今诗话》云，自古工诗未尝无兴也，睹物有感焉。
>
> 今之作诗者，以兴为讪也，故不敢作，而诗之一义缺焉。[1]

张潜显然是认为这里的议论还不够深入，于是在此条之后增补一条：

---

[1]　〔清〕费经虞、费密等编：《雅伦》卷一，清雍正五年（1727）刻本。《诗法醒言》抄录文字有小异。

> 马嶰谷曰,"关关雎鸠",兴之始也,以雎鸠比文王后
> 妃,古人不以为嫌。后世人心不古,常多忌讳,故诗体卑
> 俗。若岑嘉州"满树枇杷冬著花,老僧相见具袈裟",亦兴
> 之遗意也,冠裳大雅从何借口?[1]

前者是说古人作诗的时候,"兴"是必要的思维方式和构思方式,而
当代人却认为"兴"有讪谤的嫌疑,不敢运用这种古人的成法。所
以当代诗人就比古代诗人有所缺乏。这种"缺乏"既是作诗方法,
也暗指诗歌的质量和价值。后一则清人马曰琯(自号嶰谷)所言,
其"古人不以为嫌"显然是针对前文之"以兴为讪也,故不敢作"。
马氏还分析了出现这种现象的原因(人心不古)并说明了前文的
"暗指"。从这里,我们完全可以看出张潜《诗法醒言》的增补论述
之意,他绝不仅仅是认为《雅伦》篇幅过大而专意删减。在费氏没
有讲透的地方,张潜是有意进一步阐发的。这种补足将《雅伦》原
书各门之内散乱的资料堆积,变成了诸家诗论前后联系、共同说明
相关议题的论说性编排。当然张潜此种增删之举主要着意在具体
材料的烦冗和不足,其针对性很明显,仅就《雅伦》而增删,故于宏
观层面之体系意识尚未能多加优化。或是张潜本以为《雅伦》之分
门几无可议处,只就常用体式多有侧重而已。《诗法醒言》如此处
理,当是本就意在提供诗学教材所致,因其只希望为后学提供一部

---

[1] 〔清〕张潜编:《诗法醒言》卷一,清乾隆元年(1736)刻本。

简明可靠之作诗指导手册，无意全面介绍中国诗学之概貌。

二、《小沧浪诗话》的论说过程

清代众多诗话汇编中体系意识之最完备、明晰者，当属晚清出现的张燮承《小沧浪诗话》。它吸收了前述论说型诗话汇编的结构方式并加以精简：一是不再为诗歌事类立目，将论诗及事者压缩到了诗评之中；二是将诗法与诗体结合起来讲解，避免了芜杂之感。是书宏观结构上简洁而不失全面，各个议题的精细论述过程更是充分体现了其书以述代作的论说型汇编的根本特征，各门目之间及其内部无不体现出强烈的体系意识。全书按照编者张燮承的编撰思路，当分四个部分：第一卷的诗教、性情、辨体为第一部分，是关于诗歌的总论；第一卷和第二卷的古诗、律诗、绝句、乐府、咏物为第二部分，分别讲解诗歌的各种主要体式，即诗体论；第二卷论古为第三部分，评论历代主要诗人及作品，可视作鉴赏论和诗歌史；第三、四卷为第四部分，讲诗歌创作。

（一）诗歌总论

"诗教"门主要宣扬儒家思想中的传统诗教观念。第一至三则说明诗歌的发生缘由以及其应该具备的社会教化作用。第四到六则分析古今诗歌的差异，以说明越是古老的时代，诗歌越能够承担前述教化作用，而随着时代的演进，后人的诗歌创作逐渐偏离了前人的诗教观念,所以诗歌的教化功能逐渐减弱,这是一种诗学的退步与衰落。第七至十则针对前述后代诗人的偏离情况提出了建议,希望能够恢复到前人那样用儒家诗教观指导自己创作的时代。第十一至十七则讲秉承儒家诗教观的入手处是重视性情,因为正面的、符合传统儒家伦理的性情是诗歌创作的出发点和基础,否则由于诗歌缺乏真实性就会失去其本来应该有的诗教作用。第十八至二十则强调了诗人的个人道德。综合来看此部分内容层层递进,论说严密,充分体现了"博取以约守,持正以参变"(张鸿卓《序》)的编著意识。从一开始说明诗教观的基本内容,到诗教观念在古今创作中的退化,这是在先讲基本理论与预想。然后分析现状以说明问题,针对现状和问题尝试设想相应解决方法,提出了解决问题的突破口是"性情"。最后由与诗歌创作密切相关的性情问题延伸到诗人的个人道德,加强作家的个人道德修养也成了恢复传统诗教观念和创作出符合社会需要的诗歌的基本着手处。

"诗教"门按照一定顺序罗列前人诗论以达到自己论述目的的精心安排是显而易见的,其绝不是对于前人强调儒家诗教观念的简单汇集。这样严密的论证过程除了论述层次清晰外,各层次之间的衔接也十分自然。如第三则就很好地引起了第四则的内容,该则提到的"诗之源"和"诗之流"分别讲的是诗歌的原始发生和这之后个人具体创作情形上的出入和差异,因为今人所设想的原始先民时代与后来文化已经十分发达的作家创作时代是有偏差的。当然编者此处所辑之第三则只是说明了这种"流变"的可能,所以第四则开始,才展示并说明了这种古今差异的现象。就各层次内部而言,各则诗论之间也是相互补充的,没有论述重复的弊病。如中间第十一至十七则对性情的论述,第十一则是说杜诗艺术特色是以杜甫个人的性情为基础的,第十二则讲诗歌要达到"真"这一标准的前提是"有性情",这是将"真"置于诗歌艺术的成功与诗人的性情之间,尝试解释两者的关系或者说发生机制。进一步言,作家性情在创作中起到的积极作用就是因为其积极正面的性情让作品中的感情意蕴真实动人。第十三则和十四则分别强调诗歌文本中体现的性情应该是"隐"和"清远"的,这是编者认为情感因素在文本中出现的规定性。第十五、十六则将性情置于若干评价诗歌的不同维度之间,说明性情之于诗歌的重要性。当然这也是在说明与其他维度的并列意义,让读者明白性情并不是诗歌的唯一要素或评价维度。第十七则说明了性情不是诗歌文本直接呈现出来的,但又是诗歌必须具备的,是前面四则诗论的折中。

"性情"门首两则引宋人张戒《岁寒堂诗话》对"思无邪"论的阐发,强调诗歌创作中作家为了创作出对受众的个人道德有积极干预性的作品,必须首先让自己"思无邪"。并指出了相应的实例,也就是"思无邪"在典范诗人创作中的体现。第三、四则说明个人性情在诗歌创作中的一致性和差异性。从"一致性"而言,情感作为诗歌的基本要素,是其之所以动人的原因。无论情感的色彩种类有何种差异,只要诗歌具备了某种感情色彩就能够触动读者。从"差异性"而言,个人性情的差异性决定了作品感情色彩的差异,也是历代各类作品具备独特价值之基础。第三则说明了前两则所说"思无邪"的合规作品教化读者的内在机制是以情动人。第四则则又指出了诗歌创作可能的也实际普遍存在的不合规作品。第五则面对这种差异性以及不尽规范的感情,说明了自己所主张的符合传统诗教观念的情感色彩,认为这是所有作品都应该追求的精神境界和层次。编者论述到这里,显然意识到自己宣扬传统诗教观的缺陷是这样主观地规定诗歌应有的特质及社会价值容易激起他人反感,正如明清以来公安、性灵诗学对伦理化格式诗学(格套)的反对,所以第六、七则引入了"真"的范畴意在救偏。这是不是要用性情和艺术的"真"来对抗前面对于"思无邪"这样情感规定性的基本论调呢?显然没有,第六则引明人江盈科《雪涛诗评》对"真"的强调之后,马上接以沈德潜《说诗晬语》:"有第一等襟抱、第一等学识,斯有第一等真诗。"这就将单纯强调"真"的意味弱化,也可以说是充实了"真"的内涵,引到了作家个人修养上来。第七则顺势推理到诗歌在"真"的前提下,诗歌文本风格特征与诗人性情的对应情况以及对"抄袭掇拾"的批驳,认为其违背了"诗本性情"的基本规则。随后编者张燮承发表了自己的看法,意在折衷传统儒家诗教一味强调诗歌思想倾向的伦理化、干预意识与晚明以来重视表达个人真实感受的矛盾。编者补充了两则诗论,一是说明在诗本性情的基础之上,对于性情必须有规定:正、深厚,也就是符合儒家道德、生活积淀深厚、感情内敛沉潜的情感色彩。二是区分性灵和性情的差异,前者情感上的个人色彩和自由意识同后者个人情感的社会伦理规定性，编者意在批驳前者，提倡后者。第八到十则在前面分辨真假的基础之上，进一步说明理想诗歌情感色彩所应有的规定性。第八则从诗歌发生入手，说明诗歌创作的必然性来自作家的切实感受与表达需求。编者随后补辑两则前人诗论来说明诗歌发生的自然自成状态，并举出相应的实例。第九则又从反面例子说明诗歌创作中"情过其实"的表达，与前则诗论形成"自然"与"做作"的对应。第十则接上则，上则认为言过其实自然是不对的，此则是讲即使遇到极端的个人遭遇，也不主张在诗歌创作中表现出极端的情感色彩，要知"节"，当然这里论者给出的理由不是艺术的，而是现实意义上的"见绝于友朋，获戾于君父"。

第十一则从一般意义上说性情对诗歌艺术面貌的影响，有总结前文的意思：性情的深厚是诗歌成功的关键。至于怎样算深厚以及如何培养深厚的性情则在前面已经层次分明地论述清楚了：1. 作为诗人，应该培养自己积极正面的道德情操，去除那些不良的思想感情，因为只有这样才能写出可以正确引导读者向善的合规、优秀的作品；2. 这种积极正面的感情必须是真实的，因为真实的感情才能在诗歌中起到教化作用，而虚伪的感情因为不能动人，所以没有教化功能；3. 真实的感情表达并不意味着个人感情的原始表露，这也不符合诗歌社会教化功能的初衷，应该防备将真实和不健康的思想混淆；4. 诗人有了正面、真实的感情就有了表达的需要，这是自然产生的，而诗歌文本呈现的"有韵之语"只是实现表达意愿的手段，它在诗歌创作中相较于作者的感情是次要的；

5. 诗人应当专注于性情的培养而非文本形式上的创造,因为"长言短歌,俱成绝调"(编者所引之《渔洋诗话》);6. 性情的培养以及将之成功贯注到作品中去,需要做到的就是感情得体和节制极端情感。

"辨体"门前三则诗论分别辑前人对诗歌体式的分类,三者对各体式的分类与解释大同小异,大同的地方说明了古人总体上的共识,或者说历代诗歌体式的分类是通识;小异的地方则是不同学者对某些体式特征认识上的不同,张燮承这样做的目的一是说明诗歌体式的普遍规定性,二是折衷各家说法以供读者综合参考。第一则主要从情感内容与色彩的角度分类,二、三则则更侧重于诗人情感表达的方式来区分各种诗歌体式。综合来看,编者"辨体"在于说明从抒情言志的角度来看,诗是文体中的一个大类,但由于情感的色彩差异及其相应表达方式的不同而有不同的小类,也就是说诗歌有着不同的体式,这体现在被冠以不同名称的诗体下的不同语言特色和情感类型。编者辑第三则在肯定"因情立格"的基础上又提出高明的作者对固定体式的突破,就更加完整地说明了诗歌辨体应该注意的情况:1. 抒情言志是所有诗歌作为一种文类的基本特点;2. 情感及其表达的差异造成诗歌体式的不同;3. 后人学习诗歌必须重视对体式的学习掌握,遵守相应的规则;4. 体式的差异不能束缚天才作家的主观创造,应该允许创新。前面三则诗论通过诗歌的文本差异来说明各类诗歌体式内部的差异,后面三则则是将诗与文进行了比较,是外部区分。第四则从诗歌吟咏性情的主要功能出发说明其无迹可求的艺术特征,批驳了直露的诗歌创作方式,这是真诗与假诗的区别。第五则从诗、文两者的共性出发,区分了其为了达到不同的艺术效果而应该呈现不同的文本形态。第六则明确指出诗歌言情的本质特征,进而批驳了诗中言理的不良风气。综合来看,编者接着前面对诗歌内部各种体式的区分,继续探讨了诗歌自身的文体特征。首先描述了诗歌应有的体式特征和变化,然后区分了它和文的异同并从反面指出诗歌不能平直出之,最后强调言情和说理的根本差异就是诗、文的差异,不能将两者混淆。

　　以上部分可以看作《小沧浪诗话》的总论,是对诗歌的总体介绍。张燮承教人作诗从儒家诗教为起点介绍了诗歌巨大的社会功能与教育意义,既是给后学树立正确的诗学观念,也是在引导和激发年轻学者的学习兴趣与社会责任感。然后介绍了诗歌教化功能的内在发生机制,这就让学诗者明白了正面积极的性情是诗歌发生的基础。所以编者接着分析了性情与诗歌的密切关系,并指出诗人培植性情的必要性和方法。最后又从诗歌的情感特质出发,将诗歌的内、外两个层面的辨体意识分别说明。此正可见张燮承汇编中论说意识之严密。

(二) 诗歌体式论

　　《小沧浪诗话》自第一卷"古诗"目至第二卷"咏物"目为分体论,意在分别讲解各类诗歌体式的知识,分古诗、律诗、绝句、乐府、咏物五门。"古诗"门讲五、七言古诗。首则强调古诗的声律问题,因为自《尚书》以来即认为诗歌的声律就是其自身区别于其他文体的基本特质，所以将声律的讲求只落实到对近体诗的规定性上是没有认识到古、近体诗歌作为一个整体的共性，更是对古诗的误解。张燮承将此则诗论放到讲解古诗的开头，意在介绍古诗的基本性质在于讲求声律，后学对古诗的理解和学习也应当从此处入手。接下来介绍了五言古诗从最初发源到后世演变的基本情况，并对魏晋、盛唐两个时期的五古创作情况作了比较详细的描述。最后是对唐代五古的变化情况进行详细梳理。"古诗"前五则诗论梳理了五古作为一种后世一直流行的古老诗歌体式从其发生之源（声律的讲求）到后世（本书讲到唐代，意指五古至唐已经完全成熟，后人在体式创造上已无新意）的创作情况和流变过程，可以概括为五古发展史。接下来讲七古，大致也是七古的发展史。不过首先没有说七古的源头，当是编者默认以为前面诗歌从体式上的源头是对声律的讲求也同样适用于此体，所以编者此处用两则诗论直接说明七古的典型特征：七古可分转韵和不转韵两种样式，以及七古总体的风格特征。其后详细介绍了其最重要的代表作家和后世的流变情况。编者编著至此，意在分别介绍五、七古的历史。

　　本目后半部分讲古诗诗法，第十二至十五则分别笼统地提出七古作法的一般性要求，自十六则至二十一则详细论述七古转韵（换韵）的情况，可见编者意在强调转韵是七古创作的核心问题。首先描述了五、七古转韵的基本情况，五古是四句一转，七古则分初唐与杜甫两类,其中前者可杂律句而后者不行。然后分析了七古转韵者可杂律句的原因,而且强调不转韵者绝对不能出现律句的规则和原因。接着七古杂有律句的情况,展示了七古中律句和散句的例子以为前则之说明,并顺势推演了乐府、古体和近体三者先后出现的体式对前代诗体的学习及对后代诗体严防混入的规则。随后又回到转韵问题上,介绍了转韵的基本规则。第二十一则讲转韵与诗歌的篇章结构的匀称是相互联系的,之后进一步讲五古长篇结构的安排在层次分明的同时也可以有跳跃的结构安排以不拘常格,达到意外的艺术效果。最后顺势延伸到五古的基本要求,可以看作本部分对五古艺术特征分析的补充。综合来看,本部分主要介绍古诗的源流发展,并从对体式特征的说明来介绍作法。

“律诗”门讲五、七言律诗。前半部分首先分别介绍五、七言律的基本特征,然后是各自的源流演变情况,最后是摘录名句以为示范。后半部分论律诗诗法,主要讲律诗结构安排及各联作法要求。“绝句”门讲绝句,同样也是先用一则简洁的诗论说明本体式的基本特征,然后介绍其源流演变情况,最后在介绍该体式各种特征的同时说明其相应作法。“乐府”门基本沿袭同样的讲解方式,首先介绍乐府基本特征,因为乐府是与《诗经》最接近的可以用于社会政教功能的经典诗歌体式,所以作为讲解诗歌作法的著作,自然以“拟”为理论起点来讲后世“拟乐府”的创作。到这里我们可以体会到张謩承在辨体基础上的诗法讲解思路之清晰、论说之严密是前人汇编所未到的。就古体诗言,编者意在说明复古的基本作法,也就是说复古是当代古体诗创作的基本原则;而就近体诗言,除了可以适当汲取古诗的一些材料外,主要讲的是将其作为符合当下时风的艺术创作方法,也就是近体重在创造;最后的乐府则是介于两者之间,因为今人不能像写古诗那样一味复古,也不能像写近体诗那样完全创造一套新的艺术规则,而是在乐府音韵不断流失的情况下,通过说明讲求其神理气质上契合的必要性来提倡拟乐府(当代乐府)的创作理念与方法。随后同样介绍了乐府诗体的源流演变,最后是就此体式特征而总结的作法要求。

综合来看,以辨体为出发点,介绍各体体式特点而引申出相应的作法要求是本部分的基本思路和论说方式。古体诗主要讲了七言歌行的转韵问题;近体诗则讲结构安排和用语、造句,即篇法、句法、字法;乐府则讲重意不重形的"拟法"。"乐府"之后题曰"咏物",虽然从分类方式来看,与前面各体式标准不同,但也可以理解为一种诗歌体式,所以我们仍可以将其归为本书"分体论"的内容。此门与前面各体式讲解方式相近,依次介绍了咏物体诗歌的基本特征、一般作法与思路、写作要求,然后分别讲解了几种常见题咏对象的作法。

(三) 鉴赏论

《小沧浪诗话》第二卷后半部分题曰"论古",是张燮承所辑前人对历代诗人诗作的品评与鉴赏。就本目编著顺序言,基本按时间为线索,依次品评,但他并非简单罗列前人诗评,而是在时代和诗人选择上多有侧重,以突出自己的诗史观。首先从总体概括了《诗经》的诗学成就,并分别分析了《诗经》各体的艺术风貌,然后通过对具体作品的分析以说明前述特征。接着分析了楚辞和"苏李诗"辞复情深[1]的艺术特色。随后是自"古诗十九首"以来汉代各种体式有代表性的作品评论,包括五古、七古、乐府、四言等。之后是对六朝诗歌做了大致的梳理,后又重点品评了陶渊明的诗歌。

张燮承所辑前人对唐诗的品评占了本目超过一半的篇幅,由此可知其对唐诗的推崇。此部分从辑录前人对唐诗的基本认识开始,介绍了历来学者对唐诗分段、分体评价的大致情况。随即直接重点品评唐代最重要的诗人李白和杜甫,包括李杜优劣、评杜、评李。"李杜优劣"部分之论说意识尤其明显,且层次分明。第一、二则分辑清人洪亮吉《北江诗话》和赵翼《瓯北诗话》:

> 李青莲之诗,佳处在不着纸;杜浣花之诗,佳处在力透纸背……
>
> 李诗如高云之游空,杜诗如乔岳之矗天……

意在说明李杜之客观上存在的差异,接着辑严羽《沧浪诗话》一则:

---

[1]　张燮承谓之"辞之重节之复""情有余处""重复之甚""不齐不整、重复参差""言情款款"等。

> 李、杜二公，正不当优劣。太白有一二妙处，子美不
> 能道；子美有一二妙处，太白不能作。少陵诗法如孙、
> 吴，太白诗法如李广，少陵如节制之师。少陵诗宪章汉
> 魏，而取材于六朝，至其自得之妙，则前辈所谓"集大成"
> 者也。

说明虽有差异，但李杜之间不能比较优劣，因为两者都有相互不能
掩盖的各自独造处。然后辑北宋苏辙《诗病五事》第二则：

> 李白诗类其为人，骏发豪放，华而不实，好事喜名，不
> 知义理之所在也。语用兵，则先登陷阵，不以为难；语游
> 侠，则白昼杀人，不以为非。唐诗人李杜称首，杜甫有好
> 义之心，白所不及也。

意在说明李杜二人性情之高下，此则之后有张燮承按语一段，在总
结前述议论之后表明了自己的态度是崇杜，因为苏辙已经指出了
杜甫的性情"更优"（此与前文照应）。最后辑清人王士禛撰、张宗
柟所编《带经堂诗话》一则：

> 祝允明作《罪知录》论唐人诗，尊太白为冠而力斥子
> 美，谓其以村野为苍古、椎鲁为典雅、粗犷为豪雄，而总评
> 之曰"外道"。李则《凤凰台》一篇亦推绝唱。狂悖至于如

此,令人掩耳不欲闻。[1]

意在批判个别学人崇李贬杜的"狂悖",是对尊杜的补充,说明还是
有人没有认识到尊杜的正确性,而这并不影响杜优于李的历史公
论。这五则诗论间以编者按语,形成了连贯的论述过程,很好地说
明了张燮承以述代作的编著意旨和学术价值。经过梳理,我们可
以把握到《小沧浪诗话》对李杜优劣问题清晰的论述思路:1. 历来
齐名的李杜诗歌有着明显差异;2. 如果非要在两者之间比较高下
是没必要的,因为双方都有自己所擅长的领域(作法、体式)和风
格,难以在同一层面上进行客观的比较而得出为世公认的结论;
3. 如果从诗歌发生的源头这一统一的视角来比较,由于杜甫个人
及其在作品中体现的更加符合主流价值观的儒家伦理思想——性
情,所以编者认为杜优于李;4. 至于个别人的异议根本不值得参
考,因为他没有真正理解杜诗背后深厚的伦理高度和文化意蕴。

"评杜"部分同样体现了编者严密的论述程序:总体评价杜
诗、杜诗诗法渊源、前人对杜诗的推崇和学习、摘录杜诗名句、杜诗
中的性情、杜诗的瑕疵。其中重点分析了杜诗中体现的杜甫个人
高尚性情,这就照应了前面关于李杜优劣比较的关键性因素——
性情。可见张燮承编著中论说型体系意识之精严。此正可以尝试
梳理张燮承在品评杜诗中的论说思路:1. 杜诗作为中国文人诗的

[1] 自此以上五则皆出自〔清〕张燮承《小沧浪诗话》卷一,清同治(1862—1874)刻本。

最高典范，主要是由于其很好地承袭了《诗经》风雅传统，虽然还不如《诗经》那般完美地（只是儒家学者的主观看法）起到了儒家诗学观念所要求的社会教化作用；2. 此外，杜诗也有一定的技术渊源（杜审言、庾信）；3. 虽然有人不喜欢杜诗，但大多数人是推崇的；4. 摘句是为了给前述论点提供佐证；5. 至于杜诗之所以为古今诗人之冠还是在于其性情之正，这也是从作品中可以看出的；6. 当然，杜诗也有瑕疵，这一点毋庸避讳。"评李"除了描述李诗总体特征外，从体式入手，说明李白之擅长在古体，尤在乐府。最后是张燮承按语一则，对李杜诗作及其优劣做了总结。他对唐诗论述重点的作家除了李杜，还有王维、孟浩然、韩愈、韦应物、白居易等，都从性情、体式的角度品评，保持了全书体例的一致性。品评完唐诗，他辑录了数则关于唐诗作为诗歌高峰与后世诗歌比较的诗论，引入后文对唐后诗歌的品评。这一部分主要介绍了苏轼、陆游、姜夔、高启等诗人，体现了张燮承的取舍。

（四）创作论

　　《小沧浪诗话》第三、四卷为第四部分，主要抛开具体体式特征讲诗歌创作的普遍方法和技巧，共分取法、用功、商改、章法、用韵、用事、下字、辞意、指疵、发微等十门。"取法"门讲诗歌创作的第一步是要找到自己的学习对象。首先指出了学诗者首选的对象是杜诗、《诗经》、楚辞等而排斥六朝作品，并说明了理由。然后说明了学习的必要性和可能性。接着列举了前代诗人取法古人的例子和具体情况。最后讲取法古人的方法和经验。"用功"门讲学习诗歌创作过程中通过不断锻炼来提高技能水平的着手处。首先说明用功的必要性，然后具体分析了各个可以着手的层面及相应方法，分别是立格、命意、用字、用语、熟参（悟）和与经典作品的对照。接着引明人王世懋《艺圃撷余》一则，谈到虽然取法要高、格调要重（此处紧接上文），但才学性情才是诗歌创作的根基，更加需要强调。这就自然转换到用功于"性情"了，所以后文就是介绍着力于才学性情的情况。最后列举了一则用功的成功案例并说明了一些不必或难以用功的创作层面——训诂、经验积累、声韵。"商改"讲诗歌创作中修改的问题，包括修改的必要性、重难点。

　　"章法"未讲具体方法，而重视诗歌结构中的隐藏性因素（脉理、词气）、组诗的结构、诗歌结构的预设和创新。"用韵"首先说明不必过于拘泥前人提到的一些十分苛刻的诗歌用韵规则，然后重点提出了一些诗歌唱和中用韵的基本规则——也十分通达，而不主张看重诗歌唱和中的游戏性。"用事"首先介绍诗歌创作中使用典故的基本要求，然后分享了一些前人用事的经典案例和经验。之后分析了读书学习与诗中用典的关系，强调用典是来自平时读书的积累，而不是为了通过诗歌创作中的刻意用典来提升自己创作的文化内涵和水准。最后解析了一些诗歌用典的疑难和避忌：用事的必要性、深入读书的必要性、用后人的典故形容前人、用典怎样脱化、用典取材的范围、用典与事实的关系。"下字"讲诗歌创作中的炼字，也就是对关键字眼的选取。首先列举一些妄改古人诗作中关键字眼的例子，并进而说明诗歌创作中炼字的重要性。然后详细讲解炼字各方面的要求和避忌：避免痕迹、重视独创、追求平易、同义词的取舍、用字的雅俗、叠字的锻炼。

"辞意"分析怎样处理诗歌语言与诗歌思想内容的关系。首先说明诗歌创作的思想性虽然最重要，但是也须于语言修辞方面足够重视，因为语言是表达作者意旨的唯一手段。然后解析了一些前人诗作中，用语言手段含蓄而深刻地表达作者意旨的例子和经验。"指疵"介绍了诗歌创作中的一些避忌。首先简单概括地说明基本避忌，然后重点分析诗歌语言运用上的缺陷（这一点显然从上目讨论辞意关系而来），包括古诗不避而今人需要克服的禁忌、不同语言风格容易造成的用语失误、过分注重语言的独创与锻炼而影响意旨的表达与理解。"发微"讨论诗歌创作中的惟微因素。这类问题缺乏明确的规定性和示范性，只能用语言作象征性或比喻式描述。首先介绍了关于创作心理的复杂情况和要求，然后强调诗歌创作动力的自生、自得性。其次分析了作品本身应该呈现的基本面貌应当是自然、平易的。此种风格追求直接由前述创作心理推演而来，不过张燮承也辑引其他诗论补充了与单纯风格相对应的繁复风格，这样才完整。接着，他辑录了大量前人关于诗歌创作中应当秉持的辩证思维的诗论。然后是讨论诗歌品评的标准——格，并说明其诗学内涵：诗格取决于诗歌文本呈现的诗人性情。接下来，张燮承通过分析诗歌创作中的体式差异，意在说明今人创作不必追求体式的全面性，应根据自己的才性选择擅长的体式进行创作。这之后,张燮承分析了诗法在创作中的地位:诗法需要贯注到作家的创作意识和艺术自觉中,但是又不能拘泥,而是为达意服务。张燮承还分析了诗歌创作的完整性,一是有句无篇——完整性的缺失;二是累句重篇——将重复、繁累误认为完整。接下来,他讨论了古人创作中同意异辞的情况,并指出创作上的差异根源仍在个人性情的高下,以及性情是否自然真实地贯注到作品中去。讲到这里,似乎又落到了创作无用论的偏激论调,所以他赶紧剖析、批判了诗歌创作中轻视技巧的倾向,指出成功作品看似平淡、容易的面貌也是诗人深入学习、锻炼的成果,不是简单的风格模仿或直露表达。最后,张燮承分享了前人在诗歌理解上的一些误会案例,意在说明诗歌创作不能决定后人理解它的方式和结论。

综合来看,《小沧浪诗话》的创作论,大致分为三个层面:一是创作理念与意识——取法、用功、商改,二是可操作程序的介绍——章法、用韵、用事、下字,三是创作过程的同程观照——辞意、指疵、发微。此种亦是张燮承论说意识严谨、周密之一表现。

书中各材料间的衔接所体现的编者之论述层次已见前述,此不赘言。有可补充者,在各材料合理衔接、搭配之余,张燮承又多引前人其他诗论以为部分已辑材料之阐释、说明。如果实在不能找到合适的前人诗论以为结论,偶有按语亦是不得不发之意,前述论李杜之优劣可见一斑。但他为表达自己诗学意见而妄改原文处似又不甚可取,因为这样虽然有助于编著意旨的实现,但容易误导读者以为原文作者也和编者秉持相同立场。如书中所辑材料之李杜并称处皆为他改作"杜李",意在表明尊杜抑李,而违背了传统的表述方式,略显得突兀和不伦。

从全书论述结构言,首先值得称道的是其完整、均衡的诗学体系,充分展现了中国古人对传统诗学的基本构想。总论分诗教、性情、辨体三部分,分别说明的是诗歌存在的社会意义与价值、发生及运作机制、具体呈现方式。诗体论紧承前文,因为诗歌各种体式是诗歌文本的基本存在与流传形式,张燮承所列只限常用者,意在概括说明而避免求全责备引起的芜杂。"论古"是对历代重要诗人的品评鉴赏,包含前文诗学观念的阐发和诗史知识的普及。后文"取法"直承"论古",自然而连贯地开始对诗歌创作讲论。该部分占全书近半篇幅,凸显了编者的主要意图在于指导他人作诗。

全书结构简洁而有层次,避免了前人同类著作的芜杂感,且篇幅适中,这就为自己赢得了众多潜在读者。但其又不像明清两代盛行的诗学应试教材那样浅显而缺乏深入研读的必要,因为此书为读者提供的是一部全面了解中国传统诗学基本概况与创作入门的普及类著作。张燮承的《小沧浪诗话》作为一部汇编前人诗论而成指导后学诗歌创作的诗法类汇编著作,因其全面而简洁的结构安排和广泛而准确的材料选取,达到了中国传统诗学概论的效果和高度,是一部不可多得的诗学普及杰作。

第四节　清代诗法类诗话汇编的
诗学特征及价值

从清代诗法类诗话汇编体系意识的分析中，可以发现清代诗话汇编对前人同类著作的突破性发展。或者可以这样说，清代诗话汇编的突出贡献就在于其对诗话汇编由资料收集、整理为主向"以述代作"为主的升华。所以，清代诗法类诗话汇编的诗学特征与价值，也必须从此种角度加以揭示。具体而言，可从以下五个方面论述。

一、诗法观念的泛化

所谓"诗法"可以简单地理解为诗歌创作的方法，但是作为中国诗学的一个特定概念，又必须被还原到不同的历史语境中去为人理解和阐释。历代学者或作家对诗法的不同理解，影响了其在当时社会诗歌创作中的角色和具体作用。这就不能简单地将其理解为诗歌创作的方法，因为方法（法）本身就具有十分丰富的内涵、阐释角度与可能。中国传统诗学对诗歌创作方法的探讨始于南朝近体诗逐渐成熟的过程之中，其中对于"四声八病"的讲求当是开端。在唐代，因为近体诗逐渐取代古体诗的主导地位，开始成为诗坛主流。诗歌创作方法的探讨重心从声韵、病犯、对偶这样一些基本而具体的要求，进入到比较抽象高深的"门""物象"和"体势"等范畴。这一方面固然促进了近体诗的发展，但也将诗法局限性地等同于近体诗的基本避忌和结构特征讲求。所以直到北宋初期，此类"诗格"和"诗式"类著作是当时中国诗学中诗法探讨的基本载体。故紧随其后的诗法汇编著作其实都是这类诗格、诗式著作的汇编，如遍照金刚的《文镜秘府论》和李淑的《诗苑类格》。宋代面对唐人诗歌之高峰，大兴学唐、学杜之风，以黄庭坚、陈师道为代表的江西诗派作为宋诗主流更是在此种风气之下好讲唐人诗法。自此诗法这个概念才逐渐涵盖唐人具体而有限的格、式讲究，并取代之。而这之间宋人发明的诗话及普遍流行的语录著作，又为当时的诗法讲求与探讨提供了便利的文献载体。所以宋人的诗法理论除了一部分仍以延续前人的诗格、诗式著作之形式存在以外，另一部分则依存于宋人诗话、语录、笔记等著作之中。而诗话之类的著作本就随意、宽泛，所以宋人对于诗法的讲求就脱开了唐人藩篱，在更广阔的视野下讨论许多涉及诗歌创作的方式方法，而不仅限于格式避忌的讲求。也就是说宋人对诗法的理解在前人的基础之上是范围扩大了。所以宋末魏庆之的《诗人玉屑》这样一部主要汇编宋人诗法的诗话汇编，就用数十个不同的门目，来区分当时可得的宋人对于诗法之探讨与经验。其中涉及诗法者细目如下：诗体、句法、口诀、初学蹊径、命意、造语、下字、用事、压韵、属对、锻炼、沿袭、夺胎换骨、点化、托物、讽兴、规诫、白战、含蓄、诗趣、诗思、体用。其中对于诗歌体式的辨析就已经对前人有较大突破，因为分体说法正是诗法讲求细化、具体化的基础。

　　但是经过元代通俗诗法的盛行，再加之明清两代普通市民对于简单、速成诗学的大量市场需求，明代诗法汇编主要停留在汇编元人诗法著作为主的主流方式上。明代诗法汇编作为一种通俗诗学入门读物，成书方式往往简单经济。如前所述，要么以一两部前人汇编为基础，再调整至自认为更加妥当的结构及名目安排，适当增删部分内容而成书；要么挑选几本元人单独诗法著作加以丛编；还有就是虽然打乱原著顺序，只撷取所需内容，但仍只略分门目而无较强论说意识。上述三种成书方式唯末种有较强的编著价值，因为能够体现汇编者的独到眼光和学术意识。但是今观明人此类著作，仍然局限于元代以来的通俗诗学、诗法之讲解，故反倒较魏庆之《诗人玉屑》的诗法观念狭窄。只有明代前期的黄溥《诗学权舆》二十二卷，是明代诗法类汇编少有的大篇幅著作。不过其对诗法的分类汇编（前九卷），无论从分目方式还是具体内容，本就大量借用了《诗人玉屑》。所以此种同于宋人如此宽广地讲解诗法并非明人特征。总之，明人诗法汇编中的诗法观仍局限在诗歌创作的具体作法，而未涉及诗歌创作的各个理论层面，故有待清人突破此一藩篱，在更加泛化的诗法观念下，建立更加融通、广博的诗法（诗学）体系。

　　成书于顺治十二年（1655）的费经虞《雅伦》可以说是清代最早的诗法类汇编。据其自序可知，编者针对明人诗法丛编《诗法统宗》，认为虽然其所收前代各人诗法已经十分完备，但是如果能够将这些成著如《统综》这样收集起来之后，再加以重新编排，同时去粗取精，就能更加清楚地说明传统诗学各方面的问题。此种自述

正可证明费经虞以"雅伦"为书名,意在赋予传统诗学一个有着严格等级秩序和论说过程的体系。费经虞在自序最后说道:

> 《书》云"无相夺伦,神人以和",遂以"雅伦"名焉。夫先王以《诗》经夫妇,成孝敬,人伦教化,移情易俗,虽"变雅"亦先王之泽也。非徒以弘文丽藻,铺扬盛事,咏歌自适而已。则后世学士大夫与德行高流之言诗者,皆当正其大旨,综以词华,探历根源,参详殊变,是非不谬于圣人,风教可贻于后世。若徒矜才资高敏,记闻广博,杂撰篇章,六义荡然,即时所宗尚,君子亦何所取耶?[1]

在编者费经虞看来,类似于《统综》所收单纯讲解具体作法的诗学丛书,没有抓住我国诗学的根本,而只是对次要部分的讲求。唯有在确立诗学根本,也就是儒家诗教观的贯彻基础之上,才可以全面、系统地为后学提供一条学诗正道。具体而言,《雅伦》分门如下:源本、体调、格式、制作(命意、选辞、下字、用事、炼句、属对、列章、入调)、合论、工力、时代、针砭、品衡、盛事、题引、琐语、音韵。其中卷首所列"源本"就是上述观念的体现,当与清初讲求实学之风相表里。经过了明代儒家伦理意识的衰减,清初学者惩于亡国之痛皆欲用儒家伦理意识的恢复来挽救民族的衰落。总体来看,

---

[1]〔清〕费经虞、费密等编:《雅伦》,清雍正五年(1727)刻本。

这样的分门方式在继承魏庆之《诗人玉屑》全方位讲解诗法的基础之上又克服了其略显琐细的弊病，并体现出一定的层次性。比如将相对具体的诗法皆置于"制作"之下，就与后面诸如"工力"之类的诗法之宏观概念相区分。

诸如此类对诗法观念泛化的清代诗法类汇编还有很多，它们不再将诗法理解为具体作法或一般性创作理念，而是在更广泛的意义上来指导后学如何作诗、学诗。比如光绪三年（1877）刊行之聂封渚《吟诗义法录》，其时人汪昶所撰序言就将诗歌之"义理"与诗歌作法并称而指导后学：

> 盖诗有六义，百世弗易；哲匠代兴，法律寖严。故义必本之先民，法则精于后代。彼夫一言自协乎义，片语遂以立法，诗人也；徒饰工巧，蔑弃义法，则词人而已矣。使匪折衷夫义，则写景抒情或至得罪于名教；使匪率由乎法，则抽黄媲白，终至僭越乎规矩。[1]

由此可见其将诗法置于诗学义理之下，实际是把儒家诗教观用于统摄所有诗歌规则和技巧以及创作理念。可以说，只有在清代才终于化解了唐宋以来道学家和文人在诗歌创作中的"文道"矛盾，并最终形成了可以涵盖诗法各方面的新型诗法汇编。蔡钧《诗法

---

[1]　〔清〕聂封渚编：《吟诗义法录》，清光绪三年（1877）刻本。

指南》任应烈序针对前人诗法的狭窄讨论就加以批判:"咏歌大旨
归于抒写性灵,发挥底蕴。学者苟未上溯源流、探求旨趣,而徒斤
斤于五言八韵之间,句栉而字比之。吾知其诗必不工。"《诗法指
南》作为一部应试教科书,尚且强调"性灵"和"底蕴"对于诗法的基
础性意义,可见清人对于诗法的宽泛性理解是一种十分普遍的现
象。《指南》书首有"总论"和"发蒙正规"两目,正体现了从诗学源
头的伦理学讲求向具体作法之指导的论述过程。

　　排除诗歌作法的前理论时期,今人曾将中国诗法史归结为六
个阶段:格律论、格式论、法度论、活法论、悟入论、诗外功夫
论。[1] 其最后之"诗外功夫论"又可以理解为"至法无法"[2]。结
合清代诗法类汇编诗法观念的泛化,可以将中国诗法理论再增一
个"涉论皆法,无所不包"的新阶段。因为前人只看到了诗法讲求
日益琐细、死板的弊端,没有发现清人为了克服这一弊端而在指导
后学时候对诗法的全面性讲解。清初顺治成书《唐风怀·诗话》的
编者张摁对诗法的理解就是一个"无所不包"的典型。其《诗话小
序》已见前引,此不赘言。

二、著述类型的多样化

　　如前所述,明代诗法汇编主要取材于元人诗法,汇编结构上也

---

[1]　明见:《中国诗法理论史简论》,《黄冈师范学院学报》2004 年第 1 期,第 31—34 页。
[2]　蒋寅:《至法无法:中国诗学的技巧观》,《文艺研究》2000 年第 6 期,第 68 页。

对其多有借鉴。故其无论是取材范围还是诗法观念,都比较狭窄。加之其数量虽多,但多出于书商聘请的职业编书人之手[1]。所以,明人实际成书之类型颇为单一,基本为前人诗法中具体材料在结构上的不断调整和取舍。清人在诗法观念和取材范围上较明人扩大和泛化,再加之编者身份不再局限于职业编书人,因此此时的诗法类汇编的类型较为丰富。当然,如果清人还继续沿用明人手法成书的话,那就仍难编成新的类型。比如前文提到的陈美发《联璧堂汇纂诗法指规》和游艺《诗法入门》,完全就是明人的延续之作,几无创新之处。更有甚者,如康熙间刊行之钱岳《锦树堂诗鉴》在材料上局限于胡文焕《诗法统宗》,同时删去了原文所题出处和本有之名目,而且顺序混乱全无次序,成为了一本文献和理论价值几近于无的下乘之作。之所以如此,乃是由于其相较于明人编法大为倒退。

由此可见,在与明代相近的顺治、康熙两朝,诗法类汇编多有延续前代习气者。但就在此时,也有一些诗学理论水平远高于职业编书人的能诗之方家,也为指导后学而编著了几部类似著作。其最早者当属顺治十二年(1655)就已大致成书的《雅伦》。其书编者费经虞父子不但精于经学,而且能诗,又自经虞以下几代皆习祖业,为诗学世家。即就编著者学养而言,远远高于明人。就前文对该书之考述言,其取材仍以明人胡文焕《诗法统宗》为主,再加上其

---

[1]　陈广宏:《〈词府灵蛇〉之编刊与天启间南京的商业出版》,《南京师范大学学报》(社会科学版)2016年第3期,第121页。

子费密等后人又多有增补,取材范围大大地超过了明人。费氏之所以能够突破明人诗法汇编之常习,并不仅仅在于材料来源的扩大,而是根源于其诗学、诗法之深厚涵养。费氏诗学,与其深于经学相表里,《雅伦》全书之诗学建构就是其以儒学理论为根基,逐渐推演诗学理论而成。具体而言,首先以"道"为源,确立《诗经》之诗学正统地位,是为"源本",颇与《文心雕龙》开篇"原道、宗经"之意相合。接下来费氏将"体调"置于"源本"之后,因为费氏认为,由于时代的变化和个人性情的差别,自《诗经》以后的文人诗时代必然会有不同的"体调"。费氏似乎默认了这种变化发展的必然性与合理性,在书中详细罗列各种体调以告诉后学此种诗学事实。但是,"体调"的差异固然是时代和个人的选择,也不能完全脱离"原道、宗经"这一根本,而历代逐渐形成的"格式"是保证诗学传承的重要保障,所以立"格式"门以为规范。至此,费氏诗论从源入手,由变及复地将诗学原理过渡到了诗歌作法之讲解。诗法之讲解从诗体入手,因为格式是诗法之根本。其后"合论"则是在格式已经熟悉之后,针对创作过程各阶段而加以讲解,是诗法讲解的深化和具体化。其后"工力""时代""针砭"和"品衡"四门,将创作和鉴赏品评相结合,寓法于评,超越了元明以来诗法讲解过于琐细、死板的弊病。《雅伦》整体结构显然是借鉴了前代综合性诗话汇编的分门别类之手法,只不过压缩了原本以事类为主的分类方式。于是,费氏就在不自觉中编著了一部类似综合性诗话汇编的诗法类著作,为清代诗法类汇编创一新类型。另外,《雅伦》"格式"一门详解历代诗歌体式,约占全书三成篇幅。故其后有《诗林丛说》借鉴费氏此法,而且将其发展到"就体说法"的成书思路,是又启发一新型诗法类汇编者也。

大约与《雅伦》同时,顺治十五年(1658)成编的《唐风怀·诗话》也不约而同地借鉴了综合性诗话汇编的分门手法而成书。张揔虽然没有费经虞等人深于经学的学养,但其《唐风怀》一编也是意在涵盖高棅、李攀龙、竟陵三家诗学的眼光独到之诗歌总集,诗学理论水准同样远高于明代汇编者。其《唐风怀·诗话》既然配合此总集而并行,故颇具综合性意识,不偏执于一隅。乾隆刊行之李其彭《诗述》更是以张编为基础,增设门目达四十八种之多。其后又有王嘉璧《酉山臬》和张燮承《小沧浪诗话》出现。虽然没有增加更多的门目,但是在门目之间加强了相互之间的关联而成一有机之整体,这是对清代前期此类著作的提升。

清代科举加试诗试的政策催生了大批应试诗法,这是明代没有出现的现象。在这些应试教材当中,部分不拘泥于死板说教的汇编显示出通达全面的诗学指导意识,也丰富了清代诗法类汇编的类型。之所以如此,是因为这些汇编不似其他教材仅仅着眼于八、六韵排律的作法指导,还广泛涉及所有常见诗体。《诗法指南》就因"何尝专为应试试帖示以标准哉"(原书任应烈序)而成为当时跟风之作中的翘楚。又有张潜《诗法醒言》在对《雅伦》删繁就简的基础之上,重点突出了近体诗的作法,也就具备了应试教材的性质,丰富了清代诗话汇编的类型。

综上所述,清代除了少数几部延续明人诗法汇编的著作,多有其他创新之类型。在这之中,费经虞父子在清初编著的《雅伦》起到了比较关键性的作用,可以说一身兼具"就体说法""诗学概论"和"应试教材"的各种特性。后人或是不约而同,或是有所借鉴,分别发展出了多种不同于明人的诗法类汇编。当然这种类型上的多元化之根基还是在于清代文化背景的不同和学风的变化,不似明人之过于功利而取巧。针对清人汇编对明人的创新、突破之功,当代学者蒋寅作出了最直接的评判:

> 汇辑前代诗学资料而编成蒙学诗话,是清人尤为热衷的工作,也是清代诗学在著作形态上的一大特征……清代汇辑类诗话之值得重视,不在于数量多,而在于贯穿其中的总结、提炼历代诗学菁华的自觉意识。这使它们的编纂水平远远高出前代的同类著作。明人空疏不学,但又佞古,因而编纂了大量的翻阅简便而又易于采摘的类书,诗学中也涌现不少继踵《苕溪渔隐丛话》《诗话总龟》的汇编诗话,但往往编次无序,纲目不清。[1]

所以说,清代诗法类诗话汇编对明人既有延续和继承,更有发展和突破,为指导当时后学和总结历代诗学都作出了超越前人的功绩。

---

[1] 蒋寅:《论清代诗学的学术史特征》,《南京师范大学文学院学报》2003 年第 4 期,第 19 页。

三、集成性

　　据今人张寅彭总结,清代诗学具有著述数量多、分布密、集成性、地域性、重诗史、主学问及探究谱式作法等基本性质。[1] 前人已经从清代诗学文献的整体面貌和相应著作的角度,分析了清代诗学的上述特征。但是,这只是对清代诗学的初步探究。通过对二十余种清代诗法类汇编的细致、深入之研究,可以从中发现很多同样体现当时诗学的整体性特征的证据。经过此种分析,才能从一个个具体而微小的侧面证明前述基本性质的普遍性,使清代诗学的整体性观照更加具有坚实的个案研究基础。经过前文详细梳理与辨析,清代诗法类汇编至少在三个方面体现了当时整个诗学著述的时代特征:一是整合历代诗学观念的集成性,二是重史的立场,三是主学的特征。

　　明代是一个诗学理论各有偏胜的时代,此风沿及明末清初,尚有"唐宋之争"和"格调—性灵之争"。其后,清人在崇实重学的时风影响下,诗学方面也逐渐抛弃了明人偏执一隅的习惯,体现出整合历代诗学观念的集成性。这种"集成性"致使"神韵""格调""性灵""肌理"和"质实"等一家之说都有了无所不包的开放性理论需求和色彩。具体到清代诗法类汇编著作上来,"集成性"的表现也

---

[1]　张寅彭:《清代诗学考述》,《上海大学学报》(社会科学版)2005年第1期,第23页。

是十分突出的。

经过明代中期复古文学思想的洗礼和晚明公安、竟陵对复古派空谈格调的反拨,明末清初学人除了一部分人继续坚守门户之见以外,另有一部分学者开始尝试综合数家诗论以启后学。张揔编选《唐风怀》正是为打破明人门户藩篱的应时之选,其所附《唐风怀·诗话》则是为诗选理论色彩不足而作的辅助之说明。其集成之意在时人范骧为其书所作序言中有明确概括:

> 《唐风》所辑,声律圆稳为宗,诸体具存,应制尤备。此则南村(指张揔)津梁后学之意,又非祖述济南(指李攀龙)"唐无古诗"之论也。[1]

不仅如此,张揔自序又从正面回应了其对明人选唐诗的看法,从而剖白自己选诗的目的:

> 在昔廷礼《品汇》作,而诗以备体长;济南《诗选》行,而诗以声调高;嗣是竟陵《诗归》出,而诗又以灵隽见。今之学夫诗者,徒知三子之诗,亦何以为唐诗? 参三子之选而唐风存;泥三子之选而唐风亡。此又南村选《唐风怀》之微旨也。[2]

---

[1] 〔清〕张揔编:《唐风怀》,清嘉庆元年(1796)雨花草堂刻本。
[2] 〔清〕同上。

可见，张揔虽宗唐诗，但并不完全满意于明人各家之选，而是将其各家主张相综合，体现的是清人诗学的集成性。大致与张揔同时，《雅伦》的编撰也意在综括前代各家诗学以为后学津梁。清人许承家在历数前代诗歌发展之历程和诗论后，序其书曰：

> 然人为一编，各有所长，各有所短。或得此失彼，或存甲缺乙。或高者孤峻，使人易阻而难从；或平者广收，使人志杂而易滥。未有集诗法之大成者。成都费鲜民（指费经虞）先生之《雅伦》出，而后古今体格名辈才华始兼而不遗……靡所不包，无乎不尽。诚艺苑之大观、风雅之渊薮也。[1]

许氏或有溢美之词，但基本上准确地描述了其成书的性质和特征。可见诸如此类的诗法类汇编，在其"汇编"这一基本属性上天然具有综括前人诗学的特征，体现了清代诗学相较前人更有集成性的特征。

清代诗法类汇编不仅好集成前人各家之诗学，对于当朝学人的诗学也好加以综括，使各家相互配合、发明。比如乾隆成书的蒋澜《艺苑名言》，除了从《说诗乐趣》中转录了宋、明时期各家诗话之外，又增补了当代名公的诸多诗论。比如较早的有钱谦益《列朝诗

---

[1]　〔清〕费经虞、费密等编：《雅伦》，清康熙四十九年（1710）刻本。

集小传》、朱彝尊《静居志诗话》和王士禛的《渔洋诗话》等，还收录了与编者时代颇近的沈德潜《说诗晬语》和蔡钧《诗法指南》。蒋编融古今诗话于一处，意在贯通古今诗论，为读者提供一个尽可能宽泛的诗学范畴，亦清人诗学集成性之例。乾隆嘉庆之交的杨大壮《诗诀》虽属摘抄，但其中同样有着独到的诗学见解。其书以《诗人玉屑》为主，又同时使用性灵派的代表性诗学论著《随园诗话》和格调派的沈德潜《说诗晬语》的相关材料，来指导后学作诗。无论具体效果如何，这种将性灵、格调和宋人诗法融会贯通的意旨和尝试，都是清人诗学集成性的又一明证。

除此之外，乾隆初年刊行的张潜《诗法醒言》以《雅伦》为基础，也增益了时人的很多诗论。其书体例之一大特征就是明确区分古、今人诗话，可见其推举、集成当代诗学之用心。具体而言，此书收集当代诗论者有吴园次、金左黄、程尔书、汪思成、陆无文、马嶰谷、陆怀永、段昆田、夏卤均、李客山、高秋轩、周祐我、赵柏里、闵焕若、于咸受、祝荔亭、费滋衡、程若庵、王符躬等十数人。如此多当代诗论被张潜汇辑起来，共同讲解诗法，可见其对时人各家意在整合的集成性。

再如李畯《诗筏囊说》从诗体、诗人、诗法、诗式四个方面来讲解诗法。其所用材料则分别来自李攀龙《杜诗评》、沈德潜《唐诗别裁》、赵执信《声调谱》和田同之《西圃诗说》。其中沈德潜为清人格调派之宗主，赵执信"诗中有人"之论则为"质实"说之先声，田同之则全袭渔洋"神韵"之论以为诗家准的。"格调""质实"和

"神韵"三家虽非势同水火，但也各有主张。编者将三家学说用来共同讲解诗法，亦是整合之意。李氏论诗，首重诗体，征引田同之《西圃诗说》以演说历代诗体演变。次说诗人，引田氏推崇"神韵"之说，实际是以此为标准来衡量、品评历代作家。次说诗法，引沈德潜"死法—活法"之辨，意在同时兼顾诗法讲求的必要性和灵活性。这显然是在用"格调"之"法"补"神韵"之"空"，意在整合"格调""神韵"二家之说。最后说诗式，先引李攀龙对严羽诗式、诗品、用工、大概、极致之论，意在教人从实在之体制、格式达到抽象之妙悟，强调格式的基础之功。具体到各个格式，李氏大量使用了赵执信论及诗歌声调的内容，并辅以沈德潜相关诗论。此又可见李氏意在说明，作诗必须用赵、沈二人对格式的强调为手段，才能达到"神韵"与"妙悟"的境界，这仍然是整合时人诗论之一具体表现。

除了对既有之各家诗学理论的融汇与整合，在形式上构建一个包举无遗的传统诗学体系，也是清代诗学集成性的重要体现。这在诗学概论式和应试教材式诗法汇编中体现得尤为突出，详细考述已见前文，此不赘言。

四、重视诗史

清人诗学重视诗史的立场十分明确，其具体表现前人总结有二：一是对前代诗史和诗学文献的系统性整理，二是当代诗人交游、创作和生活起居的记录和品评。其实，在诗法类诗话汇编中，也可以发现清人对涉及诗史的诗学资料的收集和梳理，这也是清人重视诗史的重要表现。

首先，在对诗歌体式的讲解过程中，清代诗法类汇编不但要说明其体式特征和讲解具体作法、技巧，还对各个体式的起源及流变多有追溯。这种考镜源流的编撰意识和论述方式乃清人重视诗史之一显著特征。比如费经虞《雅伦》，其书卷首论诗歌之源本，卷末附一次目曰"诗源"就是对历代六十多种诗歌体式的大致出现时间加以判定。虽然不尽正确，甚至有明显错误，但是，费氏除了从伦理学和社会学的角度来讨论诗歌本源，还兼顾了历史事实上的考辨，体现其重史之立场。其后，费氏对历代各家各派诗歌体调加以详细罗列，可视作一篇诗歌体调之简史。其书还用了三分之一的篇幅来详细介绍各种诗体的情况，包括起源、特征和作法。其中，对于作品的选录是其重史立场的突出表现。费氏所收作品，不是简单选取典型者以为示例，而是对该体发展过程中的关键性作品加以凸显以说明该体发展之线索。比如其收五古之作品有苏武李陵诗、《古诗十九首》、蔡文姬《悲愤诗》、李白《春陪商州裴使君游石娥溪》和薛道衡《秋日游昆明池》，看似挂一漏万，然则实有费氏对于五古发展之独见。费氏在末后加按语总结道：

> 费经虞曰：苏李、十九首，五古之祖，故备录。《悲愤诗》长篇序事之体，李白、薛道衡二诗，转韵之格，余散见

诸体,不备录。[1]

费氏认为,苏李诗和十九首是五言之祖,所以要全部抄录,这是重其源。在五古发展过程中,《悲愤诗》的关键性地位在于新创了五古长篇叙事诗的先例,所以也必须收录。最后李、薛二诗则代表的是五古转韵的代表,因为也是五古变体而与源头和主流作法相异。可见费氏选诗是对五古发展史的说明,并非仅仅是选最有代表性或编者认为的优秀作品,体现的是客观、独到的诗史意识。其余各体也是如此选诗,可见费氏用心,此不赘述。

清初马上巙《诗法火传·左编》尤其重视对乐府一体的讲解,其对乐府各题的传承详加说明,也是清人重视之一例证。全书十六卷中有十一卷来讲乐府,可见其详赡。具体而言,马氏重史首在对乐府之讲解不仅限于其盛行之两汉,而是延及后世文人之拟作。这就将乐府发展之历程完整展现了出来,乐府不再是其他主要讲解常用诗体著作中古近体诗的陪衬。马书最后将唐人歌行与前代乐府相接续,意在说明自汉而兴,绵延近千年的乐府最后融入了文人创作之中。这种交代归宿的意识,也是重史立场之表现。

其次,对于历代诗学资料、诗事、诗作的收集,同样体现在清人的诗法类汇编著作中。如前所述,清人讲解诗法不仅仅是"就法论法",而是多有涉及其他相关议题者。比如佚名《诗林丛说》,虽主

---

[1]　〔清〕费经虞、费密等编:《雅伦》卷九,清雍正五年(1727)刻本。

要以"就体说法"的思路来结构全书,但是仍有不少内容着重于诗学资料的收集和展示。其"诸家名论"二至四(全书卷四十至四十二)按照时代顺序,收集前人论诗自先秦之《诗经》而至明代,勾勒了一部中华诗歌简史。"姓氏略"(卷六十三至七十三)则收录自西汉韦孟、东方朔直至清初毛晋、陈恭尹和韩纯玉等共数百位作家的小传,可作"历代诗人传记"视之。尤其可贵者,其书还收"属国"诗话以介绍域外诗人。末两卷全收"明闽人能诗不在各派之内"者数十位,可视作明代福建籍小家诗人小传的专题汇编。而且编者还按照福建省内之行政区划,按府罗列,次序井然。此皆其书重视诗史之明证。

再如,张燮承《小沧浪诗话》作为一部结构全面而精严的诗学概论式诗法汇编,其"论古"一目详细评价了历代诗家诗作,乃是一篇诗歌简史。而且编者不忘利用相关材料说明各代之特长、短板,并相互之间多有比较。这就让按照时间顺序罗列的各个诗家诗作有了一定的联系,是诗史理论的提升。诸如此种历代诗史之推演,清代诗话汇编颇多。比如李畯《诗筏橐说》"说诗人"一目,细数历代名家风格、优劣。虽然篇幅狭小,所录不足百则,但是于时代顺序之上又增一体式区分,自有特色。

五、主学问

清初学人惩于亡国之痛,有意矫正明人空谈道理、心性之习,提倡读书，强调实学。其后清政府又在提倡理学的同时大兴文字狱，钳制思想。所以清代整个学风不好形而上学，而重视考据之学。此种学风延伸到诗学，清人不似明人大而化之地讨论诗歌各问题，而是着力于专门化和细致化的研究[1]，而且以实证为主，不作空论。即使"神韵"和"性灵"诸家强调艺术灵感者，也教人不废读书。清人诗学的专门化研究成果，主要体现在对古近体诗歌声调的总结上，而且多用数学统计之法，以说明相关问题。就诗法类诗话汇编而言，亦多有重视考据、实证和专门化、细致化的表现，并且以为读书穷理乃学诗、作诗之基础。

首先，凡是清人诗法类汇编，其总不落"读书""取材"或"用事"之门目。最早的《雅伦》在"制作"门下有"用事"一目，所辑内容皆讲诗歌用事的必要性和方法。末尾费经虞总结了用事的四种类型，并指出相应诗例，而且还在比较唐、宋人用事的基础之上，提出了用事的关键性要求：

> 用事之法，有实用、有虚用、有反用、有借用，大抵唐人主于辞清韵远、气格浮动、风致萧疏，至于切题相类，其次也。宋人不知古人此法，故其诗话多有妄论弹字、弹事、弹韵，穿凿不当者，如……[2]

---

[1]　蒋寅：《论清代诗学的学术史特征》，《南京师范大学文学院学报》2003 年第 4 期，第17页。

[2]　〔清〕费经虞、费密等编：《雅伦》卷十二，清雍正五年（1727）刻本。

其后张潜《诗法醒言》继续沿用了《雅伦》此目的内容,并且又增自己和时人的两则诗论以论用事之"生熟",意在补充,可见其对诗歌用事之重视。张揔《唐风怀·诗话》则是"读书"和"用事"两门并列,分别强调了向古人学习借鉴、取材和诗歌用事之方法、避忌。李其彭《诗述》本从《唐风怀·诗话》增补而来,故亦含"用事"和"读书"两门。不过,李氏根据自己对此两门的理解和整个诗学体系的建构,重新编排了两者的位置。一是将"用事"与诗歌创作之程序相并列,其前目为"用字",后目为"对法""句法"之类。而"读书"则置于"感悟"和"工苦"之间,将其归为作诗程序和文本生成之外的诗法。无论对于"读书"和"用事"如何理解,都是清人论诗重学表现之一。其后清人诗法类诗话汇编似形成惯例,《诗书画汇辨·诗学》有"翻案使事"之目,《诗法指南》有"用事"目,《酉山臬》有"使事"目,《小沧浪诗话》有"取材""使事"目。此等内容成为清人讲论诗法之必备,可见主学问之基本立场。

其次,今人蒋寅以为"清代诗学的贡献主要是在内容的专门化、细节的充实和深描"[1]。清人诗话汇编中的专地、专代类汇编集中体现了"专门化",而诗法类汇编则在细节上多有考辨、发明,体现其重史考据、实证的时代特征。顺治时马上嶔《诗法火传·左编》十数万字,除广泛汇辑前人诗论,又对其具体文本多有裁剪。而且,马氏还在前人所论不及的地方,发表自己的看法以为补充。

---

[1] 蒋寅:《论清代诗学的学术史特征》,《南京师范大学文学院学报》2003年第4期,第17页。

所以，其在标注材料来源出处的时候加以区分。其书"辑志"曰：

> 辑论出自名公，原本即冠以"某曰"，从其质也。或有
> 名论，不无节取、参润者，则首用"按"字，虽属臆裁，亦不
> 没其实矣。若有偶见，不容不辨者，得以贱名厕名公之
> 末，聊志管窥尔。[1]

可见，马氏对于全书所辑诗话来源有着明确的区分意识。对于原
封不动抄录的内容直标古人姓名，凡是有所增删、加工的内容用
"按"字说明。这就充分尊重了前人作者原意，也体现了马氏的创
见和严谨。比如其书卷十六第三十二则以"按"字标目，考其内容
非出一家，乃明人曹学佺论诗语[2]和宋人叶梦得《石林诗话》[3]
的合写。虽出两家之言，但恰似相互衔接之文。可见马氏面对前
人诗论，注意其细节上有议论不到之处，结合其他诗论加以深化和
充实。再如其卷三论乐府《钓竿》题，在征引明人董说《测音》一文
以为讲解之外，后加马氏议论一则，详细评议了董说《铙歌发》和
《测音》两部讨论乐府音韵的著作。并且，以此为契机，阐发了自己
对于乐府音韵的看法。这就将董说的诗论加以深化，体现了颇强
的学术意识。

---

[1]〔清〕马上巘编：《诗法火传·左编》，清顺治十八年（1661）槜李马氏古香斋刻本。
[2]〔明〕曹学佺：《折醒草序》，收入《石仓文稿》卷一，明万历刻本。
[3]〔宋〕叶梦得：《石林诗话》，《历代诗话》本，中华书局，1981年版，第422页。

清代诗法类汇编如此深化、细化前人诗论者十分普遍，又如《雅伦》各门目之后多有费经虞自撰议论一篇，少则数十字，多者上千字，都是对前人相关议题的总结和深入性阐释。费氏还专立"琐语"一门收集自己平时论诗见解，也是对全书议论不到处的深化。张燮承《小沧浪诗话》卷末有"发微"一门，所收诗话皆论及诗学中涉及辩证思维者。比如妙悟和学力、用工和自然等对立观念的微妙、辩证关系。这些议题已经超出了指导后学的普通论述，比较复杂。此书将"发微"门置于卷末，显然有诗学进阶之意。而且"发微"一门都不见前人诗法类汇编，可见张燮承讲解诗法之创新处。

总而言之，清代诗法类诗话汇编作为清代诗学之一隅，其各部著作不同程度地体现了整个清代诗学的学术史特征，是清代诗学的重要组成部分。

结 语

清代诗法类诗话汇编是清代专题性诗话汇编的一种，不过因其与综合性诗话汇编多有交叉融合，于是呈现出迥异于明代诗法类汇编的编撰特征。在清初，尚有数部诗法类汇编完全沿用了明人汇编的取材偏好和编著思路，它们是明代诗法汇编在清初的延续。随着清代学术风气的形成和成熟，清代诗法类诗话汇编有了自己的编著特色，并体现出清人此类著作的特殊诗学意义与价值。

首先，清代诗法类诗话汇编由于编著者的学术视野和编撰意旨而呈现出四种文献形态。第一种是历代都有的摘抄式诗法汇编，其本质上是一种读书笔记，作用在于可供学诗者随手翻检，可视作是一种前人诗法讲论之精选。第二种是在前人文（诗）体学逐渐成熟基础上的就体说法式汇编。其凸显了各种诗歌体式的不同作法，细化了前人笼统性的诗法讲解。第三种是应试教参式的汇编。此类著作之诗法讲解重在应试，故以常用近体诗讲解为主，并且颇具程序性。第四种是诗学概论式汇编。这种汇编基本借用了综合性诗话汇编的分门别类式成书方式，并且更具有前后之间的逻辑性。不过对诗法讲解的程序性不如第三种，因为其本不为应试而编，直到今天仍是古人所作传统诗学概论的绝佳读本。

其次，清代诗法类诗话汇编在材料来源上多有以前代汇编为媒介者，不过往往是暗中转录。一是由于前代诗话多有散佚造成的条件不足，二是清人"以述代作"的编撰思路不需要过于注重材料的原始性。清初《说诗乐趣》这样一部大型诗话汇编为后代汇编提供了现成的材料来源，而且其自身也是多靠转录而成书。其他汇编也采用了这种转录成书的方式，包括费经虞《雅伦》、张揔《唐风怀·诗话》和李其彭《诗述》等。如此普遍的转录现象说明了其乃是清代诗法类诗话汇编成书的主要手段。至于诗学意义则可谓有利有弊，既是诗学文献和诗学思想惯性的集中体现，也说明了明清以来诗学批评的惰性，缺乏前人的理论创新力度。

第三，清代诗法类诗话汇编对于诗法的讲解不是对诗法技巧的简单罗列或以类相从式搜罗，而是具有十分丰富、充实的体系意识。这种体系意识一是得益于清人诗法观念的泛化，二是因为各编著者对综合性诗话汇编成书方式的借鉴。而且，这类著作在材料应用上也体现出"集大成"的时代特色，将所有类型的既有诗学文献皆加以搜罗应用。并且其对诗法的讲解逐渐囊括了诗学理论的各个方面，使指导后学的蒙学诗话具备了诗学概论的品格。清代此类汇编中尤以张燮承《小沧浪诗话》最为典型。其书材料应用广泛，自唐至清初的各类诗学文献皆有征引。并且所立门目涵盖了传统诗学的各个议题而又毫不芜杂。最可贵的是其各门内部都基本形成了一个完整、顺畅的论说逻辑链，使各个议题的讲解呈现出明确的论说过程。清人此种体系意识的完备体现出清代诗学乃至整个清人学风的近世性，使今人在回顾我国传统诗学和文化时，不能再以"缺乏系统性"一言蔽之。

参考文献

【目录学类著作】

(1)〔清〕永瑢等《四库全书总目提要》(第四十册),商务印书馆,1931年版。

(2)〔清〕翁方纲《翁方纲纂四库提要稿》,上海科学技术文献出版社,2005年版。

(3)〔清〕孙葆田等《山东通志·艺文志》,商务印书馆,1934年版。

(4)彭国栋《重修清史艺文志》,台湾商务印书馆,1968年版。

(5)郑静若《清代诗话叙录》,台湾学生书局,1975年版。

(6)赵尔巽《清史稿·艺文志》,中华书局,1977年版。

(7)郭绍虞《宋诗话考》,中华书局,1979年版。

(8)武作成《〈清史稿·艺文志〉补编》,中华书局,1982年版。

(9)四川省高等学校图书情报工作委员会编《四川省高校图书馆古籍善本联合目录》,四川大学出版社,1994年版。

(10)蒋寅《清代诗学著作简目》,《中国诗学》第四辑,南京大学出版社,1995年版。

(11)张寅彭《清代诗学书目辑考》,《上海教育学院学报》,1995年版。

(12)蔡镇楚《清代诗话知见录》,《石竹山房诗话论稿》,湖南文艺出版社,1995年版。

(13)孙殿起《贩书偶记》,上海古籍出版社,2020年版。

(14)番禺市地方志编纂委员会办公室主持整理《番禺县续志》(民国版点注本),广东人民出版社,2000年版。

（15）王绍曾《〈清史稿·艺文志〉拾遗》，中华书局，2000 年版。

（16）张健《元代诗法著作版本考述》，《元代诗法校考》附录四，北京大学出版社，2001 年版。

（17）吴宏一《清代诗话知见录》，台湾"中研院"中国文哲研究所，2002 年版。

（18）张寅彭《新订清人诗学书目》，上海古籍出版社，2003 年版。

（19）朱易安《明代的诗学文献》，《南京师范大学文学院学报》2003 年第 1 期。

（20）孙小力《明代诗学书目汇考》，《中国诗学》第九辑，南京大学出版社，2004 年版。

（21）吴宏一《清代诗话考述》，台湾"中研院"中国文哲研究所，2006 年版。

（22）蒋寅《清诗话考》，中华书局，2007 年第 2 版。

（23）吴格等《续修四库全书总目提要》（丛书部），国家图书馆出版社，2010 年版。

（24）辛幹《无锡艺文志长编》，上海古籍出版社，2015 年版。

（25）徐泳《〈山东通志·艺文志〉订补》，山东人民出版社，2016 年版。

（26）沙嘉孙《山东文献书目续编》，齐鲁书社，2017 年版。

（27）张寅彭《清诗话全编·总目·诗法类》（拟刊）。

【清代诗法类诗话汇编】（以成书先后为序）

（1）费经虞、费密等《雅伦》，康熙四十九年（1710）刻本、雍正五年（1727）刻本。

（2）张揔《唐风怀·诗话》，嘉庆元年（1796）雨花草堂刻本。

（3）陈美发《联璧堂汇纂诗法指规》，日本内阁文库藏圣益斋刻本。

（4）马上巘《诗法火传·左编》，顺治时十八年（1661）檇李马氏古香斋刻本。

（5）钱岳《锦树堂诗鉴》，康熙二十八年锦树堂自刻本。

（6）伍涵芬《说诗乐趣》，康熙四十年（1701）华日堂刻本。

（7）游艺《增订诗法入门》，康熙五十四年（1715）金陵白玉文德堂刻本。

（8）佚名《诗林丛说》，上海图书馆藏疑似清抄本。

（9）张潜《诗法醒言》，乾隆刻本。

（10）佚名《古今诗衷类选》，上海图书馆藏清抄本。

（11）李畯《诗筏橐说》，乾隆二十三年（1758）醉古堂刻本。

(12) 顾龙振《名贤诗旨》,乾隆二十四年(1759)《诗学指南》本。

(13) 蔡钧《诗法指南》,乾隆刻本。

(14) 潘松《问竹堂诗法》,乾隆二十五年(1760)刻本。

(15) 张象魏《诗说汇》,乾隆三十一年(1766)学古堂刻本。

(16) 李其彭《诗解》,上海图书馆藏清刊本。

(17) 李其彭《绝句述例》,上海图书馆藏清刻本《诗解》附。

(18) 李其彭《诗体举例》,上海图书馆藏清刻本《诗解》附。

(19) 李其彭《诗学浅说》,复旦大学图书馆藏佚名辑《诗学丛书》本。

(20) 李其彭《诗述》,复旦大学图书馆藏佚名辑《诗学丛书》本。

(21) 蒋澜《艺苑名言》,乾隆四十一年(1776)自刻本。

(22) 卢衍仁《古今诗话选隽》,乾隆四十五年(1780)抱青阁刻朱丝栏套印本。

(23) 蒋鸣珂《古今诗话探奇》,乾隆四十九年(1784)蒋氏一梅轩刻本。

(24) 杨大壮《诗诀》,天津图书馆藏嘉庆二年(1797)抄本。

(25) 王嘉璧《西山皋》,嘉庆七年(1802)刻本。

(26) 张燮承《小沧浪诗话》,咸丰九年(1859)春古汲郡贺氏刻本。

(27) 聂封渚《吟诗义法录》,光绪三年(1877)聂氏家塾刻本。

(28) 邬启祚《诗学要言》,宣统三年(1911)家刻本。

【前代诗法类著作】

(1) 〔宋〕惠洪《天厨禁脔》,《四库存目丛书》影印明活字本。

(2) 〔宋〕陈应行《吟窗杂录》,王秀梅整理本,中华书局,1997 年版。

(3) 〔宋〕于济、蔡正孙《唐宋千家联珠诗格校证》,〔朝鲜〕徐居正等增注,卞东
　　波校证本,凤凰出版社,2007 年版。

(4) 〔明〕胡文焕《诗法统宗》,山东大学图书馆藏民国抄本。

(5) 张健《元代诗法校考》,北京大学出版社,2001 年版。

(6) 张伯伟《全唐五代诗格汇考》,凤凰出版社,2002 年版。

【前代诗话(诗法)汇编】

(1) 〔日〕遍照金刚《文镜秘府论》,人民文学出版社,1975 年版。

(2)〔宋〕阮阅《诗话总龟》,人民文学出版社,1987 年版。

(3)〔宋〕胡仔《苕溪渔隐丛话》,人民文学出版社,1962 年版。

(4)〔宋〕何汶《竹庄诗话》,中华书局,1984 年版。

(5)〔宋〕魏庆之《诗人玉屑》,上海古籍出版社,1982 年版。

(6)〔宋〕张镃《仕学规范(外二种)》,上海古籍出版社,1993 年版。

(7)〔宋〕蔡正孙《诗林广记》,中华书局,1982 年版。

(8)〔元〕佚名《南溪笔录群贤诗话》,明正德五年(1510)刻本。

(9)〔元〕王构《修辞鉴衡》,《指海》本。

(10)〔明〕单宇《菊坡丛话》,台湾广文书局影印《古今诗话续编》本。

(11)〔明〕王昌会《诗话类编》,《明诗话全编》第八册,凤凰出版社,1997 年版。

【其他古籍】

(1)〔唐〕杜牧《樊川文集》,上海古籍出版社,1978 年版。

(2)〔宋〕孙光宪《北梦琐言》,中华书局,2002 年版。

(3)〔宋〕李昉等《太平广记》,人民文学出版社,1959 年版。

(4)〔宋〕刘攽《中山诗话》,《历代诗话》本,中华书局,1981 年版。

(5)〔宋〕陈师道《后山诗话》,《历代诗话》本,中华书局,1981 年版。

(6)〔宋〕叶梦得《石林诗话》,《历代诗话》本,中华书局,1981 年版。

(7)〔宋〕祝穆《古今事文类聚》,上海古籍出版社,1992 年版。

(8)〔宋〕谢维新《事类备要》,北京图书馆出版社,2006 年版。

(9)〔明〕冯惟讷《古诗纪》,清文渊阁《四库全书》本。

(10)〔明〕谢榛《四溟诗话》,《历代诗话续编》本,中华书局,2006 年版。

(11)〔明〕王应麟《诗考》,中华书局,2011 年版。

(12)〔明〕屠本畯《茗笈谈》,《稀见明人诗话十六种》下册,上海古籍出版
　　社,2014 版。

(13)〔明〕许学夷《诗源辩体》,人民文学出版社,1987 年版。

(14)〔明〕曹学佺《石仓文稿》,明万历刻本。

(15)〔清〕张潮《虞初新志》,上海古籍出版社,2012 年版。

(16)〔清〕王嗣槐《桂山堂诗文选》,清康熙青筠阁刻本。

(17)〔清〕孔尚任《湖海集》，古典文学出版社，1957年版。

(18)〔清〕李塨《恕谷后集》，清雍正刻增修本。

(19)〔清〕陈仪《陈学士文集》，清乾隆五年(1740)兰雪斋刻后印本。

(20)〔清〕方苞《望溪集》，清咸丰元年(1851)戴衡刻本。

(21)〔清〕齐学裘《劫余诗选》，清同治八年(1869)天空海阔之居刻增修本。

(22)〔清〕曾国藩《曾国藩全集》(修订版)第九册奏稿，岳麓书社，2011年版。

(23)〔清〕龚宝琦等《(光绪)金山县志》，清光绪四年(1878)刻本。

(24)〔清〕冯桂芳等《(同治)苏州府志》，清光绪九年(1883)刻本。

(25)顾廷龙、戴逸主编《李鸿章全集》第二册奏议二，安徽教育出版社，2008年版。

(26)〔清〕王夫之等撰《清诗话》，上海古籍出版社，1978年版。

(27)郭绍虞编选、富寿荪校点《清诗话续编》，上海古籍出版社，1983年版。

(28)张寅彭主编《清诗话全编》第一册，上海古籍出版社，2018年版。

【今人研究著作】

(1)郭绍虞《宋诗话辑佚》，中华书局，1980年版。

(2)中国人民政治协商会议浙江省东阳县委员会文史资料工作委员会《东阳文史资料选辑》第三辑，中国文史出版社，1986年版。

(3)〔明〕陶宗仪等编《说郛三种》，上海古籍出版社，1988年版。

(4)〔清〕伍涵芬编、杨军校注《说诗乐趣校注》，齐鲁书社，1992年版。

(5)何宝民主编《中国诗词曲赋辞典》，大象出版社，1997年版。

(6)罗振玉撰述、萧文立编校《雪堂类稿》，辽宁教育出版社，2003年版。

(7)毛庆耆主编《岭南学术百家》，广东人民出版社，2004年版。

(8)洪铁城主编《经典卢宅》，中国城市出版社，2004年版。

(9)郑家治、李咏梅主编《明清巴蜀诗学研究》，巴蜀书社，2008年版。

(10)杜泽逊《文献学概要》(修订本)，中华书局，2008年版。

(11)刘德重、张寅彭《诗话概说》(修订版)，安徽教育出版社，2009年版。

(12)郭绍虞《中国文学批评史》，商务印书馆，2010年版。

(13)〔日〕内山知也《隋唐小说研究》，复旦大学出版社，2010年版。

(14) 郑子运《明末清初诗解研究》,凤凰出版社,2010 年版。

(15) 胡适《胡适文存》,外文出版社,2013 年版。

(16) 陈建华、王鹤鸣主编《中国家谱资料选编》,上海古籍出版社,2013 年版。

(17) 罗根泽《中国文学批评史》,商务印书馆,2015 年版。

【今人研究论文】

(1) 钱仲联《宋代诗话鸟瞰》,中国古代文学理论学会编《古代文学理论研究》第
    三辑,上海古籍出版社,1981 年版。

(2) 许庄叔《〈下水船〉词订律》,《贵州师范大学学报》(社会科学版)1987 年
    第 4 期。

(3) 刘锋晋《费密父子的生平及著述》,《成都师专学报》1988 年第 1 期。

(4) 刘尚荣《明版苏轼文集选本考述》,《苏轼著作版本论丛》,巴蜀书社,1988
    年版。

(5) 吕美生《论〈小沧浪诗话〉的理论渊源和价值取向》,《安徽大学学报》(哲学
    社会科学版)1994 年第 1 期。

(6) 蒋寅《关于〈诗家一指〉与〈二十四诗品〉》,蒋寅、张伯伟主编《中国诗学》第
    五辑,南京大学出版社,1997 年版。

(7) 蔡镇楚《〈唐宋分门名贤诗话〉:中国最早的诗话类编》,《文学遗产》1997 年
    第 5 期。

(8) 蒋寅《至法无法:中国诗学的技巧观》,《文艺研究》2000 年第 6 期。

(9) 蒋寅《论清代诗学的学术史特征》,《南京师范大学文学院学报》2003 年
    第 4 期。

(10) 周维德《论明代诗话的发展与专门化》,《浙江大学学报》(人文社会科学
    版)2003 年第 5 期。

(11) 明见《中国诗法理论史简论》,《黄冈师范学院学报》2004 年第 1 期。

(12) 胡建次、王金根《中国古代"诗法"的承传》,《江西社会科学》2005 年
    第 9 期。

(13) 张寅彭《清代诗学考述》,《上海大学学报》(社会科学版)2005 年第 1 期。

(14) 余才林《重编〈说郛〉本〈续本事诗〉辨伪》,《中国典籍与文化》2006 年

第 1 期。

(15) 朱恒夫《海内孤本〈诗法集要〉的文献价值与诗学意义》,《文献》2007 年第 1 期。

(16) 陈庆元《徐𤊺著述编年考证》,《文献》2007 年第 4 期。

(17) 郑家治《〈雅伦〉:一部被埋没的诗学百科全书——兼析四库馆臣对〈雅伦〉的批评》,《地方文化研究辑刊》,2008 年第 1 辑。

(18) 李春桃《元代诗法论析——兼论〈二十四品〉在元代的冷落际遇》,《甘肃社会科学》2008 年第 6 期。

(19) 刘洪强《酌玄亭主人为张惣考》,《江汉大学学报》(人文科学版)2009 年第 4 期。

(20) 刘浏《胡震亨〈唐音癸签〉之诗体观述论》,《武陵学刊》2010 年第 3 期。

(21) 张京华《宋陶岳〈零陵总记〉辑补》,《云梦学刊》2010 年第 3 期。

(22) 黄强《〈诗法集要〉所辑部分诗作与诗话出处考辨》,《文献》2010 年第 4 期。

(23) 罗宁、武丽霞《〈郪侯家传〉与〈郪侯外传〉考》,《四川大学学报》(哲学社会科学版)2010 年第 4 期。

(24) 饶龙隼《中国文学制度论》,《文学评论》2010 年第 4 期。

(25) 吴中胜《乾隆年间的科考改革与形式诗学的复兴——以蔡钧〈诗学指南〉为例》,徐中玉、郭豫适主编《中国文论的古与今——古代文学理论研究第三十二辑》,华东师范大学出版社,2011 年版。

(26) 李丹《赵令畤〈侯鲭录〉诗学思想研究》,暨南大学硕士学位论文,2012 年。

(27) 王红霞、李德生《〈刘公嘉话录〉的版本流传及校勘举隅》,《四川师范大学学报》(社会科学版)2012 年第 2 期。

(28) 陆林《〈诗法初津〉作者叶弘勋小考——金圣叹交游考证一例》,《古籍整理研究学刊》2012 年第 4 期。

(29) 陈广宏、侯荣川《关于明诗话整理的若干问题》,《复旦学报》(社会科学版)2013 年第 1 期。

(30) 李清华《清代地域诗话研究》,上海大学博士学位论文,2015 年。

(31) 林新萍《论费经虞〈雅伦〉的诗学辨体理论》,《西南科技大学学报》(哲学社会科学版)2015 年第 5 期。

（32）林新萍《清初诗人费锡璜研究》,福建师范大学硕士学位论文,2016 年。

（33）陈广宏《〈词府灵蛇〉之编刊与天启间南京的商业出版》,《南京师范大学学报》(社会科学版)2016 年第 3 期。

（34）罗宁《重编〈说郛〉所收宋元诗话辨伪》,《华南师范大学学报》(社会科学版)2016 年第 6 期。

（35）张寅彭《清代诗学文献体例谈》,陈广宏、侯荣川主编《古典诗话新诠论：复旦大学"鉴必穷源"传统诗话·诗学工作坊论文集》,中华书局,2018 年版。

（36）陈广宏《明代诗学研究中的文献批判问题》,《苏州大学学报》(哲学社会科学版)2018 年第 1 期。

（37）陈广宏《明诗话还原研究与近世诗学重构的新路径》,《复旦学报》(社会科学版)2018 年第 3 期。

（38）王青《〈东斋记事〉研究》,河北大学硕士学位论文,2018 年。

（39）张寅彭《清诗话中的诗情诗艺》,《文汇报》2019 年 3 月 15 日,第 W12 版。

后 记

拙著是在 2020 年博士学位论文的基础上改定而成的。在博士研究生阶段，张寅彭老师从传统诗学理论到诗话文献整理，再到基本学术规范，都对我进行了悉心指导。可惜作为关门弟子，我的资质愚钝，都没能有很好的进步，至今深感惭愧。不过，我还是在张老师人格魅力的感染熏陶中听从教诲，下了很大的功夫对清代诗法类诗话汇编进行了认真的研读和总结，才形成了本书。"雨露之所濡，甘苦齐结实"，个中甘苦，或只能自知。

鉴于本书言简意赅以免烦累读者的撰著本意，尚有题外之言而又不得不明者附益于此，以供读者参考：一是本书题名曰"诗法类诗话汇编"本有矛盾之处。从狭义上理解，诗法和诗话本就并列，并无前后限定、涵盖之可能。只从广义上理解，诗法乃广义诗话之一门，此题方可成立。进一步言之，此类汇编性著作除了主要使用历代诗歌格式、技法、规则等诗学文献材料之外，诗评、诗话和其他古人论诗之片段也多有搜罗。以此推广，似乎将其谓之"综合型诗话汇编"更较符合事实。但是，"综合型"之谓又嫌过于宽泛，